Arena-Taschenbuch

Band 1980

D1873275

Margot Berger
begann ihre Journalistenlaufbahn als Redakteurin bei großen Tageszeitungen und Frauenzeitschriften. Seit 1980 ist sie selbständige Journalistin und Buchautorin in Hamburg. Sie arbeitet für Redaktionen verschiedener Verlage (Fachgebiete u.a. Umwelt, Tiere). Als begeisterte Reiterin schreibt sie auch für Pferdezeitschriften und Jugend-Tiermagazine.

»Reiterhof Birkenhain«
»Aufregung im Stall« (Band 1 der Reihe, Arena-Taschenbuch 1970)
»Großer Auftritt für Sally« (Band 2, Arena-Taschenbuch 1971)
»SOS – Pferd verschwunden« (Band 3, Arena-Taschenbuch 1972)
»Ein starkes Team« (Band 4, Arena-Taschenbuch 1973)
»Sturmnacht am Meer« (Band 5, Arena-Taschenbuch 1974)
»Rettung in letzter Minute« (Band 6, Arena-Taschenbuch 1975)
»Rätsel um das braune Fohlen« (Band 7, Arena-Taschenbuch 1976)
»Achtung: Pferde in Not!« (Band 8, Arena-Taschenbuch 1977)
»Spuk im Stall« (Band 9, Arena-Taschenbuch 1978)

»Starke Tipps für Pferde-Fans« (Arena-Taschenbuch 1987)

Margot Berger

REITERHOF BIRKENHAIN

In den Sattel, fertig, los . . .

Sammelband:
»Aufregung im Stall«
»Großer Auftritt für Sally«

Arena

In neuer Rechtschreibung

3. Auflage als Arena-Taschenbuch 2001
»Aufregung im Stall«: © 1998 Arena Verlag GmbH, Würzburg
»Großer Auftritt für Sally«: © 1998 Arena Verlag GmbH, Würzburg
Alle Rechte vorbehalten
Umschlagillustration und Vignetten: Marlis Scharff-Kniemeyer
Gesamtherstellung: Westermann Druck Zwickau GmbH
ISSN 0518-4002
ISBN 3-401-01980-5

REITERHOF BIRKENHAIN

Aufregung im Stall

Inhalt

1. Kapitel

Das fängt ja gut an!

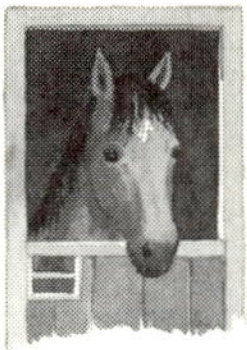

»Normal ist das nicht.«

Conny stützte ihre Unterarme auf das Tor zur Weide und wiederholte seufzend: »Dieses Pferd kann einfach nicht normal sein.«

Mit beiden Händen fuhr sie durch ihr dichtes, hellblondes Haar und verdrehte die Augen in gespielter Verzweiflung.

»Ziemlich frech, wie dein Rocky sich benimmt«, fand auch Luisa. Sie war auf die unterste Stange des Gatters gestiegen, um einen besseren Blick auf die Wiese zu haben. Luisa Steffen reichte ihrer Reiterfreundin mit Mühe bis zum Kinn. Aber das war auch kein Wunder – Conny war schon zwölfeinhalb und Luisa gerade erst zehn.

»Er macht mich noch fertig«, stöhnte Conny, während sie den schwarzen Traber fest im Blick behielt. Natürlich stimmte das gar nicht, denn ihre Stimme klang so zärtlich, als wollte sie einem Jungen einen Heiratsantrag machen.

Conny Clasen liebte den aufsässigen Traberwallach heiß und innig. Jeder wusste das auf dem Reiterhof Birkenhain.
»Wenn ich daran denke«, erinnerte sich Luisa, während sie ihre schwarzen Haare im Nacken zu einem Zopf einflocht, »was für ein Angsthase dein Rocky war, als er von der Rennbahn zu uns kam! Dafür nimmt er sich jetzt ganz schön viel heraus.«
Auf hundert Pferdelängen Entfernung konnte man erkennen, dass Rocky das Fell juckte. Ruhelos streifte er über die Weide, rammte den anderen Schulpferden seinen Kopf in den Bauch und schnappte nach ihnen.
»Geht er eigentlich noch als Reitpferd durch?« Luisa kicherte. »Oder gilt er schon als Kampftraber?«
Die Rangeleien und Rangkämpfe, die sich im ersten Morgengrauen auf der Weide abspielten, kriegten die meisten Reiter nie mit. Was ihnen da alles entging! Das Zusehen konnte spannender sein als manche Reitstunde, fanden die beiden Mädchen. Normalerweise waren Conny und Luisa aber auch nicht so früh auf dem Hof wie an diesem 1. Mai. Normalerweise!
Aber heute war kein normaler Tag. Heute war »Tag der offenen Tür«. Ein Ereignis, dem alle schon seit Monaten entgegenfieberten. Nach langer Umbauzeit sollte der schöne, große Reiterhof in Großmoorstedt am Rande Hamburgs wieder eröffnet werden. Viel stand auf dem Spiel – für die Reitschüler, die vor Publikum zeigen mussten, was sie alles gelernt hatten. Aber mehr noch für Kai Jensen, den

Besitzer der Reitschule. Ohne Übertreibung konnte man sagen, dass sich heute das Schicksal seines Reiterhofes entscheiden würde.
Obwohl Conny und Luisa zum »harten Kern« der Reitschule gehörten, ahnten sie kaum etwas von den Sorgen des Chefs, sonst wären sie heute Morgen wohl nicht so unbeschwert in den Stall gekommen.
Seit zehn Minuten hingen sie jetzt schon über dem Gatter und genossen den Blick auf die Weide, die zu dieser frühen Stunde noch unter einem weißen Nebelschleier lag.
»Irre romantisch, findest du nicht auch?« Conny war ganz hingerissen, wie die Pferdekörper sich in dem feinen Dunst abzeichneten.
»Ja wirklich.« Luisa fischte ein Gummiband aus der Hosentasche und schlang es mit geübter Drehung um das Zopfende. »Und *wie* toll wäre es erst ohne deinen Quälgeist Rocky! Aber ich fürchte . . .«
Sie stockte und kletterte einen Holm höher, um einen noch besseren Überblick zu haben. »Ich fürchte, jetzt kriegt dein Liebling richtig Ärger.«
King Louis mochte Rockys Rüpeleien nicht länger mit ansehen. Der hellbraune Wallach zählte zwar schon weit über 30 Jahre – aber noch war er der Boss der Pferdeherde. Aufruhr auf der Wiese konnte er nicht dulden.
Entschlossen galoppierte King Louis auf den Traber zu. Ein kräftiger Biss in dessen Mähnenkamm, dann hatte der Boss Rocky in der Zange und zerrte ihn neben sich über die

Wiese. Quiekend vor Ärger versuchte der Traber seinen schwarzen Nacken dem energischen Zugriff des Leitpferdes zu entwinden. Aber King Louis ließ nicht eine Sekunde locker. Nein, zimperlich gingen die Pferde nicht gerade miteinander um. Aber die Mädchen kannten die ruppigen Methoden längst und regten sich nicht mehr darüber auf. Im Gegenteil: Die Strafaktion löste bei Luisa ungebremste Heiterkeit aus. Sie hielt sich den Bauch vor Lachen.
Natürlich konnte Conny nicht mitlachen. Schließlich war King Louis' Denkzettel für Rocky geradezu entwürdigend.
»Daran ist nichts witzig, Luisa Steffen«, jammerte Conny, die mit ihrem Lieblingspferd litt. »Mein armer Traber! Hoffentlich endet dieser Morgen nicht mit einer Massenbeißerei.«
»Das fehlte gerade noch.«
Die Köpfe der Mädchen flogen herum. Wie aus dem Erdboden gewachsen, stand Kai Jensen hinter ihnen. Wie immer hatte keines der Mädchen ihn kommen hören. Luisa fühlte sich mal wieder bestätigt, dass Reitlehrer Tarnkappen besitzen, unter denen sie unsichtbar auf dem Hof herumgeistern und alles mitkriegen. Könnte man sich anders erklären, dass Herr Jensen immer dort auftauchte, wo man gerade über ihn sprach?
»Was habe ich mir da für ein Schulpferd eingehandelt!« Kopfschüttelnd deutete Herr Jensen auf seinen rauflustigen Traber. Kaum hatte der sich aus dem Zangengriff von King Louis befreit, holte er zum nächsten Schlag aus und

jagte die Knabstrupper-Stute Flecken-Paula vor sich her. »Der Bursche benimmt sich ja unmöglich.«
Er warf einen kurzen Blick auf die Uhr.
»Fast halb sieben«, stellte er fest. »Wird allmählich Zeit, die Pferde hereinzuholen. Ihr wisst ja, dass sie bis zehn Uhr geputzt sein müssen und . . .«
». . . und akkurat eingeflochten«, ergänzten Conny und Luisa lachend im Chor.
Kai Jensen nickte den Mädchen erstaunt zu und stieg mit geübtem Schwung durch die unteren Gitterholme des Tores. Wie jeden Morgen wollte er rasch den Zaun auf schadhafte Stellen kontrollieren. Seit Monaten trieb ein Phantom in Norddeutschland sein Unwesen. Der Unbekannte zerstörte nachts heimlich Weidezäune, aber so geschickt, dass man auf den ersten Blick nichts bemerkte.
Schon bald war Kai Jensen mit federnden Schritten im Morgendunst verschwunden.
»Mensch, ist der dünn«, flüsterte Conny, als ob Herr Jensen sie noch immer hören könnte. »Noch ein paar Kilo weniger – und er kann sich hinter einer Reitgerte verstecken.«
»Frau Vogel behauptet, dass er inzwischen hungern muss, um den Umbau zu bezahlen«, wusste Luisa zu berichten. »Darum würde Herr Jensen immer dünner.«
»Ausgerechnet die!« Conny schnaubte verächtlich. Doris Vogel von der Damen-Reitgruppe war für ihre spitze Zunge bekannt. »Die ist doch nur neidisch, dass er seine Reithosen nicht aus Zeltplanen nähen lassen muss wie sie.«

Kichernd zog Luisa ihre Freundin vom Gatter weg. »Schluss mit dem Lästern, davon wird die Arbeit nicht fertig.«

Es stimmte natürlich nicht, dass Kai Jensen nichts mehr zu essen hatte. Er war schon seit seiner Kindheit ein schmales Hemd. Aber ein Fünkchen Wahrheit steckte leider doch hinter den Worten von Frau Vogel. Tatsächlich drückten den Stallbesitzer Geldsorgen. Die Umbauarbeiten und Reparaturen an dem hundert Jahre alten Hof waren erheblich teurer geworden, als Kai Jensen befürchtet hatte.

Neue Zäune waren jetzt auf keinen Fall mehr drin. Hoffentlich verschonte ihn der unbekannte Zaunzerstörer. Prüfend glitten Jensens Blicke über die Holzpfähle. An jedem Pfosten blieb er stehen und rüttelte mit der Hand kräftig daran. Nicht eine einzige Stelle durfte nachgeben. So einer wie Rocky würde sich auch durch den schmalsten Spalt zwängen und spurlos verschwinden. Und ein entlaufenes Pferd konnte Kai Jensen so dringend gebrauchen wie Mäuse in der Haferkiste.

Überhaupt musste heute alles glatt gehen, damit sich möglichst viele Besucher fürs Reiten begeisterten. Nur wenn alle Kurse ausgebucht waren, konnte er das nächste Jahr finanziell überstehen. Bewusst hatte Herr Jensen die Wiedereröffnung auf den 1. Mai gelegt. Gleichzeitig fand nämlich das Fest der Feuerwehr von Großmoorstedt statt. Aus ganz Hamburg erwartete man dazu Besucher. Benno wollte bei dem Stadtteilfest Werbezettel von der Reitschule verteilen.

Benno, der Feuerwehrmann, dessen dicker Friese Brinkum auf Jensens Hof stand.
Ein plötzlicher, sanfter Stoß in den Rücken riss Kai Jensen aus seinen Gedanken. Ein weiches Pferdemaul tastete suchend über seine Weste und schnupperte heftig an der Tasche, in der immer eine Hand voll Leckerli steckte.
»Na, King Louis?«, schmunzelte Herr Jensen. Er musste sich gar nicht umdrehen, um zu wissen, wer hinter ihm stand. Der alte Herdenboss fühlte sich als rechte Hand des Stallbesitzers und trottete Morgen für Morgen beim Kontrollgang neben ihm her. Beim Anblick des weisen Pferde-Opas besserte sich Kai Jensens Laune automatisch. Liebevoll strich er King Louis über die braune Nase, die an einigen Stellen schon grau war.
»Was meinst du, mein Alter, schaffen wir es? Oder nehmen uns die Banken den Hof weg?«
Wenn er sich unbeobachtet fühlte, pflegte Kai Jensen – wie alle Menschen, die sich gut mit Tieren auskennen – mit seinen Pferden ein paar Worte zu wechseln. Und er war sicher, dass ihn seine Vierbeiner sehr gut verstanden, besser jedenfalls als so mancher Reiter.
King Louis schnaubte tief. »Mach dir nicht so viele Sorgen«, schien das wohl zu bedeuten, »du hast doch so viele Helfer im Stall.«
Ja, die Reitermädchen! Sie waren wirklich unbezahlbar! Was sollte Kai Jensen nur ohne sie machen? Ohne Conny, Luisa, Jule und wie sie alle hießen. Jeden Nachmittag,

gleich nach der Schule, waren sie zur Stelle. Natürlich kümmerten sie sich am liebsten um die Pferde. Aber ebenso klaglos bewaffneten sie sich mit Besen, Schaufel und Forke. Keine Arbeit war ihnen zu schmutzig.
Schön, dass ich ihnen auch hin und wieder eine Freude machen kann, dachte Jensen. Erst kürzlich hatte er einen Vorleseabend auf dem Heuboden veranstaltet. Und heute hatte er noch eine ganz besondere Überraschung für die Mädchen . . .
King Louis brachte sich wieder in Erinnerung, indem er seine Stirn an der Schulter des Chefs rieb.
»Na gut, dir kann ich es ja verraten.« Kai Jensen wusste, dass King Louis kleine Spielchen liebte, darum zog er sein linkes Ohr dicht zu sich heran und flüsterte seinem engsten Vertrauten das Geheimnis zu.
Flecken-Paula, die Knabstrupper-Stute, gesellte sich zu den beiden, offenbar etwas eifersüchtig, dass der Chef so vertraut mit King Louis umging. Flecken-Paula war Luisas Lieblingspferd. Ihren richtigen Namen »Queen of Hearts« kannte kaum jemand im Stall. Der Name Flecken-Paula passte auch viel besser zu ihr, wegen der lustigen braunen Punkte im Fell. Wahrscheinlich glaubte Flecken-Paula selber felsenfest, ihr Name sei »Owiesüß«. Denn »Oh, wie süß!« war immer das Erste, was neue Reiter zu ihr sagten. Heute sollte Flecken-Paula beziehungsweise *Owiesüß* beziehungsweise *Queen of Hearts* als Voltigier-Pferd eingesetzt werden, der Auftritt der Jüngsten. Mit den älteren

Mädchen hatte Axel Rakete, Jensens Assistent, eine Quadrille eingeübt. Musikreiten in spanischen Kostümen. Auch der verrückte Rocky war eingeplant.
Erleichtert sah Kai Jensen, dass der Traber sich endlich beruhigt hatte und – wie die ganze Herde – nur noch mit Fressen beschäftigt war.
Kai Jensens Blick ging über die Wiesen hinüber zu seinem alten Bauernhaus. Der behagliche Hof wurde von Birken eingerahmt, die ihm auch den Namen gaben – Birkenhain. Sicher, der Umbau hatte eine Stange gekostet. Aber das Geld, das er sich von der Bank geliehen hatte, war wenigstens gut angelegt. Unter dem ausladenden, gemütlichen Giebeldach waren auf der einen Seite geräumige Boxen eingebaut worden, auf der anderen Seite eine große Reithalle. Hinterm Eingangstor lag jetzt die luftige Sattelkammer, der Futterraum gleich daneben. An der Rückseite des Gebäudes schloss sich ein Sandauslauf, der Paddock, an, den Kai Jensen nach seinem Rundgang fast erreicht hatte.
Conny und Luisa hatten inzwischen längst ihren Aussichtspunkt an der Weide verlassen und machten sich auf dem Hof nützlich. Die letzten Reste vom Umbau mussten noch verschwinden. Mit vereinten Kräften beförderten sie halb volle Säcke, Farbtöpfe und Abdeckplanen unter den Kutschen-Überstand.
Conny schlug ihre Hände gegeneinander, dass es nur so staubte. »So, erledigt. Hinter dem Landauer stört das ganze Zeug niemanden.«

Als Herr Jensen um die Ecke bog, jetzt in besserer Stimmung, deutete er noch einmal auf seine Uhr. »Kurz vor sieben. Nun aber los.«
Die Mädchen mussten lachen. *Nun aber los* bedeutete je nach Tag, Uhrzeit und Herrn Jensens Laune immer etwas anderes. Wahlweise »Sieht denn keiner, dass die Stallgasse gefegt werden muss?« oder »Nehmt euch jeder eine Cola aus dem Getränkekasten.« Es konnte genauso gut heißen: »Hoffentlich sind die Pferde bald gesattelt!« *Nun aber los* hatte noch mehr als zwanzig andere Bedeutungen.
Conny und Luisa wechselten einen kurzen Blick und waren sich einig. Heute hieß die Übersetzung: »Pferde von der Weide holen, putzen, einflechten, ausmisten.«
Hoffentlich kamen endlich ein paar mehr Mädchen zum Helfen. Viele wären ja längst da, wenn die Eltern sie nur ließen. Zum Beispiel ihre Freundin Jule. Aber vor sieben durfte sie nie aus dem Haus.
»Super, dass es bei uns nie Ärger gibt, wenn ich mal früher loswill«, bemerkte Conny. Sie hob eine Forke aus dem Gerätehalter, um Stroh aufzulockern. »Und du – na, du hast es ja sowieso gut . . .«
Luisa machte ein zufriedenes Gesicht, während sie eine Schubkarre aus einem Unterstand hervorholte. »Stimmt, ich bin wirklich ein Glückspilz.«
Oma Hilla Steffen, bei der sie wohnte, hatte früher selbst Pferde gehabt und besaß grenzenloses Verständnis für Luisas Pferdetick. Gar nicht schlecht, dachte Luisa, dass

ihre Eltern oft wochenlang beruflich unterwegs waren. Andere Mädchen, wie Jule, wussten nämlich unerfreuliche Sachen über Eltern zu berichten, die sich ständig zu Hause aufhielten.

Omas waren eindeutig besser. Omas rissen einem nie mitten beim Lesen das Buch aus der Hand und sagten: »Jetzt aber Licht aus, morgen schreibt ihr eine Arbeit.« Oder fragten gereizt: »Wie sind denn die Grasflecken in das neue T-Shirt gekommen?« Sie sagten auch nie Dinge wie »Ich möchte einmal erleben, dass du deine Schultasche so ordentlich einräumst wie deine Putzbox.«

Außerdem konnte Luisas Oma den besten Apfelkuchen der Welt backen, das hatte sie auch gestern Abend wieder bewiesen. Mit fünf köstlichen Kuchen wollte Frau Steffen gegen zehn Uhr nachkommen und im Kaffeezelt helfen.

Bis dahin blieben noch drei Stunden, in denen es reichlich zu tun gab. Die Mädchen hatten den Arbeitsablauf für die nächsten Stunden genau im Kopf. Da konnte man zwischendurch auch mal an etwas anderes denken.

»Kommst du heute Nachmittag mit zum Stadtteilfest?« Conny tippte Luisa an, die gebeugt vor dem Heulage-Ballen im Hof stand, der höher war als sie selbst. Mit geübtem Griff wickelte Luisa Lage für Lage von dem Ballen ab.

»Klar doch.« Mit beiden Armen umfasste sie die Heulage und türmte das Futter hoch auf die Schubkarre. »Das heißt, wenn ich unsere Reitabteilung lebend überstehe.«

Luisa hob die Handgriffe an und versuchte beim Losfahren nicht das Gleichgewicht zu verlieren.

»Vorsicht, Blaumann!«, schrie Conny plötzlich.

Zu spät.

Blaumann hatte es mal wieder geschafft.

Der freche Stallkater spielte sein Lieblingsspiel, und das hieß: Aus einem Versteck auf die voll beladene Heukarre springen und die Fracht ins Wanken bringen.

»Mistvieh«, murmelte Luisa in Richtung Kater.

Mit hochgerecktem Schwanz freute sich Blaumann auf dem Heugipfel über seinen Sieg.

»Grinst dieses Untier etwa?« Luisa konnte es nicht genau erkennen, denn sie hatte alle Hände voll zu tun die Schubkarre durch halsbrecherische Verrenkungen gerade zu halten. Vergeblich. Das Heu bekam Übergewicht, kippte zur Seite und verteilte sich gleichmäßig auf den Pflastersteinen.

»Irgendwann erwürge ich ihn«, knurrte Luisa.

Eigentlich mochte sie den Kater mit dem blauen Plüschfell gerne leiden, aber manchmal konnten einem seine Späße ganz schön auf die Nerven gehen. Vielleicht sollte man ihn in »Stressmann« umtaufen . . .

Conny half mit ihrer Mistgabel beim Aufladen. Blaumann ergötzte sich währenddessen daran, an den überhängenden Halmen hochzuspringen und sie mit der Pfote herauszuziehen. Das war ein Morgen nach Blaumanns Geschmack. Unsinn machen und spielen . . .

Beim zweiten Versuch erreichte Luisa die Stallgasse ohne eine Attacke des Stalltigers. Vor der unteren Box setzte sie ihre Karre ab.
»Ich glaube, vorhin sind noch ein paar Helfer gekommen«, rief Herr Jensen von draußen.
Angestrengt spähte Luisa die Stallgasse hinauf. Wo steckten die denn? Sie schirmte ihre Augen mit der Hand ab. Die Sonne hatte den Frühnebel durchbrochen und fiel von der Seite durch die Fenster der Boxen. Das Licht blendete. Undeutlich erkannte Luisa ein paar Gestalten auf der Bank im Vorraum, dem Treffpunkt der Jugendlichen.
»Guck dir das an«, sagte Luisa leicht säuerlich, »wir überschlagen uns hier und die . . .«
Sie deutete auf die sieben Mädchen, die sich auf der Bank zusammenrotteten.
Conny hatte sich zu Luisa gesellt und erkannte ebenfalls sofort, wer die Neuankömmlinge waren.
»Ausgerechnet die«, ärgerte sie sich, »die kannst du glatt vergessen.« Wie konnte Herr Jensen nur annehmen, durch die hätten sie Hilfe?
Was der Chef nämlich nicht bedacht hatte, war, dass die sieben Mädchen seit Wochen nicht zurechnungsfähig waren. Stundenlang blockierten sie die einzig gute Stallbank und redeten über Männer, anstatt sich Forken zu schnappen und die Boxen auszumisten.
Da lungerten sie wieder herum, mit zusammengesteckten Köpfen. Die 16- und 17-Jährigen hielten sich für die Stützen

des Stalls. Lachhaft! Vielleicht waren sie das mal gewesen. In grauer Vorzeit, als es noch Saurier gab. Das mochte ja sein. Aber jetzt waren sie schon lange nicht mehr zu gebrauchen.

»Klar, die Gerlach-Zwillinge hängen auch wieder bei denen herum«, bemerkte Luisa, »und Imke Zavelstein auch.«

Mit ihren knapp zwölf Jahren passten diese drei gar nicht in die Runde. Aber Mia-Mathilde, Dina-Dorothee und Imke hatten etwas, was die größeren Mädchen nicht hatten: Privatpferde.

Das Flüstern und Glucksen klang für Conny und Luisa so angenehm wie ein Schwarm Killerbienen beim Angriff. Nur weil die Zwillinge und Imke die Größeren ab und zu reiten ließen, wurden sie in der Killerbienen-Runde geduldet.

Auch jetzt hockten sie wieder dabei und alle sieben waren im Moment so nutzlos wie ein verschimmelter Ballen Stroh.

Endlich schien das auch Herr Jensen zu bemerken, der vom Hof hereingekommen war. Mit verschränkten Armen lehnte er sich an eine Box und musterte seine tuschelnden Reitschülerinnen. Er schwieg eine Weile und seufzte dann.

»Haben wir nichts in der Stallapotheke gegen solche Anfälle?«, wollte Conny von ihm wissen.

»Das ist die Pubertät«, antwortete Herr Jensen achselzuckend, »dagegen hilft keine Wurmkur. Leider auch kein Blauspray oder Lebertransalbe.«

Offensichtlich auch keine anderen Mittel aus der Stallapotheke, die bei Pferden sofort anschlagen. Sonst hätte Herr Jensen sie längst herausgeholt.
Luisa beschloss gleich heute Abend ihre Oma zu fragen, ob es nicht doch einen Impfstoff gegen die Pubertät gab. Sie musste es wissen, schließlich hatte Frau Steffen früher als Krankenschwester gearbeitet. Hoffentlich kannte sie ein Mittel. Luisa hatte nicht vor jemals diese erschreckende Ähnlichkeit mit Killerbienen anzunehmen.
»Jule hätte bestimmt schon einen Tobsuchtsanfall gekriegt«, flüsterte Luisa in Richtung Conny. »Du weißt ja, wie schnell sie immer auf hundertachtzig ist.«

2. Kapitel

Jule kocht vor Wut

Jule hatte tatsächlich schon am frühen Morgen einen Wutanfall gekriegt. Dazu musste sie nicht erst in den Stall gehen. Jule Ahrend hatte auch, wie sie fand, im Haus ihrer Eltern genug Grund sich aufzuregen.
Ein, zwei kurze Wutanfälle pro Tag waren nichts Ungewöhnliches im Schwalbenweg 25.
Jedenfalls an schulfreien Tagen. Der Grund für Jules Ärger war fast immer derselbe: Sie hatte eine völlig andere Vorstellung von der Notwendigkeit früher Stallbesuche als ihre Eltern. Die Ahrends zählten zu den Großmoorstedtern, die ihre Töchter erst ab sieben Uhr zum Reiterhof lassen wollten.
Peinlich, empörend und entwürdigend fand Jule das.
Schließlich war sie zwölf Jahre und nur drei Straßen trennten ihr Haus vom Stall. Länger als fünf Minuten brauchte Jule nie mit dem Rad. Gut, würde sie mit der üblichen

Geschwindigkeit fahren, wären es sieben Minuten. Oder doch eher zehn bis zwölf? Okay, okay. Jule gab ja gern zu, dass sie ein bisschen risikofreudig fuhr. Aber das tat sie nach sieben Uhr auch noch.

Und darum ging es auch gar nicht. Worum es wirklich ging, war nach Jules Ansicht die sture Art ihres Vaters. Niemals wich er von seinen Grundsätzen ab.

Vielleicht konnte man einfach nicht anders als Bankangestellter? Ihr Vater hatte nie etwas anderes gemacht. Festverzinsliche Wertpapiere und Edelmetalle. Solange alles seine Ordnung hatte, war er ein prima Vater. Was unter Ordnung zu verstehen war, bestimmte aber leider er. Mit Pferden konnte Peter Ahrend nichts anfangen. Wenn er überhaupt etwas dafür empfand, dann eine Art verschwommener Abneigung. Pferde schienen ihm zu unberechenbar, nicht sicher genug. Jedenfalls nicht so sicher wie seine Wertpapiere.

In diesem Punkt war auch Jules Mutter keine Hilfe.

Brigitte Ahrend arbeitete bei einer großen Versicherung und sorgte sich um Jules Sicherheit halb zu Tode. Für ihre einzige Tochter hatte sie eine Privathaftpflichtversicherung, eine Unfallversicherung, eine Zusatzkrankenversicherung, eine Ausbildungsversicherung, eine Fahrradversicherung und noch drei andere Versicherungen abgeschlossen. Man konnte wohl sagen, dass Jule das am besten versicherte zwölfjährige Mädchen zwischen Hamburg und Haiti war.

Das Unglück wollte es, dass Jule von dem Zahlenverständnis ihrer Eltern nichts geerbt hatte. Aber auch gar nichts. Jules Stärke waren ihre tollen Ideen. Ihr fiel immer etwas ein, mochte eine Sache noch so aussichtslos scheinen. Dafür war sie auch im Stall bekannt.

Aber was half ihr das jetzt? Wenn man nicht freigelassen wurde, brachten einen auch die schönsten Phantasien nicht weiter.

Wütend marschierte Jule in ihrem Zimmer im ersten Stock auf und ab. Sie musste bis sieben Uhr ausharren und Sally wartete in der Box und stand sich die Beine in den Bauch.

Sally! Jule bückte sich nach ihrem Putzkasten und klappte den Deckel auf. In der Innenseite klebte ihr bestes Foto von der braunen Holsteiner Stute. Sally hatte den Kopf zur Seite gedreht, die Ohren aufmerksam gespitzt und guckte mit ihren klugen Augen direkt in die Linse des Fotoapparates.

»Grüß dich, Mäuschen«, murmelte Jule und drückte ihrem Lieblingspferd einen dicken Kuss auf die Fotostirn. Mitten auf den weißen Stern.

Die Putzbox wurde sorgfältig verschlossen und an die Tür gestellt, zusammen mit dem Stallrucksack. Alles war längst eingepackt, neben Kappe und Gerte ein roter Gürtel, Seidenrosen und ein schwarzer Rock. Jule holte den langen, weiten Rock noch einmal heraus und probierte ihn vor dem Spiegel an. Mit schief gelegtem Kopf sah sie ihr Spiegelbild kritisch an. Gar nicht übel, wie sie sich als Spanierin machte. Hoffentlich dachten die sieben anderen Mädchen an

ihre Kostüme. Sonst konnten sie die Quadrille glatt vergessen.
Jule zog den Rock wieder aus, legte ihn zurück und ließ ihren Blick prüfend über jedes Einzelteil im Rucksack gleiten. Nichts fehlte. Auch nicht der große Umschlag mit dem kunstvoll beschriebenen Blatt Papier für den Aushang.
Vor zwanzig Minuten hatte Jule flüsternd ins halbdunkle Elternschlafzimmer hineingefragt, ob sie nicht schon loskönne. Nach einem Blick auf den Wecker hatte ihr Vater den Kopf geschüttelt, »sieben wie immer« gebrummt und sich auf die andere Seite gedreht.
Nicht einmal heute können sie eine Ausnahme machen, dachte Jule mit einem Anflug von Verzweiflung.
Conny und Luisa waren bestimmt schon seit einer Ewigkeit im Stall. Jedenfalls hatten die beiden das gestern Abend angekündigt, als die Reiter noch bis zum Einbruch der Dämmerung Vorbereitungen getroffen hatten. Die Bänke auf der Tribüne waren abgewischt, Spinnweben aus den Ecken gefegt und alle Boxen ausgemistet und frisch eingestreut worden. Vor der Reitschule hatte man lange Holzbänke, Gartentische und einen überdachten Stand für Kaffee, Sprudel und Kuchen aufgebaut.
Trotzdem blieb am Morgen vor so einer großen Veranstaltung noch genug zu tun. Jeder Säugling würde das begreifen, dachte Jule bitter, nur meine Eltern nicht.
Die französische Kaminuhr in der Diele schlug siebenmal. Endlich!

Mit einem Griff zerrte Jule das bereitgehängte dunkelblaue Sweatshirt vom Kleiderbügel, streifte es über die Reitbluse und ordnete ihre auffallenden, kastanienroten Haare über dem Pulloverkragen. Die weiße Bluse musste bis zur Reitvorführung geschont werden und sie kannte ihre Sally und die anderen Pferde. So schnell konnte gar keiner gucken, wie sie ihr grünes Grasmaul an einer Bluse abwischten. Je teurer und empfindlicher sie war, desto lieber!
Leise zog Jule die Tür hinter sich zu. Liebend gern hätte sie sie voller Wut zugeknallt, aber das würde heute Abend nur unnötigen Ärger geben.
Auf Socken stieg Jule die weiß lackierte Treppe hinab. Nicht auszudenken, wenn sie ihre Reitstiefel bereits im Haus anzöge! Ihre Eltern würden Schreikrämpfe kriegen. Die und ihr Sauberkeitstick. Wie konnte man ein Haus auch nur so weiß einrichten, dass jeder Klumpen Erde sofort auffiel! War es ein Wunder, dass Jule von einem alten Bauernhaus träumte, in dem man unentwegt mit schmutzigen Schuhen umherlaufen konnte, ohne dass jemand sagte: »Du ruinierst ja den teuren Boden.«?
Während sie vor der Haustür in ihre schwarzen Gummistiefel schlüpfte, atmete Jule tief die klare, würzige Morgenluft ein. Sofort fühlte sie sich besser. Der Tag würde super werden, das merkte man schon. Summend schwang Jule sich aufs Fahrrad und brauste den Schwalbenweg hinunter.
Auf zu Sally!

Im Birkenhain an der Straße zeigten sich schon grüne Blätter. Jule stoppte kurz, lehnte ihr Fahrrad an einen Stamm und brach drei kurze Zweige ab. Sally war ganz verrückt nach jungem Birkengrün.
Ob Bastian mit ihr beim Grasen war? Dann war es besser, sie fuhr nicht nach links Richtung Stall, sondern geradeaus durch den kleinen Wald. Der gewundene Weg entlang dem Lottbach endete an den Weiden von Jensens Reiterhof. Nur ein winziger Umweg von zwei Minuten. Jedenfalls bei Jules rasanter Fahrweise.
Jule legte sich flach über den Fahrradlenker und versuchte durch die noch fast kahlen Buchenäste die Wiesen zu überblicken.
Die große Weide lag zwar nicht in ihrem Sichtfeld, aber die schmalere daneben. Dort grasten die größten Pferde des Stalls, die XXL-Pferde. Diese Wiese war für die beiden schwarzen Friesen Ankum und Brinkum reserviert. Nicht weil sie eine Sonderbehandlung brauchten. Nein, auf der Friesenwiese war der Boden trockener. Die XXL-Hufe mit den schweren Eisen richteten dort auch bei nassem Wetter keinen Schaden an.
Dahinter lag die Waldkoppel. Direkt am Rand des flachen Lottbachs. Polternd rollten Jules Fahrradreifen über die morsche Holzbrücke. Noch ein Schlenker, dann kam die Waldkoppel. Meistens standen Privatpferde hier. Aber es war auch Sallys Reich, obwohl sie zu den Schulpferden gehörte.

Jule seufzte.
Wie oft war sie schon gefragt worden, warum Sally nicht bei den anderen Pferden auf der Weide stand. Ja, warum? Weil es einfach nicht ging. Schon wenige Minuten ohne Menschen in der Nähe machten aus dem sonst so ruhigen Pferd ein Nervenbündel. Die Holsteiner Stute geriet in Panik, während die anderen Pferde um sie herum friedlich grasten. Das endete damit, dass Sally, völlig aufgelöst, über jeden Zaun sprang und zurück in den Stall galoppierte. Nicht nur einmal war das passiert.
Und dann die Verwandlung, wenn Jule mit Sally am Strick auf die Wiese ging. Auf einmal war Sally wie ausgewechselt. Stundenlang verharrte sie auf derselben Stelle und zupfte um sich herum Grashalm für Grashalm ab. Alle paar Minuten hob die Stute kurz ihren Kopf und stupste ihr weichen Nüstern gegen Jules Hand. Als ob sie sagen wollte: »Gut, dass du da bist.«
Wenn ein Mensch in Sallys Nähe war, war alles in Ordnung. Das war völlig ungewöhnlich. Normalerweise fühlen Pferde sich nur mit einem Pferdepartner in der Nähe sicher. Woher Sallys »Tick« kam, wusste niemand. Bereits beim Kauf vor drei Jahren war sie so ein »Menschenpferd« gewesen.
»Sie muss früher etwas Schlimmes auf der Weide erlebt haben«, meinte Herr Jensen. Natürlich war er nicht gerade glücklich darüber, dass er so ein Pferd besaß. Sally brauchte ja täglich eine Extrabetreuung beim Grasen.

Jule wurde verrückt, wenn sie daran dachte, dass Herr Jensen eines der anderen Mädchen mit Sally auf die Wiese schickte. Das konnte aber leicht passieren, wenn ihre Eltern sie mal wieder nicht aus dem Haus ließen. Damit es gar nicht so weit kam, hatte sie sich mit Bastian abgesprochen. Er würde ihr Sally nicht wegnehmen, da konnte sie sicher sein. Bastian, einer der wenigen Jungen im Stall, war ein Fan von King Louis, den er mit rührender Ausdauer umsorgte.

Jule bog in den hellen Sandweg Richtung Stall ein. Gut abgepasst. Bastian zuckelte mit Sally am Halfter auf sie zu. Jule sprang sofort vom Rad und zog die Birkenzweige aus dem Rucksack.

»Hallo, Mäuschen«, sagte sie mit weicher Stimme. Sally grummelte höchst zufrieden vor sich hin und vergnügte sich mit dem Birkengrün.

»Immer zuerst die Pferde, was?« Der 14-jährige Bastian lachte und drückte Jule den Strick in die Hand. »Ich bin wohl nur der Sally-Sklave?«

Freundschaftlich gab Jule dem hochgeschossenen Jungen einen Stoß in die Rippen. »Quatsch! Trotzdem könntest du mein Rad mit nach oben nehmen.«

Das Gespräch interessierte Sally logischerweise nicht. Sofort senkte sie ihren Kopf in das frische Gras.

»Ich bleibe nur kurz auf der Weide«, rief Jule Bastian nach, der bereits auf dem Weg zurück war. »Seid ihr schon beim Einflechten?«

Bastian schüttelte den Kopf.
»Sie haben gerade die Pferde hereingeholt. Nach dem Fressen geht es aber los.«
Die Mähnen einiger Schulpferde wurden für Reitvorführungen zu kleinen Zöpfen geflochten. Niemand konnte das besser als Jule, während Conny weniger geschickt war. Jule hatte Conny versprochen ihr bei ihrem Traber zu helfen. Rockys feine Mähne war schwierig hinzubekommen.
»Ihr trefft mich am Schaukasten«, verabschiedete sich Bastian. »Gestern Abend war es zu dunkel, um alles einzukleben. Drei Fotos fehlen noch.«
Seit Bastian in der Schule an einer Foto-AG teilnahm, fotografierte er mit Begeisterung im Stall. Die schönsten Aufnahmen von den Schulpferden hatte Herr Jensen vergrößern lassen und in den neuen Schaukasten an der Straße gehängt.
Der Schaukasten war Bastians Idee gewesen und er war ziemlich stolz darauf. Der Reiterhof Birkenhain lag ein Stück abseits des Birkenweges, auf den ersten Blick nicht als Pferdehof zu erkennen. Woher sollte man wissen, dass es dort Pferde gab? An den Wochenenden fuhren Hunderte von Hamburgern mit der U-Bahn aus der Innenstadt ins Grüne, um sich in Großmoorstedt zu erholen. Dabei schlenderten sie meistens an Jensens Hof vorbei. Und künftig auch an dem Kasten mit den Pferdebildern und der Preisliste für Reitstunden.
Bastian lehnte Jules Rad an den Pfosten des Schaukastens,

öffnete die Glasscheibe und begann mit den letzten Handgriffen.
Rechts oben war der Platz für Jules Text vorgesehen. Mit dünnen Pinnnadeln steckte er das Blatt fest, danach seine drei Fotos. Fertig. Bastian trat einen Schritt zurück, um sein Werk zu betrachten.
Was hatte Jule eigentlich geschrieben? Gestern Abend waren sie sich alle zusammen einig gewesen, dass noch ein witziger Text in den Schaukasten gehöre. Jule war unschlagbar, wenn es darum ging, jemanden zum Lachen zu bringen. In diesem Fall sollten die Besucher ihre »Lachopfer« sein. Das stand auf Jules Zettel:

ACHTUNG! BETRETEN AUF EIGENE GEFAHR!

Das war in riesengroßen Buchstaben geschrieben. Dann ging es weiter:
Wer diese Reitschule besucht, setzt sich großer **Ansteckungsgefahr** aus!
Der Krankheitserreger ist unter dem Namen **Pferdebazillus** bekannt.
Er verbreitet sich seuchenartig; ähnlich rasend wie Windpocken oder die Abneigung gegen Mathe.
Bei Kindern, die bereits befallen sind, kann das Pferdefieber sich in der Stallgasse verschlimmern.
Krankheitsanzeichen: Unstillbarer Drang in die Nähe von Pferden und Reitställen zu kommen. Zwanghafter

Trieb Pferdebilder aufzuhängen. Auffallende Bevorzugung von Reitschulen gegenüber allen anderen Schulen. Arztbesuche sind zwecklos. Die Seuche ist nach heutigem Stand der Wissenschaft unheilbar.
Bisher wurden keine wirksamen Gegengifte gefunden.
In Einzelfällen können sich auch Erwachsene anstecken.
Kinder haften für ihre Eltern.

»Ansteckungsgefahr« und »Pferdebazillus« waren mit Filzstift dick unterstrichen. Das fiel schon von der Straße ins Auge.
Als Bastian die Scheibe des Schaukastens schloss und zum Hof hinunterlief, lachte er immer noch. Wenn die Besucher das nicht witzig fanden . . .
»Klasse, dein Text«, sagte er grinsend, als ihm Jule auf der Stallgasse mit Sally entgegenkam.
Jule wurde ein bisschen verlegen. Bei ihr zu Hause waren Komplimente so selten wie Treibeis in der Sahara. Darum wusste sie nie, wie sie auf Lob reagieren sollte.
»Schon gut«, sagte sie nur und wechselte schnell das Thema. »Machst du Sally fest? Dann besorge ich Mähnengummis und Klebeband.«
Bastian nickte und klickte zwei Stricke rechts und links in Sallys Halfter. Zu beiden Seiten der Stallgasse standen Pfosten mit großen Ringen, an denen man die Enden der Stricke festbinden konnte. Beim Einflechten musste ein Pferd ruhig stehen.

Jule bahnte sich durch die zusammengesteckten Köpfe der Killerbienen einen Weg zum Schrank.
Immer mussten sie im Weg sein! Genau hinter ihrer Bank stand der Lagerschrank, in dem Werkzeug, Medikamente und Pflegemittel untergebracht waren. Jule beugte sich über die Köpfe, um an die Tür mit der Aufschrift »Sonstiges« zu gelangen. Dieses Fach zu öffnen war jedes Mal spannend.
Dahinter sollte im Grunde alles liegen, was nicht aussah wie Kneifzangen, Salbentuben oder Lederöl-Flaschen. Dummerweise machte aber das, was nicht so aussah, den weitaus größten Anteil des Stallzubehörs aus. Die Wahrheit war darum, dass das Fach »Sonstiges« zwar aus allen Nähten platzte, aber nie das enthielt, was man suchte. Im Grunde brauchte man in einer Reitschule mindestens 500 Schränke für *Sonstiges,* um alles unterbringen zu können.
An diesem Tag hatte Jule aber Glück. Die Mähnengummis lagen zum Greifen nahe, genau zwischen der Dose mit Katzenfutter und einem Malerpinsel. Das heißt, sie hätten zum Greifen nahe gelegen, wäre nicht der Zugriff durch die Mädchen erschwert worden.
Jule stieß leise Verwünschungen aus und angelte sich die Gummis über die Köpfe hinweg.
»Schon mal dran gedacht, dass es sich hier um einen Reitstall handelt?«, fragte sie bissig, als die Mädchen keine Anstalten machten ihrem Beispiel zu folgen und auch mit dem Flechten der Zöpfe zu beginnen.

»Mach dich nicht so wichtig«, zischte Mia-Mathilde Gerlach und ihre Zwillingsschwester sagte: »Genau.«
Jetzt werden sie sich überlegen, wie sie mir den Angriff auf ihre Ehre heimzahlen können, dachte Jule. Aber das war ihr egal.
Dafür hatte der Stich bei den Pubertäts-Bienen gesessen. Auch wenn sie so taten, als wollten sie sowieso gerade an die Arbeit gehen. Jedenfalls verteilten sie sich endlich auf die Boxen, um die Mähnen einzuflechten.
Bastian hatte einen Strohballen neben Sally geschoben. Das Einflechten ging leichter, wenn man höher stand. Sonst erlahmten die Arme. Geschickt begann Jule Sallys dichte Mähne in zwanzig schmale Strähnen abzuteilen, die Stück für Stück in dünne Zöpfchen geflochten werden sollten.
»Ich finde die Pferde mit offener Mähne viel schöner«, sagte Jule und überprüfte mit zusammengekniffenen Augen, ob die Strähnen gleichmäßig abgeteilt waren, »aber Herr Jensen will es unbedingt so haben.«
»Für eure Quadrille sieht es doch nicht schlecht aus mit Zöpfen«, meinte Bastian. Und dann zum Ausgang gewandt: »Was will denn Conny?«

3. Kapitel

Conny greift ein

Seit fünf Minuten versuchte Conny Jule und Bastian auf sich aufmerksam zu machen, aber so unauffällig wie möglich. Sie lehnte sich aus Rockys Boxentür und pfiff leise durch die Zähne. Es kam ihr wie eine Ewigkeit vor, bis ihre Freunde endlich guckten! »Könnt ihr mal rüberkommen?«, rief Conny verhalten.

»Gleich«, gab Jule zurück. »Keine Angst, ich habe nicht vergessen, dass ich dir bei Rockys Mähne helfen soll. Aber ich brauche bei Sally noch zwanzig Minuten.«

»Nein, nein, es ist was anderes. Ihr müsst sofort kommen.« Das klang dringend. Seufzend sprang Jule vom Strohballen.

Conny legte beschwörend den Finger auf die Lippen, als ihre Freundin mit ihrer gewohnt lauten Stimme fragte: »Was ist denn los hier hinten?« Das musste nun wirklich nicht jeder mitkriegen. Schon gar nicht Herr Jensen.

Conny schob Jule an Rockys Box vorbei zu der Nachbar-

box, die dem Haflinger Nappo gehörte. Luisa stand mit der Desinfektionssalbe in der Hand neben Nappo und deutete schweigend auf zwei markstückgroße Löcher im Fell.
Jule zog die Augenbrauen hoch und schob Nappo zur Begrüßung ein Leckerli ins Maul. Zu den leicht blutenden Stellen vorgebeugt, sagte sie zuerst: »Mist«, und dann: »Rocky?«, und beide Male nickten Conny und Luisa.
Das war eindeutig eine Bisswunde. Daran gab es nichts zu rütteln. Einen Biss erkennt jeder Reiter daran, dass zwischen den beiden Löchern ein kleiner Abstand ist. Genau von der Breite, wie sie Pferdezähne beim Zuschnappen hinterlassen.
Die beiden Löcher waren aus zwei Gründen sehr, sehr übel. Nein, aus drei.
Erstens, weil sie Nappo sicher weh taten.
Zweitens, weil sie so ungünstig an der Seite lagen, dass man wahrscheinlich keinen Sattel auflegen konnte. Und das heute, am »Tag der offenen Tür«.
Drittens, und der Punkt machte Conny die größten Sorgen, weil Herr Jensen sofort ihren Rocky beschuldigen würde. Und leider zu Recht.
Luisa tupfte die rote Desinfektionssalbe auf beide Stellen. Sie hatte schon oft unter Aufsicht ihrer Oma Pferdebisse eingerieben. Herr Jensen hatte ihr das bei solchen eindeutigen Wunden erlaubt. Nur gut, dass die Salbe in Nappos fuchsrotem Fell kaum auffiel. Was sollten die Besucher sonst denken!

Bastian hatte inzwischen Nappos Sattel geholt und senkte ihn behutsam auf den Pferderücken hinab.
Ein Erleichterungsseufzer war zu hören. Besser gesagt: vier gleichzeitige Erleichterungsseufzer. Die Wunden lagen weit hinter der Sattellage. Nappo konnte also geritten werden.
Rocky stieß mit seiner Nase gegen die Boxenstäbe, um auf sich aufmerksam zu machen. Dass alle sich um den Haflinger scharten, gefiel ihm gar nicht.
»Mensch, Rocky.«
Conny stieg zwischen den breiten Gitterstäben hindurch in die Box ihres Trabers. Unschuldiger als er konnte nicht mal ein Weihnachtsengel aussehen. Aber trotz Rockys großer, dunkler Unschuldsaugen gab es wohl keinen Zweifel, dass er Nappos fehlende Fellstücke auf dem Gewissen hatte.
»Was denkst du dir eigentlich dabei, dass du die anderen dauernd beißt? Ausgerechnet heute . . .«
»Und? Was antwortet er?«
Wieder einmal war es Herrn Jensen dank seiner Tarnkappe gelungen, ohne Vorwarnung aufzutauchen.
Conny verbarg ihren Kopf an Rockys Hals. Durch die Mähne schielte sie zu Herrn Jensen hinüber, um zu ergründen, ob er wütend war. Aber er wirkte eher belustigt. Wahrscheinlich hatte er auf einen Blick gesehen, dass die Wunden nicht schlimm waren. Dass es ihm also erspart blieb, Tierarzt Dr. Teichmüller anzurufen. Herrn Jensens Frage »Was antwortet er?« war auch üblich. Der Chef

lachte meistens darüber, wenn Conny ihm wörtlich mitteilte, was ein Pferd gerade dachte.
»Nicht schuldig«, sagte Conny.
»Ach was.«
Conny holte tief Luft.
»Also, Rocky sagt, die Sache sei so abgelaufen: Er steht ganz friedlich auf der Weide und denkt an nichts Böses. Plötzlich stürzt sich dieser Nappo auf ihn. Und dann rammt der Haflinger mit voller Wucht seinen Bauch gegen Rockys Zähne.«
»So, sagt er das«, antwortete Herr Jensen. »Noch was?«
»Ja«, fuhr Conny fort. »Dann sagt Rocky noch, dass das Problem mit Haflingern darin besteht, dass sie keinen Spaß verstehen.«
Herr Jensen rollte mit den Augen.
»Sag ihm, dass das bei Reitlehrern ganz ähnlich ist. Nur dass sie mit beißwütigen Trabern keinen Spaß verstehen.«
Er wiegte den Kopf und musterte seinen Traber, der ihn unschuldig ansah.
»Hoffentlich kann dein verrückter Rocky sein Temperament heute zügeln. Sonst muss er beim Schnupperreiten im Stall bleiben.«
»Oh nein! Er ist doch schon so vernünftig geworden in der Halle«, beeilte sich Conny ihren Reitlehrer zu erinnern. »Erst letzte Woche, beim Galopp, als alle anderen . . .«
»Klar doch, Mücke.«
Lachend unterbrach Herr Jensen ihren Redeschwall.

Conny atmete auf. Wenn er sie bei ihrem Spitznamen nannte, war die Sache nicht wirklich ernst.
Freundschaftlich klopfte Herr Jensen ihr auf die Schulter. »Du würdest ja sogar behaupten, dass man auf einem Kampfhund Reitunterricht geben kann.«
Nein wirklich! Conny zog die Nase kraus. Musste er sie immer damit aufziehen, dass sie an jedem Tier eine gute Seite entdeckte? Conny interessierte sich eben sehr für Tierschutz und Naturschutz. Das hatte sie von ihrem Vater gelernt, der Biologielehrer war. Conny konnte keiner Fliege etwas zu Leide tun. Sie warf sich sogar dazwischen, wenn jemand eine Mücke erschlagen wollte. Daher ihr Spitzname »Mücke«.
»Ach, Conny, noch was. Die Heckensträucher werden gerade gebracht.«
Herr Jensen war noch einmal zurückgekommen, um Conny zu informieren, dass ihr Vater mit dem Wagen vorgefahren war.
Das wurde auch langsam Zeit.
Conny Clasen nickte, kraulte Rocky noch schnell die Mähne und schlüpfte durch die Boxenstäbe nach draußen.
Im Vorbeigehen sah sie, dass jetzt überall eifrig gearbeitet wurde. Auch die Killerbienen hatten begriffen, dass in zwei Stunden die ersten Besucher vor der Tür stehen würden. Fast alle Pferde, bis auf King Louis, den Bastian gleich putzen würde, waren schon sauber gebürstet und zum Teil eingeflochten.

»Okay, ich mache Sally fertig«, sagte Jule und ging zu ihrer Stute zurück, »danach knöpfe ich mir Rockys Mähne vor.«
Connys Vater war bis zur Hüfte im Laderaum seines alten, blauen Kombis verschwunden. Mit vier kleinen Sträuchern, deren Wurzelballen von Plastiktüten umhüllt waren, erschien Ulli Clasen wieder auf der Bildfläche. Schwungvoll setzte er sie neben dem Wagen ab.
»Na, ausgeschlafen?«
Liebevoll drückte Conny ihrem Vater einen Kuss auf die Backe. Heute Morgen hatte sie ihren Vater noch gar nicht gesehen. Als sie in aller Herrgottsfrühe aus dem Haus schlich, waren die Rollos im ganzen Haus noch heruntergelassen. Clasens waren großzügig, wenn es um Connys frühe Stallbesuche ging. Vielleicht, weil sie gleich nebenan in einer Straße wohnten, in der Ginsterau. Vielleicht auch darum, weil ihr großer Bruder Chris schon vor Jahren gute Ausgehzeiten durchgeboxt hatte. Clasens waren kein Vergleich mit Jules Eltern!
Behände hüpfte Conny auf die Ladefläche und reichte ihrem Vater die restlichen Berberitzensträucher.
Das war Clasens Geschenk zur Eröffnung der Reitschule. Herr Jensen war ganz überrascht gewesen, als Connys Vater die 20 Sträucher angekündigt hatte. Ulli Clasen war Mitglied in der Großmoorstedter Umweltgruppe. Berberitzenhecken waren ein Schlaraffenland für Vögel und Schmetterlinge, aber ziemlich aus der Mode gekommen.

Herr Jensen wollte am Ende des Hofes aus den Sträuchern eine Hecke anlegen.
»Ich pflanze sie gleich an Ort und Stelle ein.« Ulli Clasen beförderte einen stabilen Spaten aus dem Auto. »Da drüben ist es richtig, stimmt's?« Er deutete mit dem Spatenstiel auf den Rand der Pflastersteine.
Conny nickte.
»Guckst du dir nachher unsere Quadrille an?«, wollte sie von ihrem Vater wissen. Wenn es etwas vorzuführen gab, hatte sie ihre Eltern gern dabei. Beim Üben dagegen weniger.
Herrn Clasens Antwort wurde übertönt von quietschenden Autoreifen. Wenige Sekunden später war ein kurzer, aufgebrachter Wortwechsel zu hören. Danach wurden Autotüren hastig zugezogen und ein Motor heulte auf.
Connys Vater hob den Kopf.
»Hoffentlich kein Unfall am frühen Morgen«, sagte er, »aber es hörte sich ganz so an.«
Ohne Zeit zu verlieren, ließ er die letzten Sträucher zurück auf die Ladefläche fallen, streifte seine ledernen Arbeitshandschuhe ab und war mit einigen großen Schritten an der Straße. Conny folgte.
Weit und breit keine Spur von einem Unfall. Conny reckte den Kopf, um weiter die Straße hinabsehen zu können. Nicht mal ein Baum oder ein Schild trugen verdächtige Spuren.
Connys Vater strich sich mit der Hand übers Kinn. »Sollte ich mich denn so geirrt haben?«

Aber eine Reifenspur auf dem Schotterweg neben dem Birkenweg zeugte davon, dass sie sich das Ganze nicht eingebildet hatten.
Conny wollte sich schon umdrehen und zurückgehen, da entdeckte sie den kleinen Vogel.
Regungslos hockte die Drossel zwischen Schotterweg und Grasstreifen. Man konnte sie schnell übersehen mit ihrem braun gemusterten Gefieder, das auf dem Boden wie eine perfekte Tarnung wirkte.
»Vati! Guck doch mal!«
Conny kniete sich zu dem Vogel herunter. Hoffentlich war er nicht tot! Er gab kein Lebenszeichen von sich. Seine Augen waren geschlossen. Doch der Schnabel – der war ein wenig geöffnet. Das ließ hoffen, dass die Drossel noch lebte.
»Schweinerei.« Herr Clasen erkannte sofort, was passiert war. »Das Kerlchen ist dem Autofahrer wahrscheinlich gegen die Windschutzscheibe geknallt. Ich wette, der hat beim Anhalten genau gesehen, dass die Drossel verletzt war. Und dann ist er einfach weitergefahren, ohne sich um den Vogel zu kümmern!«
Die Drossel hatte sich wie ein dicker Federball aufgeplustert.
»Was können wir denn tun, Vati? Ich mag sie gar nicht anfassen. Vielleicht ist ja etwas gebrochen. Ein Flügel oder so.«
Conny ließ sich auf den Hosenboden neben den Vogel fallen.

Schulterzuckend ging Ulli Clasen in die Knie und nahm die Drossel näher in Augenschein. »Das kann nur ein Tierarzt sagen.«

Dr. Teichmüller.

Theo Teichmüller war der Stalltierarzt. Neben seinen Stallbesuchen bei kranken Pferden kümmerte er sich in seiner Praxis auch um Kleintiere.

Conny war Stammgast bei ihm. Nicht mit eigenen Haustieren, sondern mit aufgelesenen, ausgesetzten, verletzten. Jedes kranke Tier, das sie fand, schleppte sie in seine Praxis. Fast jeder Autobesitzer aus dem Stall hatte Conny schon mal mit einem kranken Tier zu Dr. Teichmüller gefahren. Ihr Glück war, dass er zu den Tierärzten gehörte, die Wildtiere kostenlos behandeln. Sonst wäre sie wohl Stammkundin der Bank von Jules Vater. Um Geld zu leihen ...

Nun also die Drossel.

Im Augenblick fühlte sich Conny hin- und hergerissen.

Sie *musste* den Vogel retten. Aber da waren auch ihre Pflichten im Stall. Herr Jensen wäre stocksauer, wenn sie wegen einer Drossel seinen wichtigen Eröffnungstag gefährden würde. Aber – wenn Jule Rockys Mähne übernahm ...

»Das müsste gerade noch reichen mit der Zeit«, hatte sie ausgerechnet. »Fährst du mich hin, Vati?«

Die Tierarzt-Praxis lag mit dem Auto zehn Minuten entfernt, wenn man Abkürzungen kannte. Ohne Connys Hilfe würde ihr Vater die Schleichwege zur Hamburger Allee aber nie finden.

»Ich besorge einen Karton«, sagte Conny, »bleib du bei der Drossel.«

Der Heuboden war eine Fundgrube für Kisten, Kartons und Schachteln, die wegen ihrer Größe nicht in das Fach *Sonstiges* passten. Gleich am Ende der Treppe, die von unten heraufführte, stapelten sich die Kartonvorräte.

Während Conny sie auf Tauglichkeit durchsah, schnupperte sie tief den würzigen Heuduft ein. Heuböden waren das Schönste, was es gab. Heute Abend würden sie alle hier noch zusammenhocken. Auf dem Heuboden zu sitzen und zu reden, das war die Krönung einer solchen Veranstaltung.

Conny fischte eine hohe Pappschachtel aus dem Stapel und zog die Verschlusslaschen auseinander. Mit dem Finger bohrte sie Luftlöcher in die Pappe. So, jetzt schnell zurück. Im Vorbeigehen zog sie ein trockenes Handtuch von der Wäscheleine. An den anderen Leinen, die quer über den Heuboden gespannt waren, baumelten heute Kleiderbügel mit den Jacketts, Westen und Blusen der Reiter. Wer ankam, brachte seine feinen Reitsachen sofort auf dem Heuboden in Sicherheit. Umziehen lohnte sich erst kurz vorm Aufsitzen. Pferde und Flecken waren ein unzertrennliches Team.

Während Conny den Karton mit dem Handtuch auspolsterte, machte sie vorsichtig einen Schritt auf die offene Luke zu. Von oben konnte man direkt auf die Stallgasse blicken. Genau unter der Öffnung quälte Luisa sich mit dem Einflechten von Flecken-Paulas dicker Mähne ab.

»Luisa«, rief Conny nach unten. »An der Straße liegt eine verletzte Drossel. Mein Vater fährt mich fix zu Dr. Teichmüller. Kannst du Jule bei Rockys Mähne helfen? Ich bin in einer halben Stunde zurück.«

Luisa nickte und reckte einen Daumen hoch, was so etwas wie »volles Verständnis« bedeuten sollte.

Als Conny aus dem Stall kam, hatte ihr Vater schon seinen Wagen an die Straße gefahren.

Mit ihrem gepolsterten Transportkarton beugte sich Conny zu dem Vogel herunter. Bei ihm hatte sich gar nichts geändert. Die Drossel saß noch in derselben jämmerlichen Haltung auf dem Weg wie vorhin, den Schnabel leicht geöffnet. Mit beiden Händen umfasste Conny den Federball, nachdem sie den Karton abgesetzt hatte, und hob ihn sachte in den Karton. Nichts, was auf eine Verletzung hingedeutet hätte.

Während der Fahrt konnte man sich nicht groß unterhalten, denn Conny musste ständig die Schleichwege ansagen. »Rechts«, »geradeaus«, »hinter der Telefonzelle links«.

Die schmalen Straßen entlang dem Naturschutzgebiet waren gesäumt von Linden, von Holunder, Fliederbüschen und Rotdorn. Ein paar Wochen später war das hier ein einziges Meer von Blüten und üppigem Grün. Wer Hamburg zum ersten Mal besuchte, war jedes Mal überrascht von der grünen Oase am Stadtrand. Und mittendrin lag die Tierarzt-Praxis. Ein Segen, dass Dr. Teichmüller am 1. Mai für den Feiertagsdienst eingeteilt war. Conny hatte seinen Notdienst-Plan wahrscheinlich besser im Kopf als er selbst. Irgendwie war es komisch mit Theo, wie alle im Stall den Tierarzt heimlich nannten. Er war nämlich jemand, den man zugleich gern und ungern sah.

Conny kicherte. Sie dachte daran, wie Jules Vater ganz verwirrt gesagt hatte, das gibt es nicht, gern und ungern zugleich. Ihr müsst doch wissen, ob ihr ihn nun gern seht oder ungern. Entweder Ja oder Nein. Schwarz oder weiß. Gewinn oder Verlust. Beides geht nicht. Sagte Herr Ahrend.

Die Mädchen hatten versucht Peter Ahrend diese völlig logische Sache zu erklären. Aber er verstand sie einfach nicht.

Es war doch so einleuchtend! Man sah Theo einerseits sehr ungern – wenn er kam, war nämlich ein Pferd krank. Andererseits sah man ihn sehr gern – wenn er kam, wurde nämlich dem kranken Pferd geholfen.

»Links oder rechts?«, fragte Connys Vater schon zum zweiten Mal. Und: »Was gibt es da zu kichern?«

»Rechts«, sagte Conny und hielt ihren Karton fest, weil es in eine scharfe Kurve ging, bevor sie in den Hof der Tierarzt-Praxis einbogen.

An dem Emailleschild »Dr. Theo Teichmüller, Kleintier-

Praxis und Großtiere« steckte eine rote Karte mit der Aufschrift »Im Notfall links klingeln«. Das wusste Conny längst. Schließlich war das nicht ihr erster Notfall.
Dr. Teichmüller hatte Conny schon durchs Fenster gesehen und winkte sie zum Praxiseingang hinüber. Mit den Händen in den Jeanstaschen wartete der fast zwei Meter große Hüne in der offenen Tür auf seine Stammkundin.
»Was ist es denn diesmal, Mücke?«, fragte er statt einer Begrüßung und schob seine runde Metallbrille zurecht. Kummervoll hielt Conny ihm den Karton hin und klappte den Pappdeckel auseinander.
»Weißt du, was mit ihm passiert ist?«, wollte Theo Teichmüller nach einem Blick auf den leblosen Vogel wissen.
»Windschutzscheibe«, sagte Conny und folgte Herrn Teichmüller durch das Wartezimmer. Im Behandlungsraum setzte sie den Karton behutsam auf den Untersuchungstisch mit der matten Stahlplatte.
Mit geübten Griffen tastete der Tierarzt den kleinen Patienten ab. »Gebrochen ist wohl nichts«, meinte er. »Vielleicht nur ein Schock.« Er drehte sich nach seiner Rotlichtlampe um. »Ich setze deine Drossel jetzt vor die Lampe. Was sie braucht, ist viel Wärme und Ruhe. Bis heute Abend wird sich zeigen, ob sie es schafft. Bei Vögeln entscheidet sich das schnell.« Dr. Teichmüller drückte den Einschaltknopf. »Aber bis morgen früh behalte ich sie auf jeden Fall. Nachts ist es doch noch kühl um diese Jahreszeit.«

»Sie sind echt stark, Theo . . . Verzeihung.« Conny schlug erschrocken die Hand gegen den Mund. Er musste ja nicht wissen, dass sie ihn respektlos beim Vornamen nannten. »Herr Teichmüller«, verbesserte sie sich, schüttelte ihm die Hand und flitzte zurück zum Auto.

»Ich muss sofort zurück«, entschuldigte sie sich. »Wir haben doch heute Eröffnung in der Reitschule.«

»Wie machen sich denn die Neuen?«, rief der Tierarzt hinter Conny her, als sie die Autotür zuzog.

Die Neuen???

So rasch hatte Conny noch nie eine Autoscheibe heruntergekurbelt.

»Welche Neuen?«

»Äh . . . also . . .« Diesmal war es Dr. Teichmüller, der auf einmal ins Stottern kam. »Vergiss es, Mücke. Eine Verwechslung.«

Eine Verwechslung!

Nicht mit ihr.

Was wurde da gespielt, was Theo offensichtlich nicht verraten wollte?

4. Kapitel

Ein turbulenter Start

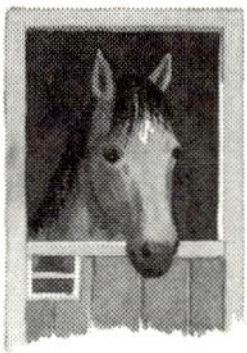

Conny wusste zuerst nicht, woher der Lärm kam, der durch das offene Schiebedach drang, als ihr Vater sie wieder vor der Reitschule absetzte. Aber beim zweiten Hinhören war es klar. Das Schimpfen kam von der Stallgasse.

Jule!

»Wenn ich du wäre – und ich bin froh, dass ich es nicht bin –«, hörte man Jule brüllen, »dann würde ich in affenartiger Geschwindigkeit nach Hause rasen und neue Schwämme herbringen.«

Ihr Gebrüll ging an die Adresse von Mia-Mathilde, einem der Gerlach-Zwillinge. Nur weil sie zu faul waren, nach ihren Pinseln zu suchen, hatten die Zwillinge mit den Stallschwämmen Huffett aufgetragen. Ausgerechnet mit den Schwämmen, die Jule zum Anfeuchten der Mähnen brauchte. Die schmierigen Dinger konnte man wegwerfen. Obwohl Ulli Clasen nicht viel von Pferden verstand, konnte er sich leicht ausrechnen, dass es drinnen massiven Ärger wegen irgendwelcher Schwämme gab. Er drehte sich weit nach hinten und zauberte einen nagelneuen Autoschwamm hinterm Sitz hervor.

»Hier, noch völlig unbenutzt«, sagte er lachend und warf Conny den Schwamm zu. »Bevor Jule vor Wut tot umfällt. So ein verrücktes Huhn.«

Ein verrücktes Huhn, das ist Jule wirklich, dachte Conny. Immer extrem. Wenn sie wütend war, dann richtig. Wenn sie sich freute, dann so, dass der ganze Stall mitlachte. Vielleicht musste man so sein, wenn man eine künstlerische Ader hatte? Die hatte Conny zwar nicht, dafür aber einen siebten Sinn, wenn es um Geheimnisse ging. Und die Bemerkung von Dr. Teichmüller über die »Neuen« – dahinter steckte ein Rätsel. Darauf konnte Conny wetten.

Sie musste die Sache unbedingt im Auge behalten.

Was konnte neu sein? Und sich gut oder schlecht machen? Reiter? Reitlehrer? Sättel? Kutschen? Pferde?

Pferde?

Neue Schulpferde?

Nein. Sofort verwarf Conny diese verwegene Idee wieder. Herr Jensen hatte gerade gesagt, der Umbau sei teuer geworden. Neue Pferde wären sicher das Letzte, was ihr Reitlehrer jetzt kaufen würde, überlegte Conny, als sie zurück in den Stall eilte. Ohne Umschweife erzählte sie Jule von Dr. Teichmüllers rätselhafter Bemerkung.

Jule glaubte auch nicht an neue Schulpferde. Aber sie fand

ebenfalls, dass die gestammelte Andeutung von Theo zu größter Aufmerksamkeit aufrief.
»Wie findest du seine Zöpfe?«
Jule deutete auf Rockys Mähne und wollte ein Lob hören.
»Klasse wie immer«, gab Conny zu. »Danke für deine unendliche Güte. Ich kriege das einfach nicht so hin.«
Rocky drehte den beiden Mädchen den Kopf zu und wirkte unglücklich.
Jule wusste genau, dass der Traber das Einflechten hasste. Immer wieder hatte er ihr seinen Kopf entzogen und sich nach unten gebeugt, um an dem Strohballen zu knabbern, auf dem sie stand. Er war eindeutig darauf aus, Jules Strohfußbank völlig wegzufressen. Keine Fußbank, keine Zöpfe, das war wohl seine Hoffnung.
»Und was sagt Rocky dazu?«
»Das weißt du doch.«
Conny rieb ihre Stirn an Rockys Backen.
»Er fürchtet, dass man ihn mit den Zöpfen für ein Mädchen hält.«
Luisa kam dazu, sie balancierte drei große Stücke Kuchen auf der Hand. »Kleiner Trost für deinen armen Jungen«, sagte sie und zupfte für Rocky eine saftige Apfelspalte aus dem Teig.
»Halt! Mehr nicht, du Vielfraß.«
Luisa musste zusehen, dass sie sich in Sicherheit brachte. Rocky stürzte sich sofort auf den ganzen Kuchen, den Luisas Oma für die Mädchen abgeschnitten hatte. Die Hel-

fer kriegten ihre Portion immer vor solchen Festen. Wenn das Reitprogramm losging, blieb für Essen keine Zeit mehr. Das Kaffeezelt mit Bänken und mit Tischen, auf denen Thermoskannen, Kuchen, Sahne, Tassen und Plastikbecher für Kakao standen, war mittlerweile für die Besucher aufgebaut. Und Oma Steffen hielt sich auch bereit.

Alles war gerüstet für den Ansturm.

»Satteln!«

Herr Jensen hatte die Hände wie einen Trichter vor den Mund gelegt und rief das Startzeichen durch den Stall.

»Ausgerechnet jetzt«, maulte Jule mit vollem Mund. »Ein einziges Mal möchte ich in diesem Stall erleben, dass ich in Ruhe meinen Kuchen essen kann.«

»Ich auch.«

Genau wie Jule hatte Conny ihr angebissenes Stück noch in der Hand. »Jetzt muss man dieses Prachtstück von Apfelkuchen herunterschlingen.«

»Wer schlingt, kriegt eine Kolik.«

Luisa hob streng den Zeigefinger. »Gut gekaut ist halb verdaut.« Täuschend echt machte sie Kai Jensens Tonfall nach. »Und dass mir zur Fütterungszeit keine Unruhe herrscht.«

»Jawohl, Schwester Luisa.«

Ein letzter, freundschaftlicher Rippenstoß von Jule.

Dann zogen die Mädchen mit Zaumzeug und Sätteln in die Boxen. Eile war jetzt angesagt, denn alle drei machten gleich bei der ersten Reitgruppe mit.

Bastian gehörte auch zur ersten Abteilung.
Er hatte mit dem Satteln nicht bis zur letzten Minute gewartet, sondern stand schon eine ganze Weile bei King Louis in der Box. Der alte Pferdeherr wusste es zu schätzen, wenn sein Sattelgurt mit Gefühl enger geschnallt wurde. Minute für Minute ein Loch mehr.
Der King wurde nur noch selten gesattelt. Im normalen Unterricht ging er schon lange nicht mehr mit. Nur bei Reiterfesten setzte Herr Jensen ihn ein. Zur Freude von King Louis. Oh, da lebte er auf. Es schien ihm mörderischen Spaß zu machen, es den Nachwuchspferden zu zeigen. Leichtfüßig wie ein Fohlen trabte er seine Runden. Von seiner Eleganz konnte sich mancher Vierjährige eine Scheibe abschneiden, fand Bastian.
Der große, blonde Junge spähte durch die Boxentür.
Ob heute auch wieder alte King-Louis-Fans kamen? Bereits die Eltern einiger Reitermädchen hatten ihn als Kind geritten und kamen gern mal auf einen »Plausch« mit ihm vorbei. Jetzt schlenderten schon die ersten Besucher durch den Stall.
»Wirfst du einen Blick auf Rocky?«
Conny steckte ihren Kopf zu Bastian in die Box und wies auf ihren Traber. »Du weißt ja, er ist Meister im Abstreifen von Trensen. Ich renne schnell zum Umziehen hoch.«
»Klar, ich kenne ja deinen Frechdachs.«
Wie Rocky standen nun alle Pferde gesattelt und aufgezäumt in ihren Boxen.

Endlich konnten die Mädchen ans Umziehen denken.
Die Treppe zum Heuboden erbebte unter dem Ansturm von zwanzig jungen Reiterinnen, die lachend die Stufen zum Boden hinaufstürmten.
Wie vor jedem Reiterfest gab es ein heilloses Durcheinander.
Jule wurde wie immer Sieger beim Sprint zu den Kleiderbügeln.
In atemberaubender Geschwindigkeit schob sie einen Bügel nach dem anderen an sich vorbei. Da war ihre Weste! Jule war sicher, dass ihr Vater bei diesem Chaos einen Herzanfall bekommen würde. Besser, Erwachsene sahen sich diese Umzieh-Schlachten vor einem Reiterfest nie an. Das war nur etwas für starke Nerven.
Wie die Mädchen auf Jensens Heuboden es schafften, vor einem Reiterfest die eigenen Reitsachen zu finden – das würde eins der letzten ungeklärten Rätsel der Menschheit bleiben. Tatsache war aber, dass es allen gelang.
Blitzartig wurden Sweatshirts über die Köpfe gezogen. Aus allen Richtungen flogen Pullis auf die gestapelten Heuballen. Turnschuhe und Jeans hinterher. Heustaub wirbelte auf und senkte sich wie ein feiner Schleier auf alles herab.
»Erbarmen, Leute«, jammerte Nicky, ein zwölfjähriges Mädchen mit kurzen, rotblonden Haaren, »staubt doch nicht so. Denkt an meinen Heuschnupfen.«
Wie zur Bestätigung nieste sie gleich hinterher.

»Ja, ein bisschen Rücksicht, wenn ich bitten darf.«
Jule mischte sich sofort ein, wie es ihre Art war. »Ich brauche Nicky noch.«
Jule und Nicky sollten nebeneinander als Anfangspaar bei der Mädchen-Quadrille reiten. In den langen Spanierinnen-Röcken, die ebenfalls schon bereithingen. Aber das hatte noch Zeit. Erst einmal zogen alle die normale Stallkluft an. Weiße Bluse und blaue Reitweste.
»Was ist eigentlich aus deiner Drossel geworden, Conny?«, wollte Luisa wissen.
Auf Zehenspitzen reckte Luisa sich gerade vor dem winzigen Spiegel, der entsetzlich hoch an einem Querbalken schaukelte. Herr Jensen war leider völlig uneinsichtig, wenn es darum ging, mehr Spiegel aufzuhängen. Er hatte Angst, dass die Mädchen dann zu affig würden. Tatsächlich, das hatte er gesagt. So ein Quatsch. Dabei kriegte man einfach diese blöden Kragenknöpfe nicht ohne Spiegel zu.
»Rotlicht.« Conny stopfte ihre Bluse in die Reithose. »Er setzt sie vors Rotlicht. Bis morgen früh.«
Mit einem Zipfel ihres Sweatshirts wischte sie den Strohstaub von den Stiefeln. Nett, dass Luisa nachfragte. Aber das passte zu ihr. Luisa sorgte sich um jeden Patienten, egal ob zweibeinig oder vierbeinig, mit Hufen, Pfoten oder Flügeln. Mit grenzenloser Geduld kümmerte sie sich im Stall um kranke Pferde. Wenn eins lahmte und täglich mehrmals mit Salbe eingerieben werden musste – Luisa

war da. »Schwester Luisa« nannte Kai Jensen sie oft im Scherz.
Geschafft! Die Knöpfe waren geschlossen. Beim letzten Blick in den Spiegel kriegte Luisa mit, dass die Gerlach-Zwillinge die Treppe hochstiegen. Die Nervis? Hier oben? Betont lässig schlenderten die beiden an den Bügeln mit den Kostümen der Spanierinnen entlang.
»Oh, wie süüüß, diese Kleider«, sagte Dina-Dorothee spitz und es klang wie »Wie kann man bloß in solchen albernen Fetzen reiten.«
»Seht bloß zu, dass ihr von unseren Quadrille-Sachen wegkommt.«
Jules Stimme hatte einen drohenden Unterton angenommen.
». . . unsere Quadrille-Sachen«, äffte Dina-Dorothee nach. »Ihr mit eurer dämlichen Quadrille. Wie kann ein Mensch sich mit diesen grottenhässlichen Fummeln aufs Pferd setzen?«
»Ihr seid ja nur sauer, dass ihr nicht dabei seid«, mischte sich jetzt Conny ein, »und dass ihr Axel Rakete nicht umgurren könnt. Was wollt ihr eigentlich?«
Mia-Mathilde lief rot an. Dass sie und ihre Schwester den jungen Reitlehrer anhimmelten, sollte eigentlich geheim bleiben.
Hastig drückte sie Jule zwei gelbe Schwämme in die Hand. »Hier, deine blöden Schwämme. Nagelneu. Damit Ruhe ist.« Ihre Schwester sagte: »Genau.«

»Bisschen spät, was?«
Jule nickte knapp und warf die Schwämme achtlos zu ihren Sachen ins Heu.
»Immerhin. Sie wollen es wieder gutmachen«, flüsterte Luisa Jule zu. Doch Jule wollte so etwas gar nicht hören. Diese Ziegen!
Jule konnte die beiden nicht ausstehen. Jules Vater meinte, das sei lächerlich. Er fände die Gerlach-Zwillinge reizend (deren Eltern kauften unaufhörlich festverzinsliche Wertpapiere bei Peter Ahrends Bank). Jules Vater sagte, Jule sei nur neidisch, weil die Zwillinge Privatpferde hätten.
Klar war sie neidisch!
Es war aber nicht so, dass sie den Zwillingen ihre Pferde nicht gönnte. Das nicht. Jule hätte aber für ihr Leben gern auch ein eigenes Pferd gehabt. Und dass dieser Traum so aussichtslos war, das fand sie schreiend ungerecht.
Aber jetzt war keine Zeit sich über die ungerechte Verteilung von Privatpferden auf dieser Welt aufzuregen.
Herr Jensen rief nämlich von unten: »Nun aber los.«
Und diesmal hieß das: »Hoffentlich sitzt ihr bald auf den Pferden.«
In einem Affentempo fegten die Mädchen die Treppen hinunter. Wie auf ein Signal hin wurden sämtliche Boxentüren gleichzeitig zurückgeschoben. Mit den Pferden am Zügel ordneten sich die Reiterinnen hintereinander auf der Stallgasse ein.
Die Besucher reagierten darauf völlig überrascht wie bei

jedem Reiterfest. Mit »Oh« und »Ah« und »Großer Gott«. Keiner von ihnen schien ernsthaft damit zu rechnen, dass ihm in einem Pferdestall Pferde begegneten. Es war immer wieder verblüffend, wie wenig ein erwachsener Mensch von Ställen wusste.

Jule unterdrückte ein Grinsen, als sie mit Sally an den Besuchern vorbeiging.

Gut, es hörte sich gewaltig an, wenn 60 Pferdehufe über das Pflaster klapperten. Aber mussten die Leute darum so tun, als käme ihnen eine Gruppe Monster entgegen? So benahmen sie sich jedenfalls, wie sie mit weißen Nasen und flach angelegten Armen an den Wänden klebten.

Ganz offen durfte man natürlich seine Überlegenheit nicht zeigen. Dann konnte Herr Jensen fuchsteufelswild werden. »Schließlich ist es ganz normal, dass man zunächst Respekt vor so einem großen Tier hat«, fand er. »Wehe, ich erwische einen von euch, der sich arrogant benimmt, wenn ein Anfänger kommt.«

Während die anderen hintereinander zur Reithalle gingen, war Conny noch bei Rocky in der Box geblieben.

Der freche Traber von der Morgenwiese war nicht wieder zu erkennen. Mit bebenden Nüstern und aufgerissenen Augen warf Rocky seinen Kopf aufgeregt hin und her.

Normal war er wirklich nicht, da hatte Herr Jensen ganz Recht. Einerseits zettelte Rocky ständig Streit an, andererseits geriet er schnell in Panik wie jetzt. Conny war aber darauf gefasst.

»Alles halb so schlimm.«
Beruhigend redete Conny leise auf den Traber ein. Sie wusste, dass diesmal die Musik aus den Lautsprechern schuld war, dass Rocky vor Aufregung zitterte.
»Er hat Angst, wenn er Musik hört«, hatte Herr Jensen gesagt, als Rocky das erste Mal so reagiert hatte. »Die Musik ruft bei ihm wohl schlechte Erinnerungen wach.«
Beim Rennen auf der Trabrennbahn war nämlich auch laute Musik aus Lautsprecherboxen üblich. Was auf der Rennbahn vorgefallen war, wusste natürlich niemand. Nur so viel: Rockys Karriere dort war schon mit dreieinhalb Jahren beendet gewesen. Er war ausgemustert und verkauft worden. Zu langsam und nicht nervenstark genug, fand sein Besitzer.
Als Rocky kam, war er das reinste Nervenbündel. Gerade darum hatte Conny ihn sofort ins Herz geschlossen. In jeder freien Minute war sie in den Stall geradelt, um sich um ihn zu kümmern. Ihre liebevolle Hartnäckigkeit hatte Erfolg gehabt. Das gab sogar Herr Jensen zu.
Rocky rückte jetzt noch näher an Conny heran. Schutz suchend rieb er seine Nase an ihrem Arm.
»Ganz ruhig«, flüsterte Conny, »ich passe schon auf dich auf.« Nach einigen Minuten atmete das Pferd langsamer, holte dann tief Luft und schnaubte mit nach unten gestrecktem Kopf.
»Na, dann können wir wohl auch.«
Sein Schnauben war jedes Mal das Zeichen, dass er seine

Angst überstanden hatte. Conny beeilte sich Anschluss an die anderen zu finden.
Herr Jensen stand bereits mit dem Mikrofon in der Hand vor der Tribüne und begrüßte die Besucher.
». . . lernen die Anfänger bei mir zunächst den Dressursitz.«
Er wandte sich den Reiterinnen zu, die hintereinander in der Abteilung ritten. Conny hatte sich mit Rocky als Letzte angeschlossen.
»Die erste Reiterin auf unserer Holsteiner Stute Sally sitzt sehr schön gerade mit zurückgenommenen Schultern.«
Jule bemühte sich sich noch besser als sonst zu halten.
»Bei der letzten Reiterin auf unserem Traberwallach Rocky kann man gut sehen, wie energisch sie die Waden ans Pferd legt. Das ist nötig, um den Burschen vorwärts zu treiben. Rocky ist wohl noch etwas müde.«
Das Treiben war heute wirklich nötig bei Rocky. Klar, er hatte seine ganze Energie schon beim Raufen auf der Weide verbraucht.
»Absätze tiefer, Conny«, flüsterte Herr Jensen, als sie bei ihm vorbeiritt. Dann erklärte er Schritt, Trab und Galopp. Jedes Mädchen durfte die Gangarten einzeln zeigen.
Zwischendurch ging sein Blick immer wieder zur Tribüne. Warum wohl erst so wenig Gäste da waren? Na, es war noch früh.
Eine halbe Stunde später waren die ersten Reitabteilungen fehlerlos über die Bühne gegangen und Herr Jensen konnte

zum ersten Mal erleichtert durchatmen. Seine Pferde waren bestens gelaunt und mit Eifer bei der Sache.
Nur eins macht ihm Kopfzerbrechen: Nach dem ersten Besucherschwall tröpfelten nur noch vereinzelt Leute in den Stall. Er verstand das nicht. Bei früheren Reiterfesten war es meistens schon in aller Frühe voll gewesen. Eltern nutzten so einen »Tag der offenen Tür« gern für Ausflüge mit ihren Kindern.
Wo blieben sie? Die Tribüne war noch halb leer.
Auf dem Stadtteilfest konnten sie nicht sein, das fing erst mittags an. Allmählich wurde Herr Jensen unruhig. Vielleicht war auf der Straße etwas los? Abgesperrt? Eine Umleitung? Oder war das Schild mit der Aufschrift »Zum Tag der offenen Tür« umgekippt?

5. Kapitel

Voll daneben!

Nach weiteren zehn Minuten beschloss Herr Jensen an der Straße nach dem Rechten zu sehen. Ein rascher Blick in die Reithalle bewies ihm, dass sein Assistent Axel Rakete die Reitgruppen fest im Griff hatte. Er konnte also kurz weg.

Grüßend hob er die Hand, als er an Frau Steffens Kaffeezelt vorbeieilte. Luisas Oma war wirklich ein Schatz. Was sie alles für den Stall tat! Und dann ihr Apfelkuchen ...

Am Ende des Parkplatzes blieb Kai Jensen stehen.

Ein halbes Dutzend Mütter mit ihren Kindern an der Hand unterhielt sich am Straßenrand. Daneben lehnten ein paar Männer an ihren Fahrrädern. Eine ältere Frau kam gerade vom Schaukasten zurück, steckte ihre Brille ein und sagte irgendetwas zu den Umstehenden.

Ein paar Leute stiegen daraufhin wieder aufs Fahrrad. Zögernd wollten sie weiterfahren.

»So ein Pech. Ausgerechnet heute.«

So viel schnappte Herr Jensen von einem Spaziergänger auf, der offensichtlich seiner Enkelin die Pferde zeigen wollte. Mit seinem zusammengerollten Regenschirm deutete er auf den Schaukasten.
So schnell war Kai Jensen noch nie die kleine Anhöhe zum Birkenweg hinaufgelaufen. Was hieß das, so ein Pech? Im Vorbeilaufen sah er, dass der rote Hinweispfeil »Zum Tag der offenen Tür« noch fest in der Erde steckte.
»Wollen Sie zur Reitschule?«, fragte er die Leute am Straßenrand außer Atem.
Niemand fühlte sich direkt aufgefordert zu antworten.
Schließlich gab sich der Mann mit der Enkelin einen Ruck.
»Eigentlich schon. Aber bei dieser Krankheit . . .«
Verständnislos starrte Herr Jensen ihn an.
»Sind Sie krank?«
Nicht minder erstaunt schüttelte der Mann den Kopf.
»Ich? Nein, wieso?«
»Dann kommen Sie doch ruhig in die Reithalle herunter. Ihre Enkeltochter wird das bestimmt toll finden.«
Der Mann zögerte.
»Ja, aber die Ansteckungsgefahr . . .«
Herr Jensen wurde ganz wirr im Kopf. Wovon redete der Mann eigentlich?
»Was für eine Ansteckung? Wer steckt an? Und womit?«
Ungeduldig griff das kleine Mädchen jetzt ein. Der Schirm des Großvaters wurde wieder auf den Schaukasten gerichtet.

»Die Frau dort«, das Mädchen sah die Dame mit Brille an, »sagt, hier ist ein Pferdebazillus im Stall. Und große Ansteckungsgefahr.«

»Genau«, die Frau hob ihr Stimme. »Sie warnen ja selbst davor. Da steht es doch: Betreten auf eigene Gefahr!«

Herr Jensen war kurz davor, den Verstand zu verlieren. Waren denn hier alle verrückt geworden? Im Schaukasten hing nichts anderes als Pferdefotos und die Preisliste. Wovon sprachen die Leute?

Jetzt sah er genauer hin. Und dann war Kai Jensen zum zweiten Mal an diesem Morgen dabei, den Verstand zu verlieren.

Unübersehbar knallten ihm die Worte »Ansteckungsgefahr« und »Pferdebazillus« aus dem Schaukasten entgegen.

Wer wollte ihn ruinieren?

Rasch überflog Herr Jensen die Zeilen und wusste sofort: Das war ein typischer Jule-Ahrend-Text.

». . . der Krankheitserreger ist unter dem Namen Pferdebazillus bekannt . . . unstillbarer Drang, in die Nähe von Pferden und Reitställen zu kommen . . . zwanghafter Trieb Pferdebilder aufzuhängen . . .«

Er seufzte.

Jule mit ihrer überschäumenden Phantasie. Das war ja wohl voll daneben! Natürlich hatte sie es gut gemeint, aber das Gegenteil erreicht. Und das zählte. Sollte er sich grün und blau ärgern? Oder lachen?

Jedenfalls musste sofort dieser Zettel raus! Herr Jensen öffnete das Kippfenster und nahm den geschäftsschädigenden Text heraus. Zumindest vor den Gästen musste er gute Miene zum bösen Spiel machen.

»Meine Reitermädchen wollten mich wohl damit überraschen«, sagte er mit schrägem Lächeln. »Sie hatten sicher nicht damit gerechnet, dass man von der Straße aus nur die größten Wörter sieht. Also ›Ansteckungsgefahr‹ und ›Pferdebazillus‹.«

Er hielt das Blatt Papier hoch. »Bitte alle mal herhören.« Dann las er den ganzen Text vor.

Ein amüsiertes Raunen ging durch die Gruppe. Die Kindern kicherten und klatschten Beifall. Endlich! Endlich konnten sie in den Stall. Darauf hatten sie sich doch schon den ganzen Morgen gefreut. Viele waren mit Bus und U-Bahn gekommen. Und dann sollten sie wieder abfahren, ohne die Pferde zu sehen?

»So, jetzt aber rein mit euch«, sagte Kai Jensen erleichtert. Puh, das war auch überstanden.

Jule würde er sich später vorknöpfen. Erst mal war er froh, dass jetzt die Besucher kommen konnten. Ohne vor der »gefährlichen Pferdekrankheit« Angst zu haben.

Und tatsächlich kamen in den nächsten drei Stunden so viele, dass die Tribüne den Andrang fast nicht fassen konnte.

Kai Jensen fiel eine Zentnerlast vom Herzen.

Das Geschäft blühte, denn viele Eltern buchten gleich

Reitstunden für ihre Kinder. Manche freiwillig, aber viele auch unter dem Zwang von ungeheuerlichen Schwüren. »Jede Woche das Zimmer aufräumen« hörte man und »Fahrrad putzen«. Sogar »zehnmal auf die Lieblings-Fernsehserie verzichten« kam vor.
Wenn das auf taube Elternohren stieß, wurde noch nachgelegt. Jedem Lehrer wäre dabei warm ums Herz geworden. »Nachhilfe in Mathe nehmen« und »meinem kleinen Bruder bei den Hausaufgaben helfen«. Um an die ersehnte Zehnerkarte für Reitstunden zu kommen, war den Kindern jedes Mittel recht.
Aber auch eine Menge Erwachsene hatten Spaß bekommen auf dem umgebauten Reiterhof Unterricht zu nehmen. Auch das lag Kai Jensen sehr am Herzen, denn abends oder während der Ferien brauchte er ja auch Reiter.
Jedenfalls hatte Herr Jensen allen Grund blendender Laune zu sein. Die hohen Kosten, die nervige Bauzeit, alles schien plötzlich halb so schlimm. Wenn die Reitschule ausgebucht war, kam ja wieder genug Geld herein.
Das Wichtigste war jetzt, dass alle Vorführungen bis zum Schluss gut klappten. Die Zuschauer wollten natürlich ruhige und sichere Schulpferde sehen. Wer nimmt schon gern Reitstunden auf einem vierbeinigen Pulverfass?
Dabei stellte ein unruhiger Tag wie dieser 1. Mai die Geduld der Pferde auf eine harte Probe. Ständig schoben sich Gruppen von neuen Zuschauern auf die Bänke. Andere standen zwischendurch auf, gingen in den Stall oder holten

sich Oma Hillas Apfelkuchen, den sie sich auf der Tribüne hineinschaufelten. Kleine Kinder quietschten unvermittelt auf oder rissen juchzend die Arme hoch. Und manche veranstalteten sogar Wettrennen auf der Stallgasse.

Das alles waren Quellen der Aufregung für ein Pferd. Jedes unbekannte Geräusch, jede ungewohnte Bewegung konnte sie zum Scheuen bringen. Es war schon beeindruckend, wie nervenstark die Schulpferde sich zeigten. Sogar Rocky. Herr Jensen konnte froh sein, dass seine Schulpferde sich im Laufe der Jahre an Unruhe im Stall gewöhnt hatten.

Blieb nur zu hoffen, dass auch die Quadrille gut lief, der Höhepunkt des Tages. Axel Rakete hatte den Auftritt zu spanischer Gitarrenmusik eingeübt. Ein toller Anblick, wenn acht Mädchen in weißen Blusen, mit roten Schärpen, wallenden Röcken und Rosen im Haar hereinritten.

Doch vor dieser Aufführung passierte noch eine mittelgroße Katastrophe.

Schuld waren diesmal nicht die Gerlach-Zwillinge, auch nicht die Killerbienen oder Rocky. Es waren Gegner, mit denen wirklich niemand gerechnet hatte: Birkenpollen. Ausgerechnet Nicky wurde Opfer der Pollen. Nicky, die neben Jule in der Quadrille reiten sollte.

Mit Müh und Not hatte das Mädchen die letzte Reitabteilung in der Halle überstanden. Als Nicky jetzt nach draußen ritt und sich aus dem Sattel von Brinkum schwang, stöhnte sie nur: »Bin ich froh, dass wir fertig sind. Meine Augen . . . ich kann nichts mehr sehen.«

Mit vorgeschobener Unterlippe blies sie kühle Luft gegen ihre Augenlider. »Ich bin fast blind geritten.«
Jeder glaubte ihr das aufs Wort. Nicky sah schlimm aus. Ihre Augen waren zugeschwollen und feuerrot. Durch schmale Schlitze blinzelte sie mühsam gegen das Licht.
»Birkenpollen. Jetzt geht das mit meinem Heuschnupfen los ...« Mit beiden Handrücken rieb Nicky vorsichtig über die Wimpern. »Und dann der Staub, vorhin auf dem Heuboden.«
Luisa blieb mit dem Sattel auf dem Arm stehen. Flecken-Paula wurde in der nächsten halben Stunde nicht gebraucht und durfte sich in der Box ausruhen.
»Kenne ich«, nickte sie mit fachmännischem Blick. »Rocky hatte das kürzlich.« Und dann mitfühlend: »Tut lausig weh, was?«
Gequält verzog das rotblonde Mädchen das Gesicht.
Luisa wuchtete Paulas Sattel auf die Halterung. »Frag doch mal meine Oma«, rief sie aus der Sattelkammer. »Draußen, im Kaffeezelt.«
Fünf Minuten später war Nicky mit einem ordentlich gefalteten Stofftaschentuch zurück. Frau Steffen hatte ihr Umschläge mit kaltem Wasser verordnet. Sehr zuversichtlich hatte sie dabei aber nicht ausgesehen und etwas von Bindehautentzündung gemurmelt.
Aber einen Versuch war es wert. Nicky verschwand im Waschraum auf dem Boden.
»Na, geht's wieder ohne Blindenhund?«

Jule wartete am Fuß der Treppe auf ihre Quadrille-Partnerin. Die Antwort konnte Jule sich selber geben. Nickys verzweifeltes Blinzeln und die Tränenbäche, die über ihr Gesicht liefen, sagten alles. Sosehr Nicky sich abmühte, sie konnte einfach die Augen nicht offen halten.
»Es juckt nicht mehr ganz so schlimm«, schniefte sie, »aber Jule . . . unsere Quadrille . . . ich glaube nicht . . .«
Jetzt mischten sich auch echte Tränen der Verzweiflung darunter.
»Oh nein! Nicky!«
Mit einem Schlag hatte Jule begriffen, was das bedeutete.
»Es tut mir so Leid!«
Aufschluchzend ließ Nicky sich auf die unterste Treppenstufe fallen. Sie schlang die Arme um ihre angezogenen Beine und ließ den Kopf auf ihre Knie sinken. Ein Häufchen Elend.
Einige Besucher warfen verstohlene Blicke zu Nicky hinüber.
Ein weinendes Mädchen war keine besonders gute Reklame für eine Reitschule.
»Komm erst mal hier weg.«
Nach dem ersten Schreck gewann die praktische Seite in Jule wieder die Oberhand. Sie zog Nicky mit in die Sattelkammer und warf die Tür ins Schloss.
»Mensch, Nicky.«
Jule schloss das Häufchen Elend voller Mitleid in die Arme. Das war gar nicht ihre Art. Aber in Momenten der Ver-

zweiflung galten andere Gesetze. Und *wie* verzweifelt Nicky war, das konnte Jule sich lebhaft vorstellen. Drei lange Monate hatten sie für die Quadrille geübt, jeden Freitag und jeden Sonntag. Und nun das. Nicky konnte nicht mitreiten. Schrecklich!

Das war aber nur die eine Seite der Pollenkatastrophe.

Die andere Seite war mindestens genauso schlimm: Wer sollte jetzt neben Jule am Anfang reiten?

»Rühr dich nicht von der Stelle«, sagte Jule, »ich hole die anderen.«

Innerhalb weniger Minuten hatte sie alle Quadrille-Mädchen zusammengetrommelt. Axel Rakete würde nachkommen, sobald er mit seiner Reitergruppe fertig war.

»Krisensitzung«, verkündete Jule ohne Umschweife. »Nicky fällt aus. Wer kann mit mir vorne reiten?«

»Was?«, »Warum denn?«, »Arme Nicky«, »Ich krieg 'ne Krise«, ». . . und das heute!«

Die Stimmen überschlugen sich.

Natürlich kannte jedes Mädchen die Figuren. Sie hatten ja lange genug geübt. Aber es war eine Sache, im Feld mitzureiten, und eine andere, an der Spitze die Reiter anzuführen. Ein einziger Fehler der Anfangsreiter und die Show war verdorben. Das erste Paar musste jeden Zirkel und jeden Wechsel im Kopf haben, alle Punkte zum Angalop-pieren und hundert Dinge mehr.

»Es hilft nichts.« Jule guckte einen nach dem andern an. »Wir müssen einen finden.«

Niemand drängte sich danach.
»Conny?«
»Auf Brinkum?«
»Klar.«
»Und wer soll dann Rocky reiten?«
Das war ein Argument. Rocky brauchte einen Reiter, dem er vertraute, also Conny. Sonst konnte man bei ihm für nichts garantieren.
»Sophie?«
»Vergiss es.«
»Merle?«
»Ich sterbe ja an zweiter Stelle schon vor Aufregung. Und ganz vorn – nein!«
»Theresa? Komm!«
Theresa passte immer gut auf. Im Moment war sie Jules ganze Hoffnung. Aber Theresa zögerte.
»Zutrauen würde ich es mir schon. Allerdings auf Brinkum . . . du weißt ja . . .«
Jule seufzte tief. Theresa und der dicke Friese waren ständig verschiedener Meinung, ob man galoppieren sollte oder nicht. Also auch nichts.
Axel Rakete steckte seinen Kopf durch die Tür und schlug sofort lachend die Hände vors Gesicht.
»Acht Mädchen auf einmal, das halte ich nicht aus.«
»Keine Scherze.«
Jule sah ihn mit gespielter Strenge an und hüpfte mit einem Satz auf die Haferkiste in der Nische. »Höchste

Alarmstufe. Nicky kann nicht mitreiten. Wer soll an den Anfang?«
»Oh.«
Axel Rakete schluckte. Für ihn als Reitlehrer war es nicht schwer, die ganze Tragweite zu begreifen.
»Wer soll an den Anfang«, wiederholte er langsam, um Zeit zu gewinnen. »Gute Frage . . .«
In rasender Eile ging er die Namen aller Reiterinnen durch. Vom Können her waren genug dabei. Der Haken: Keine hatte die einstudierten Figuren im Kopf, wie es sich für eine Anfangsreiterin gehört.
»Ich glaube, wir haben ein Problem.«
Axel Rakete brachte es auf den Punkt. Außer den Mädchen war er der Einzige, der den Ablauf der Vorführung kannte. Genau daran hatte auch Jule in dieser Sekunde gedacht.
Abrupt beendeten ihre Stiefelabsätze das Trommelfeuer gegen die Haferkiste. Mit schief gelegtem Kopf musterte Jule ihren Reitlehrer.
Axel war nicht zu klein und nicht zu groß, er war schlank, sein braunes Haar trug er länger, als es eigentlich Mode war. Es war fast ein Pagenkopf, so wie bei den Jungs auf den CDs mit alten Beatles-Songs.
Jule ließ sich vom Deckel herabgleiten und machte einen Schritt auf Axel Rakete zu.
Unwillkürlich wich der junge Reitlehrer zurück. Er sah Jule an der Nasenspitze an, was sie dachte.
»Nein«, sagte er energisch. »Niemals.«

Jule folgte Axel Rakete und starrte ihn beschwörend an. So ähnlich musste Hypnose funktionieren. Sie hatte das mal im Film gesehen. Im »Dschungelbuch«, bei der Schlange.
»Es geht nicht anders.«
»Das könnt ihr mit mir nicht machen.«
Axel drehte sich um, als ob er von der Haferkiste Hilfe erwartete. Sein Ausweichmanöver wurde von der Tür in seinem Rücken gestoppt. Abwehrend nahm er beide Hände hoch.
»Nein . . .«
»Aber du bist der Einzige, der alle Figuren kennt.«
»Und wennschon! Ihr reitet in Röcken . . . als Spanierinnen . . .«
Endlich fiel auch bei den anderen Mädchen der Groschen. Johlend kreisten sie ihren Reitlehrer ein.
Das würde ein Heidenspaß werden.
Der Schreck mit Nicky war vergessen. Und selbst die konnte jetzt wieder lachen. Immerhin war sie die Einzige, die das Schauspiel von der Zuschauertribüne verfolgen konnte.

6. Kapitel

Wer ist das achte Mädchen?

Kai Jensen wunderte sich schon lange nicht mehr über Dinge, die anderen Menschen merkwürdig vorkamen.

»Ich habe Pferde erlebt«, pflegte er als Begründung zu erzählen, »die in mein Büro eingedrungen sind und meine Steuererklärung auffraßen. Was soll mich da noch erschüttern?«

Er rechnete mit allem, und zwar unaufhörlich.

Während also jeder Besucher sich erstaunt fragte, was Oma Hilla und Axel Rakete hinter einer hochgehaltenen Pferdedecke im Kaffeezelt machten, fand Herr Jensen das seltsame Treiben völlig normal.

Logischerweise nahm er auch keine Notiz davon, dass sein Reitlehrer ziemlich unförmig aussah, als er hinter der Pferdedecke hervorkam. Dabei hätten ihm schon die abstehenden Knöpfe an Axels Reitjackett verraten müssen, dass etwas nicht stimmte. Die führten nämlich einen stummen Kampf mit der Rüschenbluse, die er jetzt darunter trug. Das merkte man aber nur bei genauem Hinsehen. Herr Jensen sah aber nicht genau hin. So entging ihm auch, dass Oma Hillas Bluse sich urplötzlich in ein Herrenoberhemd verwandelt hatte. Das alles fiel Herrn Jensen nicht auf. Und das war gut so. Denn heute würde er noch reichlich Gelegenheit haben seine Nervenstärke unter Beweis zu stellen.

Zunächst lief aber alles glatt.

Jetzt kam der Höhepunkt der Veranstaltung – die Jugend-Quadrille. Während Stallbesitzer Jensen die Besucher in der Reithalle bei Laune hielt, tobte auf dem Heuboden die Hölle. Schnelles Umziehen war gefragt.

»Ich werde nie begreifen, ob diese idiotische Rose links oder rechts ins Haar gehört.«

Mit hängenden Armen stand Theresa vor dem Spiegel und starrte anklagend auf ihre Seidenrose.

»Mann! Theresa!« Jule sah etwas genervt aus. Ihre Blume saß längst fest verklammert im Haar. »Wer links reitet, hat sie links, wer rechts reitet, rechts.«

»Wo bin ich denn?«, fragte Theresa verwirrt. »Wo reite ich denn? Reite ich überhaupt mit? *Kann* ich überhaupt reiten???«

Verzweifelt raufte Theresa sich die Haare. »Wetten, dass ich alles vergessen habe? Warum mache ich das bloß immer wieder mit? Das ist doch der pure Stress.«

»Quatsch.«

Jule setzte ihr Anfangsreiter-Gesicht auf.

»Ist doch klar: Sophie, Conny, Annika und ich haben die Rose links, Nicky . . .«, Jule kicherte, »ich meine Axel . . ., Merle, Berit und du rechts.«
Conny fingerte ihren Rock vom Kleiderbügel. Die Widerhaken des Klettverschlusses gaben leise knirschend nach. Oma Hilla hatte beim Nähen wirklich an alles gedacht. Der Wickelrock musste nur oben geöffnet werden und wurde dann einfach um die Reithose gehüllt. Luisa reichte Conny zwei Meter rotes Seidenband. Die glänzenden Stoffgürtel hingen für alle acht über der Wäscheleine bereit.
Luisa selbst gehörte nicht zu der Quadrille. Das traute sie sich noch nicht zu. Aber bei den Vorbereitungen, da war sie immer dabei.
Luisa fand es toll, für alles zu sorgen. Ob es um ihre Freundinnen ging oder um die Pferde. Manchmal war der »Service« für sie fast wichtiger als das Reiten selbst. Gut, dass Jule ihr immer wieder einen Stoß gab, wenn sie das Reiten zu sehr vernachlässigte. Jule sagte: »Wenn du nicht aufpasst, machst du für die anderen nur die Dreckarbeit. Alles, wozu die keine Lust haben.«
Jule mit ihrem Gerechtigkeitssinn.
Manchmal stimmte ihre Befürchtung, dass Luisa ausgenutzt wurde, da musste sie Jule Recht geben. Aber nicht heute. Und schon gar nicht bei den Mädchen, die jetzt »Maske« riefen. Luisa nickte und angelte ihren Rucksack von einem Heuballen, um nach dem Lippenstift zu suchen. Eigentlich hasste Luisa den Ausdruck »Maske«, denn er

stammte von den Gerlach-Zwillingen, die als Fotomodelle für Werbespots jobbten. Wie die damit herumprotzten. Unerträglich! Und das ganze Theater wegen einer lächerlichen Tube Zahncreme. Trotzdem – einige Ausdrücke aus der Werbesprache waren echt gut. Beispielsweise »Maske«, was nichts anderes hieß als Schminken.

Der knallrote Lippenstift wanderte reihum.

»Berit! Mehr!«

Luisa nahm der Kleinsten in ihrer Truppe den Stift aus der Hand. Mit kraftvollem Schwung zog sie ihr die Lippen dreimal nach.

»So. Schon viel besser.«

Zufrieden musterte Luisa ihre Verschönerungsaktion. »Eine Spanierin kann nicht feurig genug aussehen. Denkt dran, dass die Zuschauer euch aus großer Entfernung sehen. Da muss man übertreiben mit dem Make-up, sagt meine Oma.«

»Ich wünschte, wir wären noch viel weiter von der Tribüne entfernt«, seufzte Jule. »Jedenfalls weit genug, dass sie unsere achte Spanierin nicht erkennen.«

Die Mädchen-Quadrille sollte in einem Pulk durch das große Tor in die Halle einreiten. Von draußen.

»So eine gewaltige Masse Pferd wirkt ganz anders auf die Zuschauer«, hatte Herr Jensen gesagt, »als wenn Pferd für Pferd durch die Stallgasse einzeln hereinkleckert.«

Vom Hof aus sollte man selbstverständlich nur hereinkommen, wenn es nicht regnete. Glücklicherweise stand dieser

»Tag der offenen Tür« unter einem guten Stern. Das Wetter versprach bis zum Abend warm und heiter zu bleiben.
Die Quadrille-Reiter konnten sich also in aller Ruhe auf dem Hof sammeln und paarweise ordnen. Aber was heißt Ruhe! Damit war es nicht weit her. Aufgeregte Fragen und Antworten schwirrten hin und her. Jedes der Mädchen war hundertprozentig sicher etwas Wichtiges vergessen zu haben. Ständig wurde die Länge der Steigbügel kontrolliert, was völlig überflüssig war.
Jule hatte wohl zum hundertsten Mal probiert den Sattelgurt bei Ankum nachzuziehen. Aber er saß seit zehn Minuten perfekt.
»Meine Knie sind wie Gummi«, klagte sie mit ungewohnt schwacher Stimme. »Hoffentlich können wir bald rein, dann wird es besser.« Wenn man erst mal reiten konnte, verlor sich die Aufregung. Das ging den anderen genauso.
Dann war es so weit.
Mitreißende spanische Gitarrenmusik erfüllte die Halle. Unwillkürlich wippten viele Zuschauerfüße im Rhythmus des Flamenco. Einige klatschten sofort im Takt mit.
Herr Jensen trat so weit an die Bande zurück, dass die Anfangsreiter ihn vom Hof aus sehen konnten. Seine erhobene Hand bedeutete: Nun aber los!
Stürmischer Beifall empfing die Spanierinnen. Wohlgefällig betrachtete Herr Jensen seine acht Reiterinnen. Das war wirklich ein schöner Anblick. Weite schwarze Röcke lagen über den Pferderücken, bis zum Schweif. Rote Seidenbän-

der, die um die Taille geschlungen waren, flatterten rechts und links unter blütenweißen Rüschenblusen. Ein wahres Wunder, dass die Kostüme bis zu diesem Moment sauber geblieben waren!

Als der Begrüßungsbeifall schwächer wurde, baute sich Herr Jensen in der äußersten Ecke der Halle auf und griff wieder zum Mikrofon.

»Das ist unsere Mädchen-Quadrille«, erklärte er. »Quadrille, so nennt man das Reiten zu Musik in eingeübten Figuren.«

Paarweise kamen die Reiter an Kai Jensen vorbei. Aus den Augenwinkeln sah er nur die Zügel und Hände der Reiterinnen. Flüchtig betrachtet, wurden alle Hände vorschriftsmäßig aufrecht getragen. Trotzdem war da etwas, was Herrn Jensen störte. Aber was? Er nahm sich vor, bei der nächsten Runde besser hinzusehen.

»Ich stelle Ihnen jetzt die Paare vor.«

Herr Jensen warf noch einen argwöhnischen Blick auf die Reitergruppe. Wenn er nur wüsste, was da nicht stimmte ...

»Ich beginne mit dem letzten Paar, mit unseren kleinsten Schulpferden. Das sind die Deutschen Reitponys Leo und Popcorn mit Berit und Annika.« Beifall.

»Davor Traberwallach Rocky und Haflinger Nappo, geritten von Conny und Theresa«, fuhr Herr Jensen fort. »Das zweite Paar von vorne bilden die beiden Holsteiner Stuten ...«

In diesem Augenblick kam die Quadrille wieder an ihm vorbei. Jetzt einen genauen Blick auf die Zügelhände wer-

fen. Seltsam. Kein Zügel war verdreht, alle Hände standen aufrecht, wie es sich gehörte.
». . . unsere beiden Holsteiner Stuten Sally und Cherie. Im Sattel Sophie und Merle.«
Das erste Paar war schon zwei Pferdelängen an ihm vorbei, als Kai Jensens Gehirn plötzlich anfing wie ein Computer zu arbeiten. Auf einmal wusste er, was ihn gestört hatte. Was er da gerade gesehen hatte, besaß keinerlei Ähnlichkeit mit schmalen Mädchenhänden. Das waren nicht die zierlichen Hände von Nicky. Das waren eindeutig große Männerhände gewesen!
Die Ansage geriet ins Stocken. Auf Kai Jensens Stirn bildeten sich die ersten Schweißperlen. Es half nichts. Er musste weitermachen.
»Bei den Anfangspferden handelt es sich . . . also, wir nennen sie unsere XXL-Pferde«, sagte er, um Zeit zu gewinnen.
Die Pferde griffen fleißig aus und kamen wieder näher.
»Es sind die Friesen Ankum und Brinkum.«
Herr Jensen kniff die Augen zusammen, um deutlicher sehen zu können.
»Auf Ankum unsere Julia, daneben Brinkum mit . . . Axel?«
Herr Jensen brach ab.
Seine Augen weiteten sich ungläubig, als er seinen Assistenten erkannte. Axel Rakete als Frau verkleidet! Er schickte ein rasches Stoßgebet zum Himmel. Hoffentlich merkten die Zuschauer nichts! Ein Mann mit grell ge-

schminkten Lippen, mit Rüschenbluse und Rock war nicht das, was die Großmoorstedter sich unter einem seriösen Reitlehrer vorstellten. Wo zum Teufel steckte Nicky?
»... mit Axel ... äh ... Alex ... Alexandra.«
Ein tiefer Seufzer folgte seiner verunglückten Vorstellung. Mit Müh und Not hatte er die Kurve gekriegt.
Während Herr Jensen Axel mit finsteren Blicken bedachte, bemühte der sich jeden Blickkontakt mit dem Chef zu vermeiden. Und natürlich auch mit den Zuschauern. Viel fehlte nicht mehr und er hätte laut losgeprustet.
Den Mädchen ging es nicht besser. Gut, dass Axel Rakete endlich flüsterte: »Antraben.« Wenn man mit Reitfiguren beschäftigt war, musste man sich total konzentrieren und konnte sich das Lachen eher verkneifen.
Conny suchte beim ersten Aufwärm-Trab mit den Augen die Tribüne ab. Jede Menge Killerbienen saßen da, die die Quadrille kritisch verfolgten. Kein Wunder, schließlich waren sie früher die Stars in der Manege gewesen. Da, ihre Eltern! Toll, dass sie ganz vorn einen Platz ergattert hatten. Mit heftigem Augenzwinkern begrüßte Conny die beiden. Direkt neben Jutta und Ulli Clasen hatten sich Luisa, Oma Hilla und Nicky (mit Sonnenbrille und Baseball-Kappe) in die Bank geschoben. Jules Eltern glänzten mal wieder durch Abwesenheit. Dass die nicht mal kommen, wenn Jule Anfangsreiterin ist, dachte Conny. Gemein. Auch Jules Blicke waren suchend über die Zuschauertribüne gewandert. Das hatte Conny ganz deutlich bemerkt. Bestimmt hatte Jule insge-

heim gehofft ihre Eltern mit einem Superritt beeindrucken zu können. Aber Ehepaar Ahrend kam nicht.

Stattdessen entdeckte Conny ein anderes Paar, das sie lieber auf dem Mond gewusst hätte: die Gerlach-Zwillinge. Die beiden Mädchen hatten einen ungesunden Hang Unruhe zu verbreiten. Und das heute! Die Nervis in der ersten Reihe konnte man bei einer solchen Veranstaltung so gut gebrauchen wie ein Loch in der Reithose.

Conny bedauerte heftig, dass sie die Zwillinge nicht länger beobachten konnte. Aber das neue Musikstück, das soeben einsetzte, war das Kommando zum Quadrille-Beginn. Sie musste jetzt ihren schreckhaften Rocky dringender im Auge behalten als Mia-Mathilde und Dina-Dorothee.

Mit Axel Rakete und Jule am Anfang gab es keine Probleme. Auch mit den Pferden nicht. Im Gegenteil, sie schienen die Musik zu genießen. Willig ließen sie sich je nach Bedarf treiben oder zurückhalten, damit die Abstände zwischen den Paaren gleich blieben. Alles hatte ohne einen einzigen Fehler geklappt. Es hätte die tollste Quadrille seit Bestehen der Reitschule werden können.

Hätte ...

Wäre nicht kurz vor der Schlussaufstellung genau das geschehen, was Conny vorausgesehen hatte.

Es passierte vor der Tribüne. Conny ritt gerade in Höhe der Zwillinge an den voll besetzten Bänken vorbei, da hörte sie erst ein geflüstertes »Jetzt« und dann das leise Knacken und Knistern eines zusammengedrückten Kakaobechers.

»Das war's dann«, schoss es Conny noch durch den Kopf. Wie aus heiterem Himmel machten alle Pferde einen Satz zur Seite. Rocky war der Erste, der scheute und in Panik davonrannte. Sofort ließen sich die anderen Pferde anstecken. In wildem Galopp hetzten sie durch die Reithalle, stoppten vor der Bande, warfen sich im nächsten Moment herum und flüchteten in die nächste Ecke.
Conny war bei Rockys rasanter Seitwärtsdrehung nach vorn gerutscht und auf seinen Hals gefallen. Ihr rechter Fuß glitt aus dem Steigbügel und sie hing an Rockys Hals, die Hände in die Mähnenzöpfe gekrallt. Würde sie sich halten können? Oder im nächsten Moment stürzen? Mit halbem Ohr hörte sie den Zuruf von Herrn Jensen: »Hinten schwer heruntersetzen.« Wie konnte man sich hinten tief in den Sattel setzen, wenn man sich vorne an zwei Traberohren festhielt? Für klare Gedanken war jetzt keine Zeit. Nicht einmal für Angst. Schnelle Reaktionen waren jetzt gefragt, sonst nichts, denn ihr buckelnder Traber war ungefähr so angenehm wie ein Rodeo-Pferd.
Endlich schien die wilde Jagd zu Ende. Dicht zusammengedrängt kamen die Pferde in einer Ecke zur Ruhe.
Jule liefen Tränen der Enttäuschung übers Gesicht.
»Keine von euch kann etwas dafür«, tröstete Axel Rakete die Mädchen, die sich jetzt wieder paarweise sammelten, um die Quadrille mit Anstand zu Ende zu bringen. »Da hat mal wieder jemand einen Plastikbecher zerdrückt. Diese Mistdinger gehören verboten. Zumindest im Reitstall.«

Jule wischte sich die Tränen ab und gluckste schon wieder vor sich hin. Es war zu komisch, wenn man Axels dunkle Stimme hörte und ihn dabei ansah, mit seinen rot geschminkten Lippen und den Frauenkleidern.
Axel Rakete sah sich nach Conny um. »Bist du okay?«
»Hmm«, war alles, was Conny hervorbrachte. Sie kochte innerlich. Die Gerlach-Zwillinge sollten ihr nicht ungeschoren davonkommen.
Noch jemand kochte. Herr Jensen.
In den letzten Minuten hatte sich sein Gesicht abwechselnd blass und tomatenrot verfärbt. Im Moment sah es so weiß aus wie das Fell von Popcorn, dem Schimmelpony. Von seiner Ecke in der Reithalle hatte der Stallbesitzer den Anschlag auf die Quadrille genau beobachtet. Wie Conny hatte er gesehen, dass Mia-Mathilde den Becher bewusst zerdrückt hatte. Jeder im Stall wusste, dass so ein kaum vernehmbares Knacken die Pferde leicht zum Scheuen bringt. Bei Rocky konnte man dafür die Hand ins Feuer legen.
Herr Jensen atmete tief durch.
Wer mit Tieren arbeitete, konnte ein ruhiges, beschauliches Leben vergessen. Ständig gab es neue Überraschungen. Er musste die Sache jetzt den Zuschauern erklären. Und sich dann die Zwillinge vorknöpfen. Oder erst Axel Rakete wegen der Frauenkleider? Eins nach dem anderen.
»Aufmarschieren zur Schlussaufstellung«, ordnete Herr Jensen an.

Die Pferde bauten sich, schön ausgerichtet, nebeneinander vor den Zuschauern auf, als wäre nichts geschehen.
»Das ist schon faszinierend an Pferden«, erklärte Herr Jensen durch das Mikrofon, »blitzartig ergreifen sie vor einem knisternden Kakaobecher die Flucht, aber ebenso schnell beruhigen sie sich auch wieder.«
Noch einmal kam er auf das Zerdrücken des Bechers zurück. »Als normaler Besucher kann man von dem Fluchtinstinkt der Pferde nichts wissen. Wenn ich aber einen unserer Reiter erwischen würde . . .«, sein Blick klebte düster an den Zwillingen, »der könnte sofort seine Putzbox packen und sich einen anderen Stall suchen.«
Conny ließ die Zwillinge nicht aus den Augen, während sie mit den anderen zur Tribüne hin grüßte. Die Nervis lehnten sich über die Bande und taten so, als würden sie interessiert in die Sägespäne starren. Trotzdem konnte man erkennen, wie sie durch die Wimpern zur Quadrille hinüberschielten.
Plötzlich kam Leben in Dina-Dorothee. Aufgeregt wisperte sie ihrer Schwester etwas zu. Klar, dachte Conny, jetzt haben sie Axel Rakete als achte Spanierin erkannt. Vorhin hatten sie nur ihren dummen Streich im Kopf. Ihr Axel! Sie hatten ihrem Schwarm die Quadrille verdorben. Das musste sie schrecklich treffen. Er würde sie dafür mit Missachtung strafen. Conny konnte wieder grinsen. Wer andern eine Grube gräbt . . .
Warmer Applaus holte sie aus ihren Gedanken zurück. Der

kleine Zwischenfall schien bei den Zuschauern viel weniger Entsetzen ausgelöst zu haben als bei den Reitern.
»Jetzt aber raus«, raunte Axel Rakete. Er hatte es eilig, auf den rettenden Hof zu kommen, bevor ihn jemand erkannte.
»Pause«, kündigte Herr Jensen an und wies in Richtung Bewirtungszelt. »Lassen Sie sich Kaffee und Kuchen schmecken. Danach geht es hier weiter mit Schnupperreiten. Wer will, darf mal in den Sattel unserer Schulpferde steigen.«
Die Zuschauer erhoben sich und schoben sich langsam Richtung Ausgang, während Kai Jensen den Stall mit großen Schritten zur Hofseite hin verließ.
Dort wartete er ungeduldig auf die Quadrille-Truppe. Kai Jensen marschierte sofort auf Axel Rakete zu, als die Reiter aus der Halle kamen, und stemmte seine Hände in die Seiten.
»Und? Warum du?«, wollte er sofort wissen, als seine achte Spanierin vom Pferd sprang.
»Notfall, Chef.«
Axel beeilte sich seinen gewöhnungsbedürftigen Aufzug zu erklären: »Nicky fiel in letzter Sekunde aus . . .«
Herr Jensen drehte sich schnell um, damit keiner sein Grinsen sah. »Hoffentlich bist du bald raus aus den Sachen. Beim Schnupperreiten will ich dich wieder als Kerl sehen.«
Der Stallbesitzer ging zu Conny hinüber. Sie war nach hinten auf den Hof geritten, um in Ruhe Rockys Beine zu überprüfen. Vielleicht hatte er sich bei der Flucht vertreten? Ihre Hand fuhr tastend an jedem einzelnen Bein

herunter. Rocky drehte den Kopf nach hinten, stupste seine Nase in Connys Nacken und rieb seine Lippen an ihrem Rücken ab.
»So, nun ist die Bluse hin. Hast du es endlich geschafft.«
Conny konnte sich ein Grinsen über Rocky nicht verkneifen, während sie seine Sprunggelenke befühlte. Nichts geschwollen. Die Beine waren auch nicht warm. Ein gutes Zeichen.
»Alles okay?« Mit steifem Rücken ging Herr Jensen neben Conny in die Hocke und fühlte noch einmal fachmännisch die Beine ab.
Mit der Hand im Kreuz richtete er sich wieder auf. Der Rücken tat ihm seit dem Umbau ständig weh. War wohl ein bisschen viel gewesen, was er seiner Wirbelsäule in den letzten Monaten zugemutet hatte.
»Du weißt, dass es die Zwillinge waren?« Herr Jensen kam gleich zur Sache.
Conny nickte.
»Hast du's schon erzählt?«
Verblüfft sah Conny ihn an.
»Nein, wann denn? Wir sind doch gerade erst abgestiegen.«
»Ich möchte, dass du nicht darüber redest.« Herr Jensen wirkte sehr bestimmt. »Auch wenn du platzt. Ich will nicht, dass es Krieg auf der Stallgasse gibt.«
Nachdenklich blickte er zu Jule hinüber, die vorne bei Ankum stand und mit zusammengekniffenen Lippen die

Steigbügel hochzog. »Und du kannst dir vorstellen, dass Jule Rache schwören würde ...«

Es war nicht besonders schwer, sich das auszumalen.

»Mit den Gerlachs werde ich gleich ein Hühnchen rupfen«, versprach Herr Jensen, »darauf kannst du dich verlassen. Ich verlasse mich dafür auf dein Schweigen.«

Mist. Ungehalten murmelte Conny ein paar wenig feine Wörter hinter Herrn Jensen her, der gleich wieder gegangen war. Natürlich hätte sie den anderen am liebsten haarklein berichtet, was sie alles beobachtet hatte. Aber, überlegte Conny im nächsten Moment, wahrscheinlich hatte Herr Jensen Recht. Jule würde sich nicht wieder einkriegen ...

Conny hätte zu gern gewusst, wie Herr Jensen das Hühnchen mit den Zwillingen rupfen wollte. Wer ihren Reitlehrer bis zur Weißglut reizte, hatte schlechte Karten. Herr Jensen konnte brüllen, dass einem fast das Trommelfell platzte. Oft passierte das nicht. Aber wenn ...

Conny hielt es nicht aus. Wenn sie schon zum Schweigen verdonnert war, wollte sie wenigstens ihren persönlichen Triumph haben.

Rocky rieb seine Nase an ihrem Arm. War das nicht eine klare Ermunterung?

»Komm, mein Junge.« Sie nahm die Zügel vom Hals und führte Rocky zurück in seine Box. »Brav, wie du dich vorhin geschlagen hast. Wie wär's mit einem Mittagsschläfchen? Bevor die Schnupperreiter kommen?«

Rocky schnaubte tief und drehte sich zur Tränke. Die Quadrille hatte durstig gemacht.
Conny wusste, wo sie Herrn Jensens Standpauke am besten mitkriegte. Auf dem Heuboden. Sie musste sich beeilen, bevor die anderen mit ihren Pferden hereinkamen. Mit einem kurzen Blick über die Schulter vergewisserte sich Conny, dass noch keine Gefahr drohte. Am Fuß der Treppe sicherte sie noch einmal nach rechts und links. Die Luft war rein. In ein paar Sätzen war sie oben.
Warme Luft schlug Conny aus dem hinteren Teil des Heubodens entgegen. Mit vorgestreckten Armen bahnte sie sich einen schmalen Weg durch die aufgestapelten Heuballen. Dahinter lag ein niedriger Kriechboden, nicht mehr als kniehoch. Darunter befand sich das Büro von Herrn Jensen. Wenn man sich flach hinlegte, ein Ohr auf die Holzdielen gepresst, konnte man jedes Wort verstehen.
Nur ihre Freundinnen und sie kannten das Geheimnis. Purer Zufall, dass sie darauf gekommen waren. Letztes Jahr war der Boden mehr als eine Woche völlig leer gewesen. Wegen heftiger Wolkenbrüche konnte der Bauer tagelang kein neues Heu bringen – da hatten sie den Eingang zum Kriechboden entdeckt. Conny war keine Minute zu früh gekommen.
»Nur einer darf in meinem Stall etwas zur Weißglut bringen«, hörte sie Herrn Jensen unter ihrem Ohr brüllen, »und das ist der Schmied.«
Der Chef hatte nicht zu viel versprochen – er kannte bei

den Zwillingen kein Pardon. Alle Achtung, dachte Conny bewundernd. Sie hatte immer geglaubt, Privatreiter würden bevorzugt. Das hörte sich nicht so an.
»Was glaubt ihr«, bellte Herr Jensen weiter, »wie viele Leute ihr heute durch euren blöden Streich vom Reiten abgeschreckt habt.«
Man hörte ihn mit großen, wütenden Schritten auf und ab gehen. »Ich bin auf das Geld angewiesen. Mit dem Pensionsgeld von euch paar Privatreitern kann man keinen Stall bezahlen.«
Zwischendurch war das halblaute Gemurmel der Schwestern zu hören. Für Conny leider zu leise, um ganze Sätze zu verstehen. Aber genug, um daraus zu entnehmen, dass die Nervis offensichtlich selbst erschrocken darüber waren, was für ein Chaos sie in der Reithalle angerichtet hatten. Jedenfalls hörten ihre Stimmen sich ungewöhnlich kleinlaut an.
Befriedigt wollte Conny sich gerade aufrappeln, als sie mitten in der Bewegung stockte.
». . . und dann kommen ja heute noch die beiden Neuen. Was glaubt ihr eigentlich, was das kostet! Und jetzt raus.«
Die Neuen!
Also doch! Das war es, was Theo gemeint hatte.
Conny biss sich in die Fingerspitzen, um nicht laut loszujubeln. Neue Schulpferde – das war spannender als jeder Fernsehkrimi. Sie brannte darauf, die anderen mit der Neuigkeit zu überraschen. Zuerst Jule, um sie von ihrem Quadrillen-Kummer abzulenken.

7. Kapitel

Wild aufs Schmusen

Als Conny vom Boden herunterkam, hatte Herr Jensen schon gefüttert. Die schwere Flügeltür zwischen Reithalle und Boxen war geschlossen und das Schild »Mittagsruhe! Bitte nicht stören!« baumelte an der Klinke. Ein Werk von Bastian. Unter dem Wort »Mittagsruhe« prangte ein großes Foto von Flecken-Paula, auf dem sie schläfrig in die Kamera blinzelte. Dieses Prachtstück von einem Schild konnte wirklich kein Besucher übersehen.

Geräuschlos drückte Conny die Klinke herunter. Selbstverständlich galt das Stallverbot nicht für die Pflegemädchen. Conny öffnete die Tür einen schmalen Spalt, sodass sie gerade noch durchschlüpfen konnte. Himmlische Ruhe empfing sie; das erste Mal an diesem Tag.

»Wo ist denn Jule?«, fragte Conny in die gähnend leere Stallgasse, »joggt sie um die Weiden, um ihren Frust abzubauen?«

Conny nahm an, dass ihre Frage nicht sinnlos ins Leere ging. Sie konnte schwören, dass in jeder Box ganz hinten ein Pflegemädchen bei seinem Pferdefreund hockte.
Rocky hob interessiert den Kopf, als er Connys Stimme hörte. Leise grummelnd bewegte der Traber sich einen Schritt zur Seite, um Conny Platz zu machen. Er schien fest damit zu rechnen, dass sie ein paar Leckerli herausrücken würde!
»Unten am Lottbach, wenn du mich fragst«, gab jemand mit Verzögerung Auskunft. »Sicher mit Sally.«
Die Geisterstimme kam hinten aus Nappos Box und gehörte Theresa. Auch sie genoss die Mittagsruhe, zusammen mit ihrem Haflinger.
Conny ging die Stallgasse hinunter, nicht ohne kurz bei Rocky anzuhalten. Geschickt schob sie ihm ein Leckerli zwischen die Lippen. Keine Spur von Herrn Jensen, sonst hätte sie sich nicht getraut. Füttern zwischen den Mahlzeiten war verboten. Jedenfalls, wenn es auffiel. Die anderen Pferde wurden sofort neidisch und schlugen mit den Hufen gegen die Boxenwände.
Conny trat nach draußen. Suchend glitt ihr Blick über die Weiden. Am Ende, unter der großen Hainbuche, machte sie zwei dunkle Punkte aus. Conny freute sich schon diebisch auf Jules ungläubiges Gesicht, wenn sie ihr von den neuen Pferden erzählen würde. Also nichts wie hin.

Jule hatte sich gleich nach dem Füttern auf ihren Lieblings-

platz zurückgezogen. Nach der verdorbenen Quadrille musste sie allein sein. Allein mit Sally.
Als Conny noch im Stall nach ihr suchte, war Jule gerade am Ende der Weide angekommen. Sie setzte sich auf den niedrigen Graswall und ließ den Strick lang, sodass Sally vor ihren Füßen grasen konnte. Die Stute schien überrascht zu sein, dass es nach der Hafermahlzeit zusätzlich frisches Grün gab. Ein Nachtisch? Weil heute ein Großeinsatz war? Sallys vergnügten Augen sah man an – dieses Zusatzprogramm konnte es ihretwegen jeden Tag geben. Sofort verschwand ihr Kopf in den Halmen und Sally ließ sich dabei die Frühlingssonne aufs Fell scheinen.
Leise lächelnd lehnte Jule sich zurück.
Schon nach wenigen Minuten beruhigte sich das wütende Brodeln in ihrem Magen. Diese »Kurzflucht« zur Weide wirkte jedes Mal Wunder, wenn sie knapp vorm Ausrasten war.
Wenn Sally glücklich war, war sie es auch.
Die Quadrille, die schien schon Lichtjahre entfernt zu sein. »Du bist super geritten«, hatte Axel Rakete ihr vorhin noch ausdrücklich bestätigt. »Auch nach dem Scheuen hast du Ankum sofort wieder unter Kontrolle gehabt.«
Trotzdem – Jule brannte darauf, den Schuldigen zu finden und ihm ein paar passende Worte zu sagen. Insgeheim verdächtigte sie die Zwillinge, die sie unter den Zuschauern entdeckt hatte. Aber konnte sie das jemand anvertrauen? Nein. Nicht einmal Conny und Luisa. Die lachten sie

schon manchmal aus, weil Jule den Gerlach-Zwillingen alles in die Schuhe schieben wollte.
Jule legte sich auf den Rücken, schob eine Hand unter ihren Kopf und studierte die Krone der Buche. Der Nordwestwind, ohne den Hamburg gar nicht vorstellbar war, hatte den mächtigen Stamm im Laufe der Jahrhunderte zur Seite gebeugt. Wie ein gewaltiges Dach neigte sich das dichte Geäst über den Wiesenrand. Darunter konnte man sich sicher und geborgen fühlen. Was war nur der Grund dafür, fragte sich Jule, dass sie sich unter dem Dach des Baumes wohler fühlte als unter dem Dach des Elternhauses?
Lag es vielleicht gar nicht an der Buche? Sondern daran, dass sie lieber bei Sally war als zu Hause?
Jule streckte eine Hand aus und streichelte Sally sachte über den Nasenrücken. Wie weich ihr Fell war. Wie Samt.
»Wenn ich dich nicht hätte, Mäuschen.«
»Mäuschen« gab ein leises, dunkles Kollern von sich. Conny hätte das sicher so übersetzt: »Mir geht es genauso. Ohne dich macht das Leben keinen Spaß.«
Wenn Sally in der Nähe war, schmolzen Jules Ärgernisse dahin wie Huffett in der Sonne – ein missglückter Ritt und ebenso eine Fünf in Mathe. Oder, wie jetzt, der Groll darüber, dass ihre Eltern nicht zur Quadrille gekommen waren. Obwohl sie ihnen extra einen Zettel hingelegt hatte. Jule hoffte immer noch, dass sie ihre Eltern mit einer perfekten Reitvorführung beeindrucken konnte. Aber die

Quadrille war ja sowieso danebengegangen. Eigentlich doch gut, dass ihre Eltern das wilde Gerenne nicht gesehen hatten, dachte Jule. Das wäre nur Wasser auf ihre Mühlen gewesen. Sie konnte sich lebhaft vorstellen, wie ihr Vater kopfschüttelnd gesagt hätte: »Und für diese alberne Reiterei vernachlässigst du die Schule?«

Davor hatten die Ahrends nämlich eine Heidenangst. Um ihre Tochter von den Pferden wegzulocken, hatten sie immer wieder Geld für andere Hobbykurse spendiert. Tennis und Surfen hatte Jule ausprobiert, sogar mit viel Spaß. Aber mit einem Tennisschläger konnte man nicht kuscheln, mit einem Surfbrett auch nicht. Sie wieherten nicht, wenn man kam. Und sie schnaubten nicht, wenn man »Na du« sagte. Jule wollte etwas Lebendiges zum Kuscheln um sich haben, und das hatte sie nur in Jensens Reitstall.

Das große, braune Pferd hob den Kopf ein wenig und stupste Jules Arm mit den Nüstern an. Sallys entspanntes Schnauben zeigte, wie wohl sie sich fühlte.

Eine Welle der Zuneigung erfasste Jule. Ihre Sally!

Jule ließ sich vom Wall heruntergleiten und setzte sich neben Sallys Kopf ins Gras. Wie gut ihr warmes Fell duftete. Mit geschlossenen Augen rieb Jule ihr Gesicht an Sallys Hals.

Niemals würde sie verstehen, dass ihre Mutter naserümpfend »Du riechst wieder nach Pferd« nörgelte, wenn sie nach Hause kam. Gab es einen schöneren Duft?

»Du sitzt hier und schmust herum und oben überschlagen sich die Ereignisse.«
Keuchend stieß Conny die Worte hervor, während Jule und Sally erstaunt zu dem heftig atmenden Mädchen hochsahen. Den ganzen Weg war Conny gerannt.
»Haben sie die Zwillinge verhaftet?«, erkundigte Jule sich bissig. Sofort danach biss sie sich auf die Lippen. Nun hatte sie doch wieder die Nervis ins Spiel gebracht!
»Dummes Zeug«, wich Conny aus. Wie kam Jule bloß darauf? Unmöglich, dass sie als Anfangsreiterin etwas mitgekriegt hatte. »Du solltest mal die Zuschauer hören! Die sind ganz hingerissen, dass sie die pralle Action gesehen haben.«
»Sprich nicht davon«, sagte Jule und stand auf. »Oder ich werde zur Bestie.«
Sorgfältig klopfte sie ihre Reithose ab und ergriff Sallys blaues Halfter. »Komm, Mäuschen, es geht wieder nach oben.«
Unwillig zog Sally den Kopf zur Seite. Wenn sie etwas an Jule hasste, dann dieses Kommando. Hastig rupfte sie sich noch einen Grasvorrat für unterwegs ab.
»Los, erzähl«, drängte Jule, »was kann schon in zehn Minuten Weltbewegendes passiert sein? Hat Theo deine Drossel an die Wand geworfen? Und sie hat sich in einen Prinzen verwandelt?«
Sie konnte es nicht lassen, ihre Freundin mit ihrem »Tierschutzwahn« aufzuziehen. Manchmal gerieten ihre Witze etwas heftig.

Conny lachte gutmütig und wechselte die Seite, um direkt neben Jule zu gehen.
»Neuigkeiten«, deutete sie geheimnisvoll an. »Obercoole Neuigkeiten. Und ich sage nur eins: Sie fangen mit ›P‹ an . . .«
Verständnislos blickte Jule sie an.
»Ja, mit ›P‹«, wiederholte Conny ungeduldig. Heute war Jule aber wirklich begriffsstutzig. »Mit ›Pf‹, um genau zu sein.«
»Was???«
»Jaaa! Neue Pferde! Wir kriegen neue Pferde. Heute noch! Und gleich zwei«, sprudelte es jetzt aus Conny heraus. Meistens war es Jule, die Neuigkeiten auskundschaftete. Und nun endlich mal sie.
»Ach, und woher weißt du das plötzlich?«, wollte Jule misstrauisch wissen.
»Na, von Herrn Jensen selbst.« Conny führte einen Freudentanz vor Jule und Sally auf. »Ich hab's zufällig mitgekriegt. Von unserer Stelle auf dem Heuboden aus, als er die . . .«
Irritiert blieb Sally stehen. Jule ebenfalls. Und dann auch Conny.
Sally, weil das Herumgehopse sie nervte.
Conny, weil sie merkte, dass sie sich fast verplappert hätte.
Jule, weil sie merkte, dass Conny sich fast verplappert hätte.
»Verschweigst du mir etwas, Conny Clasen?« Argwöhnisch sah Jule ihre Freundin an.

Conny rieb sich verlegen mit der Hand die Backe.
»Na ja . . . also, ich kann nicht darüber reden«, druckste sie herum. »Noch nicht. Aber es ist auch völlig unwichtig, echt«, setzte sie schnell hinzu.
»So unwichtig, dass du zu unserer Stelle auf dem Heuboden gekrochen bist?«
Jule kombinierte blitzschnell. Aus lauter Übermut bahnte sich niemand in feinen Reitsachen einen Weg durchs staubige Heu. Diese Qual nahm man nur auf sich, wenn es unten im Büro ein interessantes Gespräch zu belauschen gab. Conny, die Jules Detektivnase doch kannte, ärgerte sich deshalb doppelt über ihren Schnitzer.
Sie hüpfte von einem Bein auf das andere, diesmal aus purer Verlegenheit. »Mann, Jule! Jetzt hör doch auf damit. Ich erzähl dir alles später. Freust du dich denn gar nicht über die Pferde?«
Weiteres Bohren war zwecklos, das musste Jule doch endlich einsehen.
»Na klar«, räumte Jule ein, »aber eins steht fest . . .«, sie schlang beide Arme um Sallys Hals, »Sally bleibt immer mein Liebling, egal, was für tolle Pferde kommen.«
Freundschaftlich knuffte Conny Jule in die Seite. »Meinst du, ich würde meinem Rocky untreu? Niemals. Nicht einmal für ein ultragutes Olympiapferd. Aber neue Schulpferde sind doch *immer* spannend, oder?«
Das sah Jule auch so.
Sie waren am Stall angekommen. Conny stellte mit einem

Blick fest, dass schon die Vorbereitungen fürs Schnupperreiten liefen. Zum letzten Mal an diesem Tag wurden die Pferde gesattelt und aufgetrenst. Während Conny rasch in die Sattelkammer ging, um Rockys Sattel und Zaumzeug zu holen, kontrollierte Kai Jensen Box für Box.

Für ihn war die nächste Stunde äußerst wichtig. Die Zuschauer durften jetzt selber in den Sattel steigen und wurden von den Mädchen geführt. Der »Tag der offenen Tür« war ja nur deswegen veranstaltet worden, um Leute fürs Reiten zu begeistern. Herr Jensen schärfte seinen Pflegemädchen ein beim Führen absolut aufmerksam zu sein.

»Noch so ein Ausraster wie bei den Spanierinnen«, sagte er, »wäre beim Schnupperreiten eine echte Katastrophe.«

So eine Katastrophe ist bestimmt nicht zu erwarten, dachte Conny. Die Gerlach-Zwillinge hatten sich gleich nach der Standpauke aus dem Staub gemacht. Die hingen sicher schon auf dem Stadtteilfest herum und machten Jungs an. Aber auch ohne die Nervis musste man beim Schnupperreiten aufpassen wie ein Luchs. Keiner der Testreiter hatte je auf einem Pferd gesessen. Der kleinste Buckler und sie würden herunterfallen wie ein nasser Sack. Zumindest die Erwachsenen. Das kannte man hinreichend, wie die ihre Sportlichkeit überschätzten.

Um Punkt fünfzehn Uhr startete das Probereiten. Als die Schulpferde eine Stunde später zum Abschluss aufmarschierten, strahlte Herr Jensen. Besser konnte so ein Testritt gar nicht klappen. Sogar Rocky hatte sich zusammengerissen.

Wie gut das Schnupperreiten angekommen war, sah man anschließend in der Stallgasse. Dort ballte sich ein buntes Menschenknäuel zusammen. Eins von der Art, wie man es in jeder Reitschule gerne sieht. Die Schlange bestand nämlich aus Besuchern, die sich anmelden wollten und im Büro keinen Platz mehr fanden.

Die Mädchen arbeiteten sich mit ihren Pferden in abenteuerlichen Kurven durch die Menge der Wartenden hindurch. Die Angst, die heute Morgen noch bei den Besuchern zu spüren war, schien wie weggeblasen. Wer sich zwanzig Minuten auf einem Pferderücken gehalten hat, sieht die Welt plötzlich mit anderen Augen.

»Darf ich ihn mal streicheln?«, tönte es von rechts und links. »Auf dem Braunen bin ich eben geritten.« – »Oh, ist der süß.«

Mit der letzten Bemerkung war Sally gemeint.

»Vor allen Dingen *er.*« Jule zog einen Flunsch. »Das ist eine *sie,* eine Stute«, klärte sie die Sally-Fans auf.

Beim Einbiegen in die Stallgasse erhaschte Conny einen Blick auf Herrn Jensens Schreibtisch. Mit glühenden Ohren notierte er in seinem Reiterbuch Anmeldungen für Kurse. Der Stapel mit Zehner-Reitkarten war schon erheblich kleiner geworden. Ein Eröffnungstag nach Wunsch. Die Freude über die gelungene Veranstaltung war Kai Jensen ins Gesicht geschrieben.

Conny brachte Rocky in die Box, löste den Sattelgurt und warf ihn über den Sattel. Als sie das lederne Zaumzeug über die Pferdeohren streifte, rempelte der Traber sie an und scheuerte herausfordernd seinen Kopf an ihrer Weste.

»Hör auf, du Schurke«, lachte Conny, »alles gleichzeitig geht nicht.«

Natürlich wusste sie genau, was Rocky wollte. Sie sollte seine Zöpfe öffnen, und zwar unverzüglich. Das Rempeln mit dem Kopf war Rockys ruppige Art Conny daran zu erinnern. Woher wusste er bloß so genau, dass für heute mit dem Reiten Schluss war?

Conny räumte das Sattelzeug weg und kam mit einem kurzen Messer aus der Sattelkammer zurück. Ein vorsichtiger Schnitt in das Klebeband, das um jeden Zopf gewickelt war, und das Band klaffte auseinander. Conny löste die darunter liegenden Gummis von den Zöpfen und öffnete die Flechten. Bei Rocky ging das leicht. Seine glatte, feine Mähne klebte nie so zusammen wie zum Beispiel die von Nappo oder Sally.

Erleichtert schnaubte Rocky, als der letzte Zopf aufgeflochten war. Mit energischem Kopfschütteln brachte der Traber seine Mähne wieder in die gewohnte Form. Kaum war Rocky von den Zöpfen befreit, da kehrte seine Rauflust zurück. Die Ohren flach angelegt, rammte er seinen Kopf gegen die Boxenstäbe, die ihn von Nappo trennten.

»Allmählich verstehe ich, warum Herr Jensen die beiden

Boxen neben Rocky freistehen lässt«, seufzte Theresa. »Dein Schätzchen kann wirklich nichts als streiten, streiten, streiten. Mein Nappo dagegen ist doch der reinste Engel ...«

Nappos Rücken straffte sich und sein Blick nahm den Ausdruck eines duldenden Heiligen an. Milde nach unten schauend, ließ er das Ausflechten noch geduldiger über sich ergehen.

Wie auf Kommando prusteten Conny und Theresa los. Manchmal schien es wirklich so, als ob die Pferde genau wüssten, wovon die Rede war.

»Irgendwann«, lachte Conny, »wird man herausfinden, dass die Burschen jedes Wort verstehen, das wir sagen.«

Sie legte sich Striegel und Kardätsche als Ersatz für einen Doktorhut auf den Kopf. Würdevoll balancierte sie das Putzzeug auf den Haaren und stolzierte mit feierlichem Gesicht um Rocky herum. Rocky grummelte unwillig. Er teilte seine Box nicht gern unnötig lange mit Zweibeinern. Nicht mal mit Conny.

»Ich entdecke die Sprache der Pferde und kriege dafür einen Ehrendoktorhut. Und den Nobelpreis.«

Hoheitsvoll winkte Conny ihren eingebildeten, jubelnden Fans zu. »Dann werde ich steinreich und kaufe Rocky. Ach was, die ganze Reitschule.«

»Hast du vorher noch Zeit die Stallgasse zu fegen?«

Herr Jensen hatte wieder mal alles mitgekriegt. Im weißen Turnierhemd, ohne sein Reitjackett, lehnte der Stallbesitzer

an Rockys Boxentür und verfolgte sichtlich belustigt Connys Höhenflug.
Conny hätte sich am liebsten die Zungenspitze abgebissen. Oberpeinlich! Aber typisch. Den ganzen Tag arbeitete man wie ein Erwachsener. Und kaum war man eine Sekunde albern, tauchte gleich ein Zeuge auf. Aber, tröstete sie sich, der Chef war immer noch besser als die Killerbienen. »Geht nach Haus und spielt mit Puppen«, hätten die gelästert.
Kai Jensen löste sich von der Tür. »Je eher ihr fertig seid, desto besser.« Augenzwinkernd fügte er hinzu: »Nachher wartet nämlich noch eine Überraschung auf euch.«
Bevor die Mädchen ihn mit Zusatzfragen löchern konnten, war Herr Jensen schon wieder weg.
»Jetzt weiß ich nicht, ob ich zum Stadtteilfest gehen kann«, klagte Theresa. »Wenn sich hier im Stall was tut und ich kriege das nicht mit – entsetzlich. Was kann er nur meinen?«
Conny zuckte betont ahnungslos die Schultern. »Keinen Schimmer.«
Auch die anderen Mädchen hatten die geheimnisvolle Andeutung des Chefs mitgekriegt. In jeder Boxentür tauchte ein Mädchenkopf auf. In King Louis' Tür natürlich ein Jungenkopf.
»Los, beeilt euch.« Jule feuerte die anderen an. »Ich platze vor Neugierde.«

8. Kapitel

Überraschung mit Mecki

Sogar die Killerbienen waren heute schnell mit den Besen bei der Arbeit. In Rekordzeit erstrahlte die Stallgasse in makelloser Sauberkeit. Nachdem alles ordentlich in der Geräteecke verstaut war, beluden sich die Mädchen im Kaffeezelt mit Kuchenresten, Kakaobechern und Colaflaschen.
Kauend und diskutierend zogen sie mit ihrer Nahrungsbeute auf den Heuboden.
»Bleib gleich hier vorne.« Conny zog Jule auf die vorderen Heuballen. »Da hinten liegen die Sachen der Großen.«
Die Großen, das waren die Killerbienen. Die steckten bereits wieder die Köpfe zusammen, kaum dass sie den Dachboden betreten hatten. Die angekündigte Überraschung war auch bei ihnen Gesprächsthema Nr. 1. Was wohl in ihren Köpfen herumspukte? Wahrscheinlich hofften sie, dass Herr Jensen den Stall in eine Disko umwandelte. Mit Jungen in jeder Box.

Conny, Jule und die anderen Mädchen der Quadrille breiteten sich auf den Heuballen neben der Tür aus. Blaumann, der sich in seinem Nachmittagsschlaf gestört fühlte, wanderte unentschlossen zwischen den Gruppen hin und her. Maunzend strich er den Mädchen um die Beine. Schließlich sprang er mit drei Sätzen auf den obersten Heuballen über Jules Platz und rollte sich zusammen. Von diesem Aussichtsplatz hatte er alles im Blick.

Conny steckte ihren Kopf durch die Luke und rief Bastians Namen.

»Kommst du nicht herauf?«, fragte sie, als er aus King Louis' Box nach oben sah. Statt eine Antwort zu geben, griff Bastian sich ans Herz, verdrehte die Augen und ließ sich gegen den Rücken von King Louis sinken.

»Das halten meine Nerven nicht aus.«

Seine kräftige Stimme verwandelte sich in das gebrochene Flüstern eines Schwerkranken. Reitermädchen konnte er nur einzeln ertragen. In Notfällen, und dies war keiner, bis zu drei. Eine geballte Ladung Mädchen, das hielt Bastian nicht aus.

Nur eine fehlte noch, nein, zwei. Gerade, als die anderen das feststellten, polterten Luisa und Nicky die Treppe hoch. Luisa sah verschwitzt aus. Nicky trug eine fast schwarze Gletschersonnenbrille, die auch an den Seiten geschlossen war.

»Woher kommt ihr?«, erkundigte sich Jule kauend. »Habt ihr im Himalaja Achttausender bestiegen?« Aber dann sprang sie auf und umarmte Nicky herzlich. »Super, dass du dich noch mal in die Staubhölle hier oben wagst. Hast du deine Tropfen von zu Hause geholt?«

»Ja, während des Schnupperreitens.«

Weil Nicky nichts sehen konnte, hatte Luisa sie mit dem Rad nach Hause gefahren. Die große Nicky auf dem Gepäckträger, das war anstrengend gewesen. Aber irgendwie mussten sie ja an die Allergie-Augentropfen kommen. Trotzdem – ohne abgedichtete Sonnenbrille wagte sich Nicky nicht auf den Heuboden.

»Bastian erzählte etwas von einer Überraschung . . .«

Luisa kam ohne Umschweife zum wichtigsten Thema des Nachmittags. Sie öffnete zwei Limonadeflaschen und schob Nicky eine hinüber. Mit dem Handrücken wischte sie sich nach dem Trinken den Mund ab und stellte die Flasche zu den übrigen auf den Boden.

»Hoffentlich macht Herr Jensen es nicht wieder so spannend, wie es seine Art ist«, begann Jule. »Dieses Warten macht mich ganz kribbelig. Ich kann überhaupt nichts essen.« Verzweifelt studierte sie das Muster des Marmorkuchens in ihrer Hand. »Dabei habe ich einen Mordshunger.«

Herr Jensen machte es aber doch spannend, als er wenige Minuten später auf dem Boden erschien. Mit feierlichem Gesicht lehnte er sich an einen Stützbalken.

»Also, der ›Tag der offenen Tür‹ war ein großer Erfolg«, fing er an, »soweit ich das bis jetzt absehen kann. Danke, dass ihr alle in den letzten Wochen so fleißig mit angepackt habt. Allein das Anstreichen, das ständige Aufräumen, der Schaukasten . . .«

Jules Text fiel ihm wieder ein. »Noch ein Wort zum Schaukasten. Wenn ihr etwas hineinhängt, müsst ihr das mit mir absprechen. Manches kann man leicht falsch verstehen, auch wenn es noch so gut gemeint ist.«

Sein Blick richtete sich auf Jule und sie guckte verständnislos fragend zurück. Er meinte doch nicht ihren brillanten Text? Genauer wollte sie jetzt lieber nicht nachforschen. Nicht vor den Killerbienen.

»Herr Jensen . . .«, drängte Conny vorwurfsvoll. Schon seit geraumer Zeit rutschte sie unruhig auf ihrem Heuplatz hin und her. Erwachsene hatten eine einmalige Begabung Jugendliche verrückt zu machen. »Die Überraschung . . .«

Herr Jensen lachte. »Also gut.« Er rieb sich das Kinn. »Ihr habt euch sicher schon gefragt, warum neben Rocky zwei Boxen leer stehen.«

Sein Blick fiel auf die Holzdielen und auf die Colaflaschen. Wie auf Kommando setzte sich ein Dutzend Reitstiefel in Bewegung. Hastig versuchten die Mädchen mit der Sohle die feuchten Ränder zu verwischen, die die Flaschen hinterlassen hatten. »Nasse Stellen verursachen Schimmel.« Das hatte Herr Jensen schon tausendmal gepredigt. Und durch verschimmeltes Heu gab es Koliken.

»Um es kurz zu machen«, fuhr Herr Jensen fort, ohne auf

die Schimmel-Colas einzugehen, »ich habe zwei neue Schulpferde gekauft.«
»Hammerhart.« Dieser Ausruf kam von der Tür. Bastian hatte von der Stallgasse aus gehört, dass es auf dem Boden jetzt zur Sache ging, und war eilig hochgekommen.
Seine treffende Bemerkung gab den Anstoß für ein wahres Fragengewitter. Die Mädchen waren aufgesprungen und drängten sich um Herrn Jensen.
»Was für welche?« – »Wann kommen sie?« – »Wie alt?« – »Schon angeritten?« – »Schön hoch?«
Die letzte Frage kam von Bastian. Mit seinen vierzehn Jahren war er schon 1,82 Meter groß und brauchte zum Reiten ein großes Pferd.
»Eins nach dem anderen.«
Lachend hob Herr Jensen die Arme, um sich vor dem Ansturm zu schützen. »Also, die beiden sind Brüder, acht Jahre alt. Und sie kommen in der nächsten Stunde. Und es sind . . . Ach, ratet doch einfach mal. Dann könnt ihr gleich mal zeigen, wie fit ihr in Rassenkunde seid.«
Er machte eine bedeutsame Pause. »Der Name der Rasse fängt mit ›F‹ an.«
Schweigen.
»Wir haben doch bis jetzt nur welche mit ›H‹«, beschwerte sich Luisa. »Holsteiner, Hannoveraner, Haflinger . . .«
»Nicht nur«, widersprach Herr Jensen. »Denk nur mal an Flecken-Paula.« Richtig, das war eine Knabstrupper-Stute.

»Friesen«, rief Jule triumphierend. »Ankum und Brinkum.«
»Genau. Friesen beginnen mit ›F‹. Unsere Neuen sind aber keine Friesen. Weiter.«
»Heiß oder kalt?« Das kam von Conny.
»Friesen? Eiskalt.«
Es war förmlich zu sehen, wie die Köpfe rauchten. Man konnte fast Angst kriegen, das Heu würde Feuer fangen.
»Französische Traber«, schlug Conny vor.
»Der Himmel bewahre mich vor weiteren Trabern«, stöhnte Herr Jensen. »Einer wie Rocky genügt mir.«
Theresa hatte noch eine Idee. »Freiberger? Ich glaube, ich habe im Urlaub mal auf einem gesessen.«
»Freiberger! Das sind doch Kaltblüter«, mischte sich Ilona von den Killerbienen wichtigtuerisch ein. »Die reitet man doch nicht.«
»Keinen Streit! Ihr habt beide Recht.« Herr Jensen schlichtete schnell. »Es sind Kaltblüter, die auch geritten werden. Freiberger kriegen wir aber nicht. Weitere Angebote?«
»Kleiner als Turbo?« Das war wieder Bastian. Turbo war der größte Wallach im Stall.
»Ja.«
»Kleiner als Sally?«
»Auch das.«
Bastian ließ sich enttäuscht aufjaulend auf einen Heuballen fallen. Dann kamen die neuen Pferde für ihn kaum in Frage. Mit seinen langen Beinen träumte er immer von einem Reit-Elefanten.

»Aber größer als Blaumann sind sie doch?«, fragte er noch und alle lachten. Blaumann hob den Kopf, als sein Name fiel. Der Kater reckte sich ausgiebig, machte einen Satz nach unten und rollte sich schnurrend auf Bastians Knien wieder zusammen.

»Ich merke schon, die Rasse habt ihr gar nicht auf der Rechnung«, stellte Herr Jensen schließlich fest. »Bevor ihr alle platzt, verrate ich es lieber – es sind Fjordpferde.«

Jetzt ging das Gejauchze und Geschrei ein zweites Mal los. Fjordpferde!

Die hellbraunen Ponys aus Norwegen!

»Dass ihr darauf nicht gekommen seid!« Herr Jensen wunderte sich schon ein bisschen. »Die meisten von euch haben bestimmt schon mal auf so einem Struppi gesessen. Wie war das, als du in den Osterferien in Dänemark warst, Luisa? Oder Merle? Und Sophie?«

Die drei nickten. Und den anderen fiel es auch wieder ein. Auf den Ferien-Ponyhöfen in Dänemark standen häufig Fjordpferde. Sie waren ungefähr so groß wie Haflinger, aber breiter. Ihre Markenzeichen waren der schwarze Strich auf dem Rücken und die lustige Stehmähne, die aussah wie ein Mecki-Haarschnitt.

Kai Jensen hatte sie gekauft, weil er sichere Geländepferde brauchte.

Seine Warmblutpferde sprangen schon mal erschreckt zur Seite, wenn im Gebüsch ein Blatt raschelte. Bei Fjordpferden passierte so etwas nie. Oder fast nie.

»Dann wisst ihr ja auch, dass die Ponys absolut zuverlässig sind«, sagte Herr Jensen. »Und trittsicher.«
Die stämmigen Fjordpferd-Beine, trainiert auf steinigen Berghängen, waren viel robuster als die von großen Pferden. In Reitställen sah man Fjordis darum neuerdings immer häufiger als Schulpferde. Eigentlich hatten sie nichts als Vorzüge und nur einen winzigen Schönheitsfehler: Unter ihrer Stehmähne saß ein richtiger Dickkopf. Diese Kleinigkeit hatte Kai Jensen aber nicht vom Kauf abgehalten. Er zweifelte keine Sekunde daran, dass er mit jedem sturen Pony dieser Welt zurechtkommen würde.
Ein verhängnisvoller Irrtum, wie sich noch an diesem Tag herausstellen sollte.
»Ehrlich gesagt«, verriet er den Mädchen jetzt, »ich hatte schon befürchtet, dass ich die neuen Pferde gleich wieder verkaufen müsste, wegen der hohen Umbaukosten. Aber nach diesem erfolgreichen Tag . . .«
In seiner gewohnt fixen Art war Herr Jensen schon wieder halb auf der Treppe, als er sich noch einmal umdrehte. »Beide sind übrigens sehr gut ausgebildet, auch in der Dressur. Mal sehen, was ihr auf den Struppis zu Stande bringt.«
»So, jetzt kann ich in Ruhe essen«, verkündete Jule, als der Chef verschwunden war. Mit sichtlichem Vergnügen biss sie ein großes Stück von Oma Hillas köstlichem Kuchen ab. Geheimnisse im Stall verdarben den Appetit. Aufgeklärte Fälle dagegen lösten einen Bärenhunger aus. Zehn Minuten später war kein einziger Krümel mehr da.

»Die Stallmäuse werden toben, wenn sie nichts finden«, sagte Conny grinsend, als sie Becher, Flaschen und Teller einsammelte. Gerade wollte sie alles in einen Korb packen, da verharrte sie. »Seid mal still.«
Jetzt hörten es auch die anderen. »Ein Auto. Mit Hänger. Der Hänger mit den Fjordis!«
Der Korb blieb halb voll in der Tür stehen. Die Mädchen schubsten sich fast die Treppe hinunter. Das wollten sie sich nicht entgehen lassen.
»Halt, meine Damen.« Der Chef stoppte den wilden Ansturm gerade noch auf der Stallgasse.
»Ab mit euch nach hinten!« Er schickte die ganze Meute an das offen stehende Tor der Reithalle, wo die Mädchen alles aus gebührender Entfernung verfolgen konnten. »Und dass ihr euch nicht muckst! Zum Ausladen brauchen die Pferde Ruhe.«
Der große Personenwagen mit dem Pferdehänger dahinter kam vor dem Reitstall zum Stehen. Herr Jensen gab dem Fahrer genaue Handzeichen zum Einparken. Schließlich hielt der Hänger mitten auf dem Hof. Hinten und an den Seiten war jetzt Platz genug zum Öffnen der Laderampe.
»Sie heißen übrigens Ole und Kalle«, rief Herr Jensen den Mädchen zu. Ein gezielter Schlag unter den schweren Riegel und er öffnete die Hängerklappe und ließ sie herab.
Mit ein paar Schritten war er auf dem Hänger, löste den Anbindestrick und führte zunächst Ole vorsichtig rückwärts herunter.

»Weiter, weiter, geradeaus, etwas rechts.«
Axel Rakete stand unten und gab Anweisungen. Mit einer langen Longenleine sicherte er die Rampe an der linken Seite, sodass das Pony nicht ins Leere treten konnte.
»Schöne Farbe«, stellte Jule anerkennend fest. Ole und Kalle hatten nicht das verwaschene Hellbraun vieler Fjordis, sondern ein freundliches Gelbbraun.
»Ja, schöne, gelbe Katzen«, lästerte Bastian, der immer noch daran kaute, dass wieder kein großes Pferd für seine langen Beine dabei war.
Ohne Schwierigkeiten wurde Ole ausgeladen. Unten blieb er einen Moment stehen. Seine gutmütigen Augen musterten den Hof, die Reitlehrer, die Mädchen. Seine neue Heimat. Wie er da stand und sich umsah, mit lieben Augen, die vertrauensvoll in die Welt guckten, musste man ihn einfach ins Herz schließen.
»Ich glaube, der Ole wird sofort hundert Fans haben.« Luisa sprach aus, was alle spontan dachten.
Ohne eine Spur von Furcht trottete Ole neben Herrn Jensen in die Stallgasse, um seine Box neben Rocky zu beziehen. Alles schien ruhig abzulaufen.
Doch sie hatten die Rechnung ohne Rocky gemacht. Neue Pferde wirkten auf ihn wie ein rotes Tuch auf einen Stier. Pfeilschnell schoss Rockys schwarzer Kopf aus der Box und Oles linkes Ohr verschwand im Trabermaul. Für den Bruchteil einer Sekunde sah es so aus, als wollte Rocky das Ohr lang ziehen. Wahrscheinlich passierte das auch tat-

sächlich, denn Ole stieß einen hohen Quietschton aus und sprang erschrocken zur Seite.
»Rocky«, schimpfte Herr Jensen, »jetzt reiß dich aber zusammen.« Ole beruhigte sich schnell wieder, ging aber in respektvollem Abstand zu Rocky in die neue Box. Das Pony blieb an der Trennwand stehen, die am weitesten von der Traberbox entfernt lag. Rocky drückte seine linke Backe an die Stäbe und funkelte seinen neuen Nachbarn aufgebracht an.
»Conny«, rief Herr Jensen, und als sie voller böser Ahnung hereinkam, zeigte er auf Rocky und knurrte: »Halt mal eine Zeit lang hier Wache. Dein Traber spielt mal wieder verrückt.«
Dein Traber!
Conny schnaubte. Wenn Rocky etwas anstellte, war er bei Herrn Jensen plötzlich »ihr Traber«. Aber nur dann!
»Ja, schon gut, mein Kleiner.« Liebevoll kraulte Conny *ihrem* Traber den Mähnenkamm. »Du hast ja völlig Recht.«
Herr Jensen fand zum Glück seinen Humor schnell wieder.
»Wieso hat er Recht? Was sagt er denn, dein Rocky?«
»Er sagt, dass es eine Frechheit ist, dass die Box neben ihm belegt wird. Sie hat schließlich immer leer gestanden und gehört ihm. Sagt Rocky.«
Herr Jensen stemmte die Arme in die Seiten. »Dann frag ihn, ob er auch die Arbeit für zwei übernehmen will, wenn er zwei Boxen beansprucht. Also vier Reitstunden am Tag statt zwei.«

Conny lachte. »Da brauche ich ihn gar nicht zu fragen. Die Antwort heißt: Nein.«

»Na also.«

Jetzt musste Herr Jensen aber endlich sein zweites Pferd vom Hänger holen. Axel Rakete wartete an der Rampe schon mit der Sicherheits-Longe. Diesmal rechts, wo das andere Fjordpferd stand. »Wenn dieser Kalle auch so ein friedlicher Bursche ist wie der Ole«, empfing Axel den Chef, »dann haben wir wirklich zwei ideale Schulpferde.«

Herr Jensen nickte, während er bereits oben auf dem Hänger am Anbindestrick nestelte. Axel Rakete hatte den Satz noch nicht zu Ende gesprochen, da zeigte sich, dass Kalle keineswegs ein friedlicher Bursche war. Kaum war der Knoten gelöst, überstürzten sich die Ereignisse.

Kalle machte, ohne zu zögern, einen Riesensatz nach hinten. Sofort löste sich der Panikhaken des Stricks und Kalle war frei. Noch auf der Rampe drehte er sich um, sprang auf den Hof und schoss in die Stallgasse.

Fluchend kam Herr Jensen die Rampe herunter und setzte mit Riesenschritten hinter dem vierbeinigen Rabauken her. Axel Rakete reagierte sofort. In Sekundenschnelle verknüpfte er die Leine am Haltering der Mauer. Er musste den Hof absperren! Das andere Ende wollte er gerade an einem acht Meter entfernten Pfosten festbinden, als ein gelbbrauner Schatten heranfetzte und, ohne zu stoppen, auf ihn zurannte. Axel Rakete blieb nicht einmal Zeit die

Hand nach dem Halfter auszustrecken, da hatte Kalle ihn schon halb umgeworfen und galoppierte zum Birkenweg hoch.
»Sieht nicht so aus, als ob die gelbe Katze ein Schulpferd werden will«, bemerkte Bastian trocken.
Mit beiden Armen rudernd, kam Herr Jensen von seiner vergeblichen Verfolgung aus dem Stall zurück. »Versucht ihn einzukreisen. Am besten in verschiedene Nebenstraßen verteilen.«
Jetzt kam Leben in die Jugendlichen. Mehrere Gruppen liefen los. Einige Mädchen bewaffneten sich unterwegs rasch mit Stricken, die am Paddock-Tor hingen.
»Ich auch?«, rief Conny von ihrem Wachtposten neben Rockys Box.
»Nein, du hörst doch, wie jämmerlich Ole seinem Bruder nachweint.« Tatsächlich wieherte das Fjordpferd laut und klagend, seit Kalle verschwunden war.
»Ich will einen anderen Job . . .« Herr Jensen raufte sich die Haare. »Sag mal, Conny, ist bei deinem Vater in der Schule noch etwas frei? Irgendetwas ohne Aufregung?«
Natürlich meinte er das nicht ernst. Aber viel fehlte nicht mehr, dachte Conny, bis man dem Chef eine starke Dosis Beruhigungsmittel einflößen musste. Herr Jensen wollte jetzt mit dem Auto auf die Suche gehen, Axel Rakete auch. Man mochte gar nicht daran denken, dass Kalle bis zum Einkaufszentrum lief.
»Der Himmel bewahre mich davor«, stöhnte Herr Jensen

schwer atmend, als er in seinen Pick-up-Lastwagen kletterte, »dass dieses Pferd mitten ins Stadtteilfest rennt.«
Herr Jensen wollte den Motor gerade starten, da winkte Conny ihm stürmisch zu anzuhalten. Ihr war eingefallen, dass Benno auf dem Fest Dienst hatte. Benno, der Feuerwehrmann. Erfahren im Einfangen ausgebrochener Pferde.
»Das Handy, Herr Jensen. Schnell!« Das Handy hatten die Reiter Herrn Jensen zur Eröffnung geschenkt.
Sie beugte sich in das heruntergekurbelte Autofenster. »Rufen Sie doch Benno auf dem Fest an! Falls Kalle dort auftaucht, ist die Feuerwehr darauf vorbereitet.«
Anerkennend klopfte Kai Jensen ihr auf die Schultern. »Gut! Du bist ja wirklich zu gebrauchen, Mädchen.« Er öffnete die Autotür und lehnte sich heraus.
»Muss ich hier irgendwas drücken?« Hilflos drehte er das Handy um. Mit der modernen Technik stand er auf Kriegsfuß.
»Darf ich mal?« Mit sanfter Gewalt nahm ihm Conny das Telefon ab. »Die Pin-Nummer ist 3112«, erklärte sie sachverständig, während sie die Zahlen eintippte. »Das Datum von Silvester. Das können Sie sich doch sicher merken.« Der letzte Satz hörte sich an wie »Wenn man euch Erwachsenen keine Eselsbrücken baut, verzweifelt ihr doch an der Computertechnik.« Diese Bemerkung schluckte Conny aber herunter und gab Bennos Handy-Nummer ein.

»Freiwillige Feuerwehr Großmoorstedt«, meldete sich Benno am anderen Ende.
»Hi, Benno, Conny hier. Bist du auf dem Fest . . .? Super. Bei uns ist ein Pferd weggelaufen . . . nein, nicht dein Brinkum . . . nein, ein neues . . . ja, neu . . . seit heute . . . Fjordpferd . . . ich gebe dir mal Herrn Jensen selbst.«
Wortlos reichte Conny das Telefon weiter.
»Abstellen«, ordnete sie an und deutete auf die rote Taste, als der Chef fertig war. Benno wusste jetzt Bescheid.
»Nun aber los«, sagte Herr Jensen und gab Gas, um dem Suchtrupp hinterherzufahren.

9. Kapitel

Ein Dickkopf unterwegs

Er hat sie abgehängt.

Kalle drosselt seine Geschwindigkeit. Gemütlicher Arbeitstrab tut es jetzt auch. Bloß keine Energie verschwenden. Weit und breit keine Spur von seinen Verfolgern. Da reicht sogar gemächlicher Schritt.

Kalle weiß, wann er sich in Sicherheit wiegen kann. Schließlich ist er nicht das erste Mal ausgerissen. Mit seinem Freiheitsdrang und seinem Dickkopf hatte das Fjordpferd schon seinen alten Besitzer auf die Palme gebracht.

»Warum kannst du nicht so pflegeleicht sein wie dein Bruder Ole?«, hatte der oft gejammert. Für solche Sprüche hat einer wie Kalle nur ein müdes Wiehern übrig. Ist es vielleicht seine Schuld, dass die Zweibeiner so wenig belastbar sind? Warum müssen sich Leute ein Fjordpferd anschaffen, wenn sie schwache Nerven haben?

Kalle bleibt stehen. Wo ist er gelandet?

Nicht schlecht hier. Die Straße mit den Einzelhäusern und den Gärten ist genau nach seinem Geschmack. Schade, dass sein Bruder Ole nicht hier ist, um das Tollste an dieser Straße zu sehen: Vor jeder Haustür liegt eine eigene Fjordpferde-Weide. Voll mit saftigem Gras.
Das Problem ist nur, dass überall ein kleines Gatter den Weg zu den Weiden versperrt. Kurz entschlossen knallt Kalle seine Nase gegen so eine Pforte. Verschlossen. Unwillig schnaubend zieht er den Kopf zurück. Vielleicht hat er beim Nachbarn Glück. Nein. Also noch ein Haus weiter. Dann die ganze Straße hinunter bis zur U-Bahn-Brücke. Überall das Gleiche. Nichts als verrammelte Gartentüren. Kalle biegt in eine Nebenstraße ein. Das ist nicht gerade die Lieblingsstraße der Kinder von Großmoorstedt. Der Weg endet nämlich direkt an der Schule. Aber das weiß Kalle nicht. Für ihn ist die Straße einfach himmlisch, weil er gleich hinter der Biegung sein Traumhaus entdeckt. Mit einem ausladenden Rasenstück davor. Und einem breiten Eingangstor, das weit offen steht. Ist das nicht wie eine Einladung für jedes herumstreunende Pferd? Gute, fette Fjordpferde-Weide. Vor der Garage wartet ein Rasenmäher auf Arbeit. Wozu braucht man Rasenmäher, solange es hungrige Pferde gibt?
Zufrieden grummelnd trabt Kalle durch die Toreinfahrt und schlägt seine Zähne in das Gras. Von nun an sieht er keine Sekunde mehr hoch.
Kalle ist ziemlich abgebrüht. Er zuckt nicht einmal mit

seinen kurzen Ohren, als Stimmen aus dem offenen Wohnzimmerfenster nach draußen dringen.
»Komm sofort vom Stuhl herunter, Johannes«, schimpft eine Frau, »nicht, dass du noch aus dem Fenster fällst. Da draußen gibt es nichts zu sehen.«
»Mami«, sagt eine Kinderstimme. »Mami, draußen steht ein Pferd im Garten.«
»Komm und iss deine Erdbeertorte, Junge. Sonst werden wir nie fertig. Wir wollen doch zum Stadtteilfest.«
»Die Mähne steht ab wie bei einem Igel«, sagt der kleine Junge begeistert. »Oder wie bei einem Drachen. Nur nicht so stachelig.«
Das tiefe Seufzen kommt erneut von der Mutter.
»Spinn nicht herum, Johannes! Willst du nach den Sommerferien zur Schule gehen oder nicht? Die nehmen dich nicht, wenn du dir dauernd solche verrückten Geschichten ausdenkst.«
»Auf dem Rücken hat das Pferd einen schwarzen Strich. Von vorne bis hinten.« Johannes bleibt hartnäckig und lehnt sich weiter aus dem Fenster. »Sonst sieht es gelb aus. Wie Sand.«
Kalle lässt sich nicht stören. Sollen sie sich da drinnen doch den Mund fusselig reden. Hauptsache, sie vertreiben ihn nicht von seiner Weide.
»Was hat das Kind denn wieder?« Im Hintergrund ertönt die ungeduldige Stimme von Johannes' Vater.
»Ach, das Übliche. Er träumt wieder. Draußen soll ein gelbes Ungeheuer stehen. Mit Drachenmähne.«

»Mach doch das Fenster zu. Dann ist Ruhe.«
Kalle dreht ein Ohr nach vorn.
Im Haus ist Gepolter zu hören – Johannes wird vom Stuhl gezogen – und seine Mutter erscheint am Fenster.
Ihr gellender Aufschrei fährt Kalle bis in die Hufe. Mit drei großen Sätzen galoppiert er aus der Toreinfahrt nach draußen.
»Ein Pferd«, japst die Frau. Mit weißen Fingerknöcheln umklammert sie die Fensterflügel. »Ein Pferd. In unserem Garten! Unser schöner Rasen. Alles zertrampelt. Polizei!!! Wo bleibt die Polizei?«
Beleidigt dreht Kalle ab und trabt eilig die Straße hinunter. Er rennt, bis das Geschrei schwächer wird. Wenn er etwas nicht ausstehen kann, dann sind das schreiende Menschen. Gebrüll tut ihm weh bis unter die Stehmähne. Wegen der paar Hundert Hufabdrücke auf dem Rasen so ein Theater zu machen! Klar sieht man Hufspuren im Gras. Das ist doch ganz normal bei 400 Kilo Körpergewicht. Ein Pferd ist nun mal kein Dackel.
Das findet auch die Polizei von Großmoorstedt. Sie kommt tatsächlich, weil Johannes' Mutter keine Ruhe geben wollte. Einen Dackel in einem fremden Garten hätten die Polizisten ganz niedlich gefunden. Und nicht polizeilich verfolgt. Kalle ist aber kein Dackel, sondern ein Fjordpferd. Ein Pferd in einem Vorgarten ist kein Spaß, sondern Sachbeschädigung. Bei einem Pferd hört der Spaß auf. Herr Jensen wird wohl für den zertretenen Rasen zahlen müssen.

Nach dem Schreck mit der schreienden Frau trabt Kalle bis zur Schule, ohne anzuhalten. Vor dem Schultor zögert er kurz. Soll er auf den Hof laufen? Gibt es irgendwo eine Lücke im Zaun? Er trottet ein paar Mal vor dem Tor hin und her. Lohnt sich der Aufwand ein Loch zu suchen? Wächst überhaupt etwas dahinter? Er drückt seine Stirn gegen die senkrechten, grauen Eisenstäbe und späht durch die Zwischenräume. Weit und breit kein Halm zu entdecken. Die Hamburger Schulbehörde hat wohl kein Herz für hungrige Fjordpferde.
Kalle stuft Schulhöfe als feindliches Gebiet ein (Jule hätte ihn dafür geküsst), läuft die Straße zurück und verschwindet im Birkenhain hinter der Schule.
Der federnde Waldboden unter seinen Hufen gefällt ihm. Das ist etwas anderes als das Stehen auf dem engen Pferdehänger. Es ist doch richtig gewesen, einen Ausflug zu unternehmen, bevor er in der Box landet.
Ein silbernes Blitzen zwischen den Bäumen weckt Kalles Aufmerksamkeit.
Mit vorgestreckter Nase bahnt das Pony sich eine Schneise durch das dichte Unterholz. Glitzern bedeutet meistens Wasser. Viel Wasser. Und Schwimmen liebt ein Fjordpferd noch mehr als Gras fressen. Unbeirrt wühlt Kalle sich weiter vor. Zweige federn zurück, schlagen ihm gegen die Schultern und hinterlassen breite Striemen. Egal. Er ist hart im Nehmen. Nur weiter. Endlich hört das Buschwerk auf, direkt am Ufer des alten Dorfteiches.

Kalle schnaubt freudig. Der Fjordpferde-Badesee von Großmoorstedt liegt vor ihm, das steht für ihn fest. Kalle scharrt erst im flachen Wasser, knickt dann die Vorderbeine ein und lässt sich ins Wasser gleiten. Sein lautes Prusten dringt weit über den See.

Dass der schmale Fußweg am Rand schwarz von Zweibeinern ist, stört Kalle wenig. Erst als er eine schrille Stimme vom Ufer hört, fühlt er sich gestört. Schreistimmen vergisst ein Fjordpferd nicht. Das ist eindeutig die laute Frau von vorhin. Johannes' Mutter, die nach der Polizei gerufen hat. Muss sie ausgerechnet jetzt hier vorbeigehen und ihm wieder auf die Nerven fallen? Ihren Jungen dagegen sieht Kalle gern. Seine Stimme klingt angenehm in Pferdeohren.

»Guck mal, Mami«, ruft Johannes begeistert. »Da schwimmt das Pferd mit dem Mecki.«

Im Nu rennt er seinen Eltern davon und hockt sich an den Rand des Sees, wo Kalle gerade an Land klettert. Das Pferd schüttelt sich, dass die Tropfen nur so fliegen. Der kleine Junge quietscht auf, weil er pudelnass geworden ist. Das scheint ihm aber nichts auszumachen. Deshalb steigt er sofort in Kalles Achtung. Freundlich brummelnd reibt er seinen triefend nassen Kopf an den Schultern des Jungen.

»Hi, Struppi«, sagt Johannes. »Komm doch mal wieder bei uns vorbei. Wir haben Gras genug für dich.«

»Geh sofort von dem Ungeheuer weg«, schreit seine Mutter aus sicherer Entfernung. »Auf der Stelle kommst du hierher, Johannes.«

Kalle wirft einen kurzen Blick auf die zusammengerotteten Zweibeiner. Es ist klar: Er muss weg von hier. Menschen bedeuten eine Gefahr für herumstreunende Pferde. So viel weiß er. Zumindest erwachsene Menschen. Kinder nicht. Kinder schreien nie »Polizei« und »Haftrichter«, wenn sie ein Pferd sehen. Im Gegenteil. Kinder bieten einem sogar ihren halben Rasen zum Frühstück an, wie Johannes.

Kalle schnaubt Johannes einen kurzen Abschiedsgruß zu, dann verschwindet er im Wald.

Ein Bach begleitet den Spazierweg. Kalle entschließt sich den Weg durchs Flussbett zu nehmen. Durch flaches, klares Wasser trabt er immer weiter in Richtung Ortszentrum. Schließlich muss Kalle stoppen, weil ein Zaun ihm den Weg versperrt. Hinter dem Maschendraht lassen zottelige Schafe sich köstliches Gras schmecken.

Wenn Kalle etwas hasst, dann sind das eingezäunte Weiden. Weiden, die er nur von außen betrachten darf. Wenn er etwas noch mehr hasst, dann sind es Schafe, die ihm alles vor der Nase wegfressen.

Kalle kann sich also gleich doppelt aufregen. Er muss sich entscheiden. Ist er ein Kerl oder ist er eine Memme?

Ein paar kräftige Huftritte, drei Sturmangriffe mit der breiten Brust und der Maschendraht liegt zertreten am Boden. Kalle ist ein ganzer Kerl, das hat er gerade wieder bewiesen. Ein Sprung über den Graben und er landet mitten in der Schafherde. Erschrocken stieben die Schafe auseinander.

Na bitte! Endlich wieder Gras satt.
Aus den Augenwinkeln beobachtet Kalle seine Umgebung. Alte Fachwerkhäuser sind im großen Umkreis aufgestellt. Viele mit Dächern, die Kalle ziemlich spaßig findet. Die Dächer sehen für ihn keine Spur anders aus als geschorene Fjordpferde-Mähnen. Schöne, graue Stehmähnen. Dass er gerade im bekannten Museumsdorf von Großmoorstedt gelandet ist, einer Anlage mit uralten Reetdach-Häusern – wie hätte Kalle das ahnen können?
Selbst wenn er es gewusst hätte, wäre es Kalle völlig gleichgültig gewesen. Hauptsache, er kann in Ruhe fressen. Aber das scheint heute nicht möglich zu sein. Ärgerlich hebt Kalle den Kopf. Schon wieder ballen sich in seiner Nähe Menschen zusammen.
»Das muss er sein«, ruft einer, der neben einem Stehmähne-Haus lauert. »Der Wallach, den sie auf dem Reiterhof suchen. Ruft gleich den Jensen an.«
»Hat hier jemand ein Halfter?«
In Kalles Kopf schrillen Alarmsirenen. Wenn das Wort Halfter fällt, ist Gefahr im Anzug. Nach einem Halfter rufen die Menschen nur, wenn sie Pferde einfangen wollen. In diesem Fall sicher ihn. Sein eigenes Halfter hat Kalle gleich nach der Flucht abgestreift. Das war seine erste Tat. Kein Halfter, kein Einfangen. Alte Ponyregel aus Norwegen.
Höchste Zeit, dass er sich aus dem Staub macht.
Seine Hufe klappern über das holprige Kopfsteinpflaster

des Museumsdorfes. Irgendwann muss der breite Weg doch ins Freie führen. Kalle biegt um die Blumenbeete und mischt sich zwischen Getreidemühle und Backhaus unter die Besucher. Von spitzen Schreien und viel Gelächter begleitet, trabt er eilig durch das Hoftor.
Was hatte Kai Jensen gesagt? »Der Himmel bewahre mich davor, dass dieses Pferd mitten ins Stadtteilfest rennt.«
Doch genau das hat Kalle jetzt vor.

10. Kapitel

Super, diese Feuerwehr!

»Jacken aus und Helme ab«, ordnete Benno an, schaltete sein Handy aus und steckte es in die Hosentasche. Während er sich selbst aus der schwarzen Einsatzjacke der Feuerwehr Großmoorstedt pellte, erklärte er seinen Kollegen kurz die Lage.

»Im Reiterhof Jensen ist ein Pferd weggelaufen, Richtung Dorfzentrum.«

Ausziehen bis aufs Oberhemd war immer das oberste Gebot bei Pferdeeinsätzen. Die leuchtenden Schulterstücke und die gelben Helme ließen jedes Pferd in Panik geraten. Benno warf seine Jacke durch die geöffnete Tür des roten Löschwagens, sammelte die Schutzhelme ein und verstaute sie unter dem Tisch des Feuerwehr-Werbestandes. Dabei wanderte sein Blick rasch über die Aufbauten des Stadtteilfestes. Über die Stände mit Süßigkeiten, die Buden mit Pommes frites und das kleine Kinderkarussell. Benno seufzte tief und hoffte, das Pferd würde eine andere Richtung einschlagen.

»Ein Pferd? Heute?«
»Hier, zwischen den engen Aufbauten?«
»Na, vielen Dank!«
Auch seine Kollegen hatten den Ernst der Lage erkannt. Ein freches Pony zwischen Ständen mit Popcorn, Fischbrötchen und Chinapfannen zu bremsen, das würde kein Kinderspiel werden. Auch nicht für Benno, der sich mit Pferden auskannte.
Heftig diskutierend angelten sich die Feuerwehrmänner die Beutel mit den Rettungsleinen aus dem Lastwagen.
»Sechs Leute genügen«, rief Benno ihnen zu. Er begann gerade die Ärmel seines blauen Diensthemdes aufzukrempeln, als drei Fahrräder rasant neben ihm stoppten.
»War er schon hier?«
Jule konnte kaum sprechen, so schnell war sie das letzte Stück gerast, nachdem sie Kalle in den Nebenstraßen nirgends entdeckt hatte. Auch Luisa und Bastian atmeten rasselnd wie Vollblutpferde nach dem Rennen.
Benno schüttelte den Kopf. »Leider nicht. Aber ihr könnt mir helfen, wenn euer Pferd hier erscheint. Passt auf, dass die Zuschauer nicht zu nahe herankommen. Falls das Pony ausschlägt.«
»Klarer Fall.« Bastian war zufrieden. Alles besser als erfolglos durch die Gegend zu fahren.
Benno griff an dem Jungen vorbei in die offen stehende Tür eines Einsatzwagens. Er holte ein Megafon hervor und setzte es vor den Mund.

»Achtung, Achtung, hier spricht die Feuerwehr.«
Die durchdringende Stimme zwang die Besucher, die durch die schmalen Straßen bummelten, sofort zum Stehenbleiben. Verwirrtes Gemurmel wurde laut.
Benno erklärte, was in den nächsten Minuten zu erwarten war.
». . . wenn Sie das Pony sehen, bleiben Sie bitte ruhig stehen. Versuchen Sie nichts auf eigene Faust. Das Pferd könnte sonst in Panik geraten.«
Benno ließ die Hand mit dem schweren Lautsprecher sinken, nahm sie aber im nächsten Augenblick wieder hoch und fügte beruhigend hinzu: »Wir haben alles voll im Griff.«
Natürlich hatten sie das nicht – und Benno wusste es. Niemand konnte eine Geschichte voll im Griff haben, in der ein verrücktes Pony die Hauptrolle spielte. Niemand. Nicht mal die Feuerwehr von Großmoorstedt.
»Was war das?« Luisas Kopf flog herum. »Hinter mir, am Buchladen . . . da war etwas Gelbes, das um die Ecke fegte.«
Etwas Gelbes, das um die Ecke fegte? Dafür gab es nur zwei Erklärungen. Die erste: ein Sandsturm. In Hamburg aber unwahrscheinlich. Die zweite Möglichkeit . . .
». . . ein Fjordpferd . . . Kalle!«
Jule war die Erste, die schaltete und hinter ihm herjagte.
»Nicht rennen«, brüllte Benno ihr nach. »Mensch, Jule, das weißt du doch.«

Jule grunzte ärgerlich, weil sie das im Eifer vergessen hatte. Pferde verfolgt man nicht rennend, sonst fliehen sie erst recht. Jule bog in normalem Tempo um die Ecke des Büchershops – und sah gerade noch einen Schweif hinterm Haus verschwinden. Einen struppigen Fjordpferde-Schweif. Jule atmete tief durch. Endlich! Kalle saß in der Falle. An das Buchgeschäft schloss sich ein Parkplatz an, der zur Straße hin eingezäunt war. Nur eine enge Autoeinfahrt war offen.

»Er muss am Buchladen herauskommen«, gab Jule halblaut an Benno weiter, »in der Parkplatzeinfahrt.«

Tatsächlich tauchte Kalle wenige Sekunden später dort auf. Aber in einem Tempo, das einem Formel-1-Rennwagen alle Ehre gemacht hätte. Die Feuerwehrleute hatten nicht einmal Zeit ihre weißen Fangleinen zu ordnen, da düste der gelbe Sandsturm bereits durch die Menge der aufkreischenden Zuschauer hindurch und verschwand hinter der Budenreihe.

»Ich glaube«, Benno warf Jule einen finsteren Blick zu, »ich glaube, mit diesem Pferd werdet ihr noch euren Spaß haben.«

»Da«, schrie plötzlich ein Zuschauer. Im nächsten Moment brach er in schallendes Gelächter aus.

Wie auf Kommando drehten sich auch die anderen um. Das Lachen wirkte auf die Leute wie ein Startschuss. Ein Gelächter ertönte, wie man es den ganzen Tag auf dem Fest noch nicht gehört hatte. Zuerst bogen sich nur die Zuschauer in der ersten Reihe. Glucksend vor Vergnügen, zeigten sie auf eine Bude mit Süßigkeiten. Neugierig drängten sich die anderen weiter vor, schoben ihre Kinder nach vorn und fielen dann in die Lachsalven ein. Kurze Zeit später hatten sich auch die Leute aus den angrenzenden Straßen durchgekämpft und hielten sich den Bauch vor Lachen.

Was gab es Lustiges zu sehen?

Kalle hatte sich im Schutz von Abdeckplanen an einen der langen Verkaufstische auf der anderen Straßenseite geschlichen. Da stand das Pony mit seiner vorwitzigen Stehmähne zwischen aufgehäuften Bergen von Lakritzschnecken und Rumkugeln, Gummibärchen und Pfefferminzbruch und musterte verständnislos die lachenden Menschen. Kalle würde nie begreifen, was Zweibeiner komisch fanden. Was zum Teufel war so lustig daran, dass er sich die Backen mit knusprigem Popcorn voll stopfte? Die Menschen machten es schließlich auch nicht anders!

»Ganz ruhig«, sagte Benno, während er Schritt für Schritt näher kam. Er streckte Kalle seine flache Hand entgegen und gab seinen Kollegen fast unmerkliche Zeichen das Pony von allen Seiten einzukreisen. »Ist gut, mein Junge . . . komm her . . . alles in Ordnung.«

Kalle richtete die Ohren nach vorn. Er stellte sogar das Kauen ein, um den dünnen, kleinen Mann vor dem Popcorn-Berg besser einschätzen zu können.

»Ha! Da ist ja wieder dieses schreckliche Pony.«

Die schrille Stimme von Johannes' Mutter gellte über die

Straße. Mit einem Schlag machte sie Bennos Beruhigungsarbeit zunichte. Kalle drehte sich auf dem Huf um und stürmte davon. Fünf Sätze, dann hatte ihn die Hecke aus zwei Meter hohen Rhododendron-Büschen vor dem Ortsamt verschluckt.

Wütend ließ Benno die Arme sinken.

»Sind Sie wahnsinnig?«, herrschte er die Frau an. »Wieso mischen Sie sich ein? Was glauben Sie, was passieren kann, wenn ein Pferd allein durch die Straßen läuft? Unfälle, Verletzte . . .«

»Sag ich doch«, triumphierte die schrille Stimme. »Sag ich doch.«

Benno kniff die Lippen zusammen, um nicht ausfallend zu werden. Beleidigungen musste er sich verkneifen. Er wollte dem guten Ruf der Großmoorstedter Feuerwehr nicht schaden.

Jule und Luisa griffen sich an den Kopf und Bastian konnte nur den Kopf schütteln über so viel Unverstand.

»Also weiter«, seufzte Luisa. »Ehrlich gesagt, ich hatte mir das Stadtteilfest etwas anders vorgestellt. Ey – was soll das?«

Die letzte Bemerkung richtete sie an den kleinen Jungen, der an ihrer Reitweste zupfte.

Beschwörend legte Johannes den Finger auf seine Lippen. »Ich weiß, wo das Pferd ist«, flüsterte er so leise, dass seine Mutter ihn nicht hören konnte. »In dem rosa Haus.« Verhalten zeigte er auf das Ortsamt.

Luisa lächelte ungläubig. »Was? *In* dem Haus? Du meinst innen drin?«
Johannes nickte ernsthaft.
»Aber guck doch mal.« Luisa ging neben dem Jungen in die Hocke. »Davor, siehst du, vor dem rosa Haus ist eine Treppe. Da kommt ein Pferd nicht hoch.«
»Aber ich habe es gesehen. Es ist hochgerannt und durch die Tür gelaufen.« Johannes beharrte auf seiner Behauptung.
»Was sagt der Kleine?«
Jetzt war auch Benno aufmerksam geworden. Luisa flüsterte ihm die nötigen Einzelheiten zu. Benno wiegte den Kopf. »Möglich ist alles.«
Er war lange genug Feuerwehrmann, um einschätzen zu können, ob er jemand ernst nehmen konnte. Und der Junge vor ihm wirkte sehr überzeugend.
Benno wies Bastian und Jule an auf ihrem Posten an der Straße zu bleiben.
»Kann ich mit Ihrem Sohn nach dem Pony suchen?«, fragte Luisa so harmlos wie möglich. Johannes' Mutter willigte eilends ein. Sie merkte, wie die anderen sie ansahen. Als hysterische Ziege wollte sie nun auch nicht vor ihrem Sohn dastehen.
»Er heißt Johannes«, rief sie Luisa nach, die mit dem kleinen Jungen an der Hand bereits dem Ortsamt zustrebte. Benno und seine Männer hinterher, die Fangleinen griffbereit.

Während die Feuerwehr sich auf der niedrigen Treppe verteilte – für den Fall, dass der Junge tatsächlich keine Gespenster gesehen hatte –, stiegen Luisa und Johannes auf Zehenspitzen die drei Stufen hinauf. Ein Flügel der breiten Doppeltür stand offen. Luisa war sicher, dass in der riesigen Eingangshalle gähnende Leere herrschen würde.
»Hallo, Struppi«, sagte Johannes.
Erstaunt hob Kalle den Kopf aus den kahl gefressenen Resten der Birkenzweige, die in einer Bodenvase standen.
»Irre«, entfuhr es Luisa und sie drückte Johannes beeindruckt die Hand. »Du wärst ein klasse Indianer geworden. So gut, wie du alles beobachtest.«
Ohne ihre Stimme zu heben, meldete sie nach draußen: »Er ist hier, Benno, was sollen wir tun?«
»Geht langsam rückwärts heraus und stellt euch hinter die Tür. Wir kommen mit den Leinen. Trägt er ein Halfter?«
»Nein«, sagte Luisa und zog Johannes mit nach hinten. »Nicht mehr. Hat er wohl abgestreift.«
Geschickt knüpfte Benno aus einem Stück Seil ein Nothalfter. »Schön ruhig«, murmelte er, als er sich durch die Tür schob, die er mit dem Fuß hinter sich zuzog.
Kalle machte ohne Hast ein paar Schritte rückwärts, bis es nicht weiterging. Sein Schweif streifte bereits die Tür mit dem Schild »Hier Pässe und Personalausweise. Wertmarken in Zimmer 246«. Die beiden standen sich gegenüber wie zwei Boxer im Ring und jeder schätzte die Möglichkeiten des anderen ab.

Benno erkannte sofort, dass die Tür nur angelehnt war. Ein weiterer Schritt zurück und das Pferd würde im Amtszimmer stehen. Nicht auszudenken, was ein Fjordpferd zwischen Aktenordnern, Stempeln und Pässen anrichten könnte. Wahrscheinlich würde Kalle alles ratzekahl wegfressen.

Jetzt musste schnell etwas geschehen. Sehr schnell. Benno zog die kümmerlichen Birkenreste aus der Vase und hielt sie unter Kalles Nase. »Hier, leckeres Futter«, sagte er ruhig und langsam, »komm doch mal her.«

Für einen Moment vergaß Kalle seine Vorsicht und kam näher. Benno nutzte die kostbaren Sekunden, um ihm das Halfter über die Ohren zu ziehen. Erleichtert atmete er auf. Richtiger gesagt: Er prustete wie ein Pferd.

Das Pony kaute weiter, als sei nichts geschehen. Auch als Benno sagte: »Das Spiel ist aus. Game over«, tat Kalle so, als sei er es gewesen, der das Spiel gnädig abgebrochen hatte.

Als die beiden in der Tür auftauchten, rief zum Glück ein Feuerwehrmann »Nicht klatschen«, denn genau das hatten die über hundert Zuschauer vor. Wahrscheinlich hätte Kalle bei dem unerwarteten Jubel sofort wieder das Weite gesucht.

Aber so ging alles glatt.

Die Treppe nahm Kalle wie nichts. Was waren ein paar Stufen für ein Pferd, das auf den Felsenhängen Norwegens aufgewachsen ist? Unten angekommen, bildeten die Feuerwehrmänner rechts und links neben Kalle eine Sicherheitsbegleitung.

»Wir bringen ihn zu Fuß zurück«, meinte Benno, »für den kurzen Weg extra einen Hänger zu holen, das lohnt sich nicht.«

Mit der rechten Hand hielt er Kalle fest, mit der linken zog er sein Handy aus der Hosentasche hervor und gab es Jule.

»Rufst du Kai Jensen an? Meine Kode-Nummer ist 0112.«

Jule hatte die Telefonnummer des neuen Reitschul-Handys noch nicht im Kopf und wählte die Stallnummer.

Nach endlosem Klingeln meldete sich Conny.

»Jule? . . . Ihr habt ihn? . . . Wo?. . . Super, diese Feuerwehr . . . Herr Jensen kommt gerade zurück . . . Ist gut . . . Sag ich ihm . . . Irre . . . tschüs.«

Aufgeregt lief Conny Herrn Jensen entgegen, der soeben niedergeschlagen aus seinem Pick-up kletterte. »Alles okay, Chef«, rief sie fröhlich und winkte mit beiden Armen. »Die Feuerwehr hat ihn eingefangen. Benno bringt ihn zu Fuß. Jule hat gerade hier angerufen.«

»Wow!« Aufatmend ließ sich Herr Jensen gleich wieder in seinen Sitz zurückfallen. »Mir fällt ein Stein vom Herzen.« Er war ziemlich verzweifelt gewesen. Straße für Straße hatte er abgesucht und keine Spur von Kalle.

»Dann endet dieser verrückte Tag ja doch noch gut!«

Luisas Oma hatte sich dazugesellt. Mit beiden Händen schleppte sie einen hohen Transportkorb mit Kannen, Tassen und Kuchenplatten. Herr Jensen sprang aus dem Auto,

nahm ihr den Korb ab und stellte ihn auf die Ladefläche. Später wollte er ihr die Sachen nach Hause fahren.
Conny heftete ihren Blick auf das Geschirr.
»Jule sagte, dass zwanzig oder dreißig Leute mitkommen. Sie laufen hinter der Feuerwehr her.« Conny verzog das Gesicht. »Sie wollen unbedingt sehen, wo so ein Pferd wie Kalle wohnt. Müsste man nicht für die . . .«
Oma Hilla hatte schon verstanden. Wortlos hob sie den Korb wieder aus dem Auto heraus.
»Also Bewirtung, Klappe zwei«, schmunzelte sie. »Na, dann will ich mal meinen Vorrat an Keksen hervorholen. Kuchen ist nicht mehr da.«
Spontan drückte Herr Jensen ihr einen dicken Kuss auf die Backe. »Also wirklich, Sie sind unersetzlich«, beteuerte er. »Sie haben völlig Recht, Frau Steffen. Der Feuerwehr müssen wir etwas anbieten. Und den anderen Besuchern auch. Wer weiß – vielleicht sind ja noch künftige Reitschüler dabei?«
Während Oma Hilla sich zum Kaffeekochen aufmachte, holte Herr Jensen sein Handy aus dem Wagen. »Kannst du mir noch mal helfen, Conny? Ich will Dr. Teichmüller anrufen. Er soll sich Kalle gleich ansehen, ob die Beine in Ordnung sind. Wenn ein Pferd über Asphaltstraßen trabt . . .«
Conny wählte, reichte das Telefon weiter und ging zurück zu ihrem Wachtposten neben Rockys Box. Der Traber führte sich nicht mehr so eifersüchtig auf wie vorhin, sondern behandelte das Fjordpferd nebenan wie Luft.

Ole dagegen hatte sich keineswegs beruhigt. Sein aufgeregtes Wiehern konnte auch der lausigste Pferdekenner übersetzen. Es hieß: »Kalle, wo steckst du? Melde dich doch!«
»Er kommt ja gleich«, sagte Conny und streichelte Ole über die braune Nase. »Nur noch ein paar Minuten.«
Rocky unterbrach sofort sein Fressen und rückte warnend an die Gitterstäbe heran. Das Fjordpferd sollte ja nicht auf die Idee kommen ihm Conny auszuspannen, seinen Lieblingsmenschen.
»Keine Angst, Rocky.« Conny warf ihm eine Kusshand zu. »Ich bleibe dir treu. Für immer und ewig.«
Conny war noch gar nicht bis zur Stalltür gekommen, da kündigten lautes Lachen und helles Wiehern die Ankunft der Suchtrupps an. Ole, der breite, gemütliche Ole, sprang wie ein Gummiball in der Box herum. Sein klägliches Jammern verwandelte sich in kurze Freudenlaute. Mehr gab sein Kehlkopf nicht mehr her. Ole hatte sich heiser gewiehert.
Schnell rannte Conny zu Herrn Jensen und Oma Hilla auf den Hof, um die Ankunft nicht zu verpassen.
Sie kam gerade noch rechtzeitig. Im Triumphzug marschierten das Fjordpferd Kalle und Feuerwehrmann Benno einträchtig nebeneinander auf den Hof. An den Seiten sicherten fünf andere Männer von der Feuerwehr das unternehmungslustige Pferd. Hinter Kalles Schweif hatte sich eine lange Schlange aus jubelnden Kindern gebildet. Einige Erwachsene waren auch dabei. Und viele Mädchen aus

dem Stall, die sich unterwegs dem Siegeszug angeschlossen hatten.

Dahinter rollte der Wagen von Tierarzt Teichmüller vom Birkenweg in die Einfahrt.

»Danke, Benno. Super!«

Kai Jensen nahm Benno das Pferd ab und ging schnurstracks mit ihm durch die Stallgasse zu Oles Box. Oles Willkommenswiehern hatte sich fast ins Unerträgliche gesteigert. Mit allen vier Beinen gleichzeitig hüpfte das Pferd in seiner Einstreu hoch.

Herr Jensen hatte Mühe Oles Boxentür aufzuschieben, ohne dass das Pferd herausrannte. Er schob Kalle zu Ole in die Box.

»Na, dann begrüßt euch erst mal«, lächelte er nachsichtig.

Das taten die Ponys so ausgiebig, als hätten sie sich seit der Wikingerzeit nicht mehr gesehen.

»So, das muss fürs Erste genügen.«

Nach fünf Minuten führte Kai Jensen Kalle wieder aus der Box. Kalle protestierte gegen die Trennung mit lautem Wiehern, beruhigte sich aber, als Herr Jensen einige Meter weiter auf dem Hof Halt machte.

Dr. Teichmüller wartete schon. Die Mädchen waren auch gerade auf ihrer Bank am Paddock eingetroffen, nachdem sie die Besucher mit Limonade und Keksen versorgt hatten.

Theo Teichmüller holte seine Untersuchungstasche aus dem Wagen. »Deine Drossel ist übrigens wieder topfit.«

Er bog zwei Metallbügel unter der Tasche zu einem Ständer auseinander und drehte sich zu Conny um. »Ich hatte vorhin in der Praxis das Kippfenster geöffnet und – schwups – war die Drossel draußen. Tja, sie kann sich bei dir bedanken, dass sie noch lebt, Mücke.«
Er klappte jetzt die hohe Arzttasche auf, nahm sein Stethoskop heraus und wandte sich dem Fjordpferd zu. »Aber jetzt zu dir, du schräger Vogel.«
Kalle hörte auf seinem Bruder Ole zuzuwiehern, und beäugte den Tierarzt misstrauisch. Dr. Teichmüller klopfte ihm den Hals und setzte das runde Hörrohr auf die Pferdebrust. Er lauschte eine Zeit lang, nickte und packte das Gerät wieder in die Tasche.
»Okay«, sagte er, »jetzt zu den Beinen.«
Er ließ Kalle am Strick auf dem Hof ein Stück traben, schürzte zuversichtlich die Lippen und nahm sich dann Bein für Bein vor. Fachmännisch tastete Dr. Teichmüller Sehnen, Gelenke und Muskeln ab. Er war eine Zeit lang hinter Kalles Rücken nicht mehr zu sehen. Dann erschien er wieder.
»Glückwunsch, Herr Jensen! Ihr neuer Fjordie scheint Beine aus Stahl zu haben.« Zufrieden richtete Dr. Teichmüller sich auf. »Alles in Ordnung. Jedenfalls, was ich im Moment erkennen kann.«
»Und das Popcorn? Er hat Popcorn gefressen!« Luisa fand es wichtig, das zu berichten.
»Popcorn? Wie viel?«

Luisa formte die Handfläche zu einer Schale und zeigte die Menge an.
»Das müsste er vertragen können.« Lächelnd winkte Dr. Teichmüller ab. »Davon kriegt er wohl keine Kolik. Euer Kalle scheint ja überhaupt hart im Nehmen zu sein. Zumindest hat er Nerven wie Drahtseile.«
Erleichtert ließ sich Luisa zwischen Jule und Conny auf die Bank am Paddock fallen. »Puuuh«, stöhnte sie und blies sich eine dunkle Haarsträhne aus der Stirn. »War das eine Aufregung heute! Ich bin froh, dass dieser Tag zu Ende ist.«
»Und dass der Struppi wieder da ist«, fiel ihr Jule ins Wort.
»Ja, und dass Kalle jetzt nicht mehr auf unseren Nerven herumtrampelt«, lachte Conny.
Kai Jensen runzelte die Stirn und warf den Mädchen einen zweifelnden Blick zu. »Ich fürchte«, sagte er und betrachtete nachdenklich sein neues Fjordpferd, »ich fürchte, der Ausflug heute war nicht Kalles letzter Scherz. Mit diesem verrückten Burschen werden wir sicher noch einiges erleben.«
Und der Stallbesitzer sollte Recht behalten . . .

REITERHOF BIRKENHAIN

Großer Auftritt für Sally

Inhalt

1. Kapitel

Was will der Unbekannte?

»Spielst du wieder den Stallfrosch vom Dienst?«

Leicht genervt ließ Reitlehrer Kai Jensen seine Haarschneidemaschine sinken. Seit zehn Minuten versuchte er vergeblich, die Stehmähne seines neuen Fjordpferdes zu stutzen.

Kalle, das hellbraune Pony mit den lustigen Augen, ließ keinen Zweifel daran, dass er nicht zum Haareschneiden aufgelegt war. Sobald das Brummen der Schermaschine näher kam, schoss Kalle nach vorn. Oder er hopste geschickt zur Seite. Beim Hüpfen hatte das Pony wirklich eine gewisse Ähnlichkeit mit einem Frosch. Nur dass Kalle nicht grün war, sondern gelbbraun. Und ungefähr dreißigmal größer als ein Frosch.

»Conny, Jule, steckt ihr irgendwo?«

Kai Jensen spähte die Stallgasse hinauf, in der er das übermütige Pferd angebunden hatte. Die beiden zwölfjährigen

Mädchen halfen in jeder freien Minute auf seinem Reiterhof, sicher machten sie sich gerade in einer Ecke des Stalls nützlich.
Ein weizenblonder und ein kastanienroter Kopf tauchten in der Sattelkammertür auf.
»Bringt doch mal den Hocker her«, rief der Stallbesitzer den Mädchen zu. »Den grauen, mit den zwei Stufen.«
Conny nickte.
»Ich könnte Kalle jede Minute abküssen«, sagte sie grinsend, während sie den niedrigen Hocker unter den Arm klemmte und mit ihrer Freundin zu Herrn Jensen schlenderte. »Seit wir ihn haben, ist mein Rocky endlich nicht mehr allein der Stallclown.«
Schwungvoll setzte sie den Treppenhocker neben Kalle ab. Verärgert trat das Fjordpferd einen Schritt rückwärts und musterte die beiden Stufen. Kalle wusste, wann er verloren hatte. Kai Jensen stieg auf den Hocker, während die beiden Reitermädchen das Pony am Halfter festhielten. Von oben war das Scheren ein Kinderspiel.
»Trag es wie ein Mann, Kalle«, tröstete Jule ihn. »Guck mal, wie schick dein Bruder Ole schon aussieht.«
Ole, das andere neue Fjordpferd auf dem Reiterhof Birkenhain, hatte seinen Friseurtermin vorhin geduldig über sich ergehen lassen. Kalle gab so etwas wie einen Seufzer von sich und stellte seine Hüpfaktion ein.
Gleichmäßig surrte der Haarschneider jetzt über die dicke Mähne. »Guckt euch gut an, wie es gemacht wird«, schärfte

Herr Jensen den Mädchen ein, »nächstes Mal müsst ihr das übernehmen. Ich habe keine Nerven für diesen Zappelphilipp.«

Obwohl Kai Jensen auf seine Friseurarbeit konzentriert war, sah er aus den Augenwinkeln einen Unbekannten in die Stallgasse einbiegen.

»Kennt ihr den da hinten?«

Mit dem Kinn deutete Kai Jensen auf den schlaksigen jungen Mann, der neugierige Blicke in jede Box warf.

»Keine Ahnung«, sagte Conny.

»Nie gesehen«, ergänzte Jule und strich sich eine dunkelrote Haarlocke aus der Stirn.

Inzwischen hatte der Mann die Fjordpferde-Mannschaft erreicht. »Ich heiße . . .«, stellte er sich vor, aber der Name ging im Surren der Maschine unter, »ich bin Locationscout.«

»Ach«, sagte Herr Jensen und setzte die Maschine an den seitlichen, hellen Mähnenhaaren an.

»Wissen Sie, was das ist?«, fragte der Mann betont langsam, als ob er mit einem begriffsstutzigen Menschen spräche.

»Nein«, antwortete Herr Jensen wahrheitsgemäß. Seine Hände am Griff der Maschine zitterten leicht. Der Stallbesitzer war eigentlich gutmütig, aber sehr empfindlich, wenn jemand so überheblich mit ihm sprach. »Aber Sie werden mir sicher gleich erklären, was das ist, ein L-o-k-ä-ä-ä-s-c-h-n-s-k-a-u-t.«

Aus Rache sprach er »Location-scout« hässlich und gedehnt aus. So wie man eigentlich nur Wörter wie »Sommerräude« oder »Gleichbeinlähme« ausspricht. Oder »Geometriearbeit«.

16 Schulpferde streckten interessiert ihre Köpfe durch die Gitterstäbe. Der Ton ihres Chefs versprach Abwechslung. Sicher würde es gleich Ärger geben.

»Ich arbeite für Film und Werbung«, fuhr der Locationscout unbekümmert fort. »In meiner Kartei sammle ich Fotos von Häusern, Landschaften und Tieren. Wenn ein Film gedreht wird, fragt man mich nach geeigneten Drehorten. Oder ...«, er zeigte auf die Boxen, »oder nach Tieren. Pferde werden oft gebraucht.«

Herr Jensen schob den jungen Mann sanft mit dem Ellenbogen zur Seite, als er vom Hocker stieg, um seinen Mähnenschnitt mit der Schere weiterzuführen.

Conny und Jule hielten den Atem an und stießen sich in die Seite. Werbung! Fernsehen! Filme! Der Stall würde berühmt! Und sie mit den Pferden auf den Titelseiten der Zeitschriften. Hollywood rief ... Warum schwieg Herr Jensen bloß?

»Die Werbung zahlt gut.« Der Fotograf gab nicht auf. »Wäre das nicht nett, so ein kleines Nebengeschäft?« Vertraulich beugte er sich zu Herrn Jensen vor. »Na, mal ehrlich, Sie hatten doch sicher eine Menge Kosten nach dem Umbau!«

»Wie kommen Sie denn darauf?« Endlich hatte Herr Jensen die Sprache wieder gefunden. Unverschämt, dieser Typ.

»Im Hamburger Abendblatt stand doch ein Artikel über Ihre Reitschule«, erklärte der Mann jetzt. »Über diese Wiedereröffnung am 1. Mai.«
Herr Jensen seufzte. Die Erinnerung an den »Tag der offenen Tür« vor einer Woche rief bei ihm gemischte Gefühle wach. Einerseits war alles bestens gelaufen. Andererseits hatte es abends jede Menge Aufregung gegeben.
»Ist das das verrückte Fjordpferd?« Der Fotograf wies auf Kalle. »Das mitten ins Stadtteilfest gerannt ist? Und Popcorn gefressen hat?«
Kai Jensen nickte gequält und wischte die Schere an seiner Jeans ab. »So, Kalle, du bist erlöst.« Er zog den Anbindeknoten auf und übergab Jule den Strick. Dann wandte er sich wieder dem Location-scout zu. »Okay, meinetwegen können Sie hier alles für Ihre Kartei fotografieren«, sagte er. »Und aufschreiben. Aber machen Sie das mit den Mädchen. Ich bin als Fremdenführer nicht geeignet.«
Etwas gekränkt sah der Location-scout Herrn Jensen nach. Mit der Schermaschine unterm Arm strebte dieser eilig seinem Büro zu. »Ist euer Stallbesitzer immer so kurz angebunden?«, wollte er von Conny wissen, die sich einen Besen geschnappt hatte und die Mähnenreste zusammenfegte.
»Nö, er ist ganz in Ordnung.« Das blonde Mädchen schob Kalles Haarspitzen mit der Stiefelspitze auf eine Schaufel und schielte dabei auf das Namensschild an der Fototasche. »Aber für ihn ist jeder Nichtreiter nur ein halber Mensch.« Cornelius H. hieß er also.

»Sollen wir gleich vorne anfangen?« Jule zeigte auf die ersten Boxen. »Also, das sind Ankum und Brinkum. Rasse: Friesen.«

Eilig drehte Ankum sich um, als sein Name fiel. Kai Jensen behauptete, Ankum sei der neugierigste Friese Deutschlands. Und der liebste. Als Ankum seinen großen, schwarzen Kopf mit der imposanten Mähne durch die Gitterstäbe steckte, wich der Fotograf einen Schritt zurück.

»Beißt er?«, fragte er respektvoll.

»Nur Fotografen«, beruhigte Jule ihn grinsend. »Außerdem ist er als Reit- und Kutschpferd ausgebildet. Brinkum auch.«

Bissig. Auch vor Kutschen einsetzbar, notierte Cornelius H. und machte ein Foto von den Friesen.

»Kalle kennen Sie ja schon.« Die nächsten Boxen übernahm Conny. »Er und sein Bruder Ole sind Fjordpferde.«

Fjordpferde, schönes, sehr ähnlich aussehendes Paar, kritzelte Cornelius auf seinen Block. Jule guckte ihm über die Schultern.

»Bei Kalle können Sie noch vermerken: Auch als Frosch einsetzbar. Sie haben ja vielleicht gesehen, wie der hüpfen kann.«

». . . und hier sehen Sie das schönste Pferd im Stall.« Conny bekam leuchtende Augen, als sie vor Rocky stand. »Schreiben Sie: bildschöner, schwarzer Traber, eleganter Kopf . . .«

»Hör auf, Conny Clasen!« Lachend fiel Jule ihr ins Wort. »Du und dein frecher Traber! Der ist doch viel zu dünn. Das schönste Pferd steht hier.« Sie zeigte auf Sally, die braune Holsteiner Stute. »Sie springt astrein.« Liebevoll

tätschelte Jule ihren Nasenrücken. »Eben wie alle Holsteiner, stimmt's, Mäuschen?«
»Mäuschen« gab einen unbestimmten Knurrlaut von sich und wandte sich wieder ihrem frischen Weizenstroh zu.
Cornelius H. sah eine Spur irritiert aus. Wie konnte man ein so großes Pferd bloß Mäuschen nennen? »Elefäntchen« wäre wohl eher angebracht.
Obwohl Jule und Conny beide darauf beharrten, dass ihr Schatz als schönstes Pferd im Stall in die Kartei kam, einigten sie sich schließlich darauf, dass bei Rocky *»edler Kopf«* stand und bei Sally *»großes Springvermögen«*.
Wenig später füllte sich plötzlich die Stallgasse von allen Seiten. Die anderen Mädchen, die auf dem Hof der Reitschule mit Lederpflege beschäftigt waren, schoben sich so unauffällig wie möglich in die Nähe des Fotografen. Wie ein Lauffeuer hatte es sich herumgesprochen, dass vierbeinige Darsteller für Film und Fernsehen gesucht wurden. Da durfte man doch nicht fehlen – schließlich sollte das eigene Lieblingspferd bei der Beschreibung gut wegkommen. Natürlich erweckte kein Mädchen den Eindruck, neugierig zu sein. Das wäre total uncool gewesen.
Kompakt, wirkt wie Kaltblut. Ideal für mittelalterliche Filme, schrieb der Fotograf bei King Louis auf. Der 30 Jahre alte Boss in Kai Jensens Pferdeherde sah nicht einmal auf, als der Fotoapparat klickte. Er war in seiner langen Schulpferd-Zeit häufiger fotografiert worden als mancher zweibeinige Darsteller.

Fast eine Stunde brauchte der Location-scout, bis er alle Aufnahmen im Kasten hatte. Kai Jensen blieb die ganze Zeit über in seinem Büro verschwunden. Auch noch, als der Fotograf draußen Bilder von seinem Reiterhof machte, einem hundert Jahre alten Haus mit ausladendem Giebeldach, dessen First zwei geschnitzte Pferdeköpfe zierten.

Erst später, als Herr Jensen den Wagen des Besuchers hinauf zum Birkenweg fahren sah, ließ er sich wieder im Stall blicken. Er konnte schon gar nicht mehr zählen, wie oft Fotografen bei ihm erschienen waren! Angeblich suchten sie Pferde für die Werbung. Aber daraus war noch nie etwas geworden. Wann brauchte man für Reklamefotos schon Pferde? Für Zahncreme etwa? Oder für Waschpulver? Für Süßigkeiten schon gar nicht.

Aber diesmal irrte Herr Jensen sich. Schon zwei Tage später klingelte sein Telefon.

»Sie kennen die Firma Prosper, Prosper + Prosper«, schnarrte eine energische Frauenstimme. »Die bringt im Frühsommer ein neues Produkt . . .«

»Prosper, Prosper . . . und was?«

». . . und Prosper.« Die Stimme wurde ungeduldig. »Süßwarenhersteller. Das neue Produkt ist eine Waffel für Kinder, die unter dem Namen ›Räuberwaffel mit gefährlich cooler Zitronenfüllung‹ auf den Markt kommt. In praktischer Wiederverschlussfolie.«

»Dieses ist ein Reitstall«, sagte Kai Jensen.

»Ja, ja, darum geht es.«

Das Schnarren nahm eine höhere Tonlage an. »Wir brauchen von Ihnen zwei Friesen mit Kutsche. Ferner sechs Reitpferde, braun oder schwarz«, leierte die Frau herunter. Es klang, als ob sie eine Einkaufsliste für den Supermarkt vorlas. »Bevorzugt werden Ihre Pferde Sally, King Louis, Ole und Kalle. Zwei weitere nach Wahl.« Jetzt ging Kai Jensen ein Licht auf. Der Location-scout! Cornelius H. hatte tatsächlich die Schulpferde in seine Kartei aufgenommen. Einen Moment lang bereute Herr Jensen, dass er ihn so schroff behandelt hatte.

»Was ist?« Das Schnarren am anderen Ende der Leitung brachte ihn in die Gegenwart zurück. »Sind Sie noch dran?«

»Klar.« Der Stallbesitzer beeilte sich mit der Antwort. »Wann brauchen Sie die Pferde denn? Und wie lange?«

»Mitte der Woche. Wir können pro Pferd und Drehtag 200 Mark zahlen. Zwei Tage sind vorgesehen. Bei Regen verlängert sich die Drehzeit natürlich.«

»Natürlich«, sagte Herr Jensen abwesend. Er rechnete schon auf dem Rand der Tageszeitung aus, wie viele Stunden Reitunterricht er bei acht, nein, sieben fehlenden Pferden streichen musste. Der Friese Brinkum gehörte ja Benno, dem Feuerwehrmann.

»Gut, ich rufe Sie wieder an. Ich rechne es durch«, schlug er vor. »Schließlich muss ich Unterricht ausfallen lassen.«

»Wie Sie meinen«, gab die Frau gleichmütig zurück. Sie nannte eine Telefonnummer in Hamburg. »Wir sind die Großwerbe-Produktions-KG. Ich schicke Ihnen per Fax noch die nötigen Angaben. Nachricht bitte bis Montag, zehn Uhr.«

Gewitterziege, dachte Herr Jensen, als er den Hörer auf die Gabel warf. Wenn alle bei der Großwerbe KG sich so aufführten, na dann vielen Dank. Solchen Typen mochte er seine Pferde kaum anvertrauen. Andererseits – eine tolle Chance. Und auch mal eine Abwechslung. Die Mädchen würden sich bestimmt vor Freude überschlagen.

Er nahm das Unterrichtsbuch vom Schreibtisch und riss im Weggehen das Fax ab, das gerade hereinratterte. Schnelle Truppe, diese Werbefirma, alles was recht war. Rasch überflog der Stallbesitzer das Schreiben. Sie brachten Schauspieler mit, die reiten konnten. Kai Jensen lachte kurz auf. Na, das würde er sich lieber erst mal angucken. Mit gerunzelter Stirn las er weiter: »Ortsbesichtigung: Montag, 17 Uhr«. Montagnachmittag? Vielleicht ließ sich das mit einem Ausritt verbinden? Seine fortgeschrittenen Mädchen hatten dann Reitstunde. Er wollte sie gleich fragen.

»Mensch, Herr Jensen, das ist ja super.«

Jule zeigte wie immer ihre Freude sofort. Cool sein konnte man später noch. Kai Jensen hatte acht seiner Stallmädchen auf der langen Bank vor dem Paddock aufgestöbert und ihnen soeben den Text der Werbefirma vorgelesen. Seltsam, alle kannten Prosper, Prosper + Prosper, die drei Brüder, die mit ihren Waffeln den Süßwarenmarkt beherrschten. Nur er nicht.

Conny stöberte in ihrem Rucksack und zauberte einen

goldfarbenen Folienbeutel hervor. »Hier, probieren Sie mal.« Sie hielt Herrn Jensen die zerdrückte Tüte unter die Nase. »Das sind Prosper-Knusper-Kekse mit extradicker Nussfüllung. Gut, nicht?«
Kai Jensen fischte einen Keks heraus und biss hinein.
»Hast Recht. Das lässt hoffen, dass . . .«, kauend warf er einen Blick auf das Fax, ». . . dass die *Räuberwaffel mit gefährlich cooler Zitronenfüllung* auch ganz brauchbar wird.«
Wie konnte Herr Jensen dasitzen und Kekse futtern? Jetzt, wo die Reitschule kurz davor war, den Durchbruch zum internationalen Film zu schaffen?
Jule machte Kai Jensens ruhiges Geknusper neben sich ganz verrückt. Sie platzte vor Mitteilungsdrang, seit sie von dem Werbespot gehört hatte. Wenn sie doch nur jemand davon erzählen könnte! Unruhig wanderten ihre Augen über den Reiterhof. Wo Luisa und Bastian nur blieben! Die wussten ja noch nichts davon. Dass die wichtigsten Leute nie da waren, wenn es . . . Endlich! Oben, vom Birkenweg, bogen die beiden um die Ecke. Jule sprang von der Bank hoch und rannte ihnen entgegen.
»Aufregung pur!«
Wild mit den Armen fuchtelnd, sprudelte Jule die Neuigkeit heraus. »Die wollen Robin Hood drehen. Bei uns. Ein Werbefilm fürs Fernsehen. Wegen der neuen Waffel.« Ihre Stimme überschlug sich fast. »Postkutschenüberfall. Total abgedreht. Und unsere Pferde mittendrin. Ach, und wisst ihr . . .«

»Halt, Erbarmen!« Lachend hielt der blonde Vierzehnjährige sich die Ohren zu. »Mein Computer hier drinnen« – Bastian nahm eine Hand vom Ohr und tippte auf sein Stoppelhaar – »kommt nicht mit. Zu schnelle Eingabe. Mensch, Jule, schalt mal einen Gang runter.«

Auch die zehnjährige Luisa sah einigermaßen verwirrt aus. »Was ist mit der Waffel?«

»Eine ganz heiße Sache«, nickte Conny, die Jule gefolgt war. »Stimmt wirklich.«

Dann erzählte sie, was geplant war: Für eine neue Waffel, die »Räuberwaffel«, sollte ein Spot fürs Werbefernsehen gedreht werden. »In der Art von Robin Hood«, erklärte Conny, »wie im Mittelalter.« Gefilmt werden sollte in der unheimlichen Landschaft am Erlenmoor, kurz vor dem Naturschutzgebiet. Das war nicht weit vom Hamburger Stadtteil Großmoorstedt, wo der Reiterhof Birkenhain lag. Acht Schulpferde sollten dabei sein und jede Menge *action*. Die Räuber erbeuten beim Kutschenüberfall kein Gold, sondern eine ganze Ladung der Räuberwaffeln, die an Kinder verteilt werden soll.

»An uns natürlich«, schloss Conny, »wir dürfen nämlich alle als Statisten mitspielen. Mit echten Kostümen.«

»Wie – reiten wir denn nicht«, wunderte sich Luisa, »nicht mal Jule?« Jule ritt am besten von der ganzen Mädchengruppe, wenn auch am wagemutigsten.

»Die Räuber müssen doch Erwachsene sein«, erklärte Jule ungeduldig. »Die bringen natürlich echte Schauspieler mit.

Angeblich« – Jule machte eine Kunstpause und verdrehte die Augen –, »angeblich können die reiten.«
Kai Jensen hatte sich das Gespräch bisher schweigend von der Bank her mit angehört.
»Haben die Herrschaften schon unterschrieben und den Vertrag zurückgeschickt?«, fragte er jetzt freundlich. Etwas *zu* freundlich. Die Jugendlichen machten betroffene Gesichter, denn jeder verstand die Botschaft, die dieser Satz enthielt: »Überlasst gefälligst mir die Entscheidung, wer wann wen reitet – und ob ich bei diesem Film überhaupt mitmache.«
Herr Jensen war ja im Grunde auszuhalten als Stallbesitzer und Reitlehrer. Aber manchmal, wie in dieser Minute, konnte er unerträglich sein. Wenn er zum Beispiel den Mädchen bei den unpassendsten Gelegenheiten aufs Butterbrot schmierte, dass es *sein* Stall war und *seine* Pferde.
Jule sah ihn finster an. Hatte der Mann sich denn keine Gedanken gemacht, wer *seine* Pferde vom Reiterhof an den Drehort bringen sollte? Mit dem Hänger kam man ja kaum in diese abgelegene Gegend am Erlenmoor. Sie, die Mädchen, würden es doch wohl sein, die jedes einzelne Pferd hinreiten mussten. Er konnte sie also ruhig in seine Überlegungen einbeziehen, ohne dass ihm ein Zacken aus der Krone brach.
»Ich merke schon«, Kai Jensen gab Jule einen freundschaftlichen Knuff, »mit Jule hätte ich es bis ans Ende meiner Tage verdorben, wenn ich den Film ablehnen würde.«

»Mit mir auch«, sagte Conny.

Kai Jensen schlug sein Notizbuch mit den Terminen für den Reitunterricht auf. »Aber vorher müssen wir sehen, welche Stunden sich verschieben lassen.«

Zehn Köpfe beugten sich über die schmale Kladde. »Hier, die . . . und die . . .«, Luisa tippte auf ein paar Namen, »die gehen doch auf Klassenreise. Die sind dann sowieso zehn Tage weg.«

»Und die Damenreitgruppe will ans Meer fahren«, fiel Bastian ein. »Habe ich von der Vogel gehört.«

»Stimmt, der übliche Maiausflug.« Kai Jensen erinnerte sich auch wieder. »Na, dann fällt ja gar nicht so viel aus.« Geräuschvoll klappte er die Kladde zu. »Eine Bedingung habe ich noch. Montagnachmittag werden eure Dressurstunden in der Halle gestrichen. Dafür . . .«

»Oh, wie blöd.« – »Warum denn schon Montag?« Empörte Zwischenrufe prasselten auf Herrn Jensen herunter und schnitten ihm das Wort ab. »Montag werden die Pferde doch noch gar nicht gebraucht!« – »Wo doch endlich die Halle fertig ist!«

»Nun lasst mich doch zu Ende sprechen.« Kai Jensen schmunzelte über seine aufgebrachten Mädchen. » . . . dafür machen wir einen Ausritt zum Drehort. Um 17 Uhr ist Treffpunkt am Erlenmoor. Mit der ganzen Filmmannschaft.«

2. Kapitel

Gespenstische Szene

Ausgerechnet am Montag schrieben Conny und Jule eine Klassenarbeit in Mathematik. Wie sollte man bloß Winkel berechnen, wenn sich ständig das Bild von wilden Räubern auf Schulpferden vor das Geodreieck schob?

Überhaupt fiel dieser Werbefilm in die denkbar ungünstigste Zeit, schulmäßig. Es war Mai und das Schuljahr ging bald zu Ende. Das Wort *Zeugnis* tauchte verstärkt auf. Ungemütliche Wochen lagen vor einem. Selbst anständige Eltern verwandelten sich um diese Zeit nach Ansicht ihrer Kinder in gnadenlose Sklaventreiber. Eine schlechte Mathearbeit hieß vermutlich Stallverbot und Lernen. Jedenfalls bei Jule Ahrend. Conny Clasen, die in ihre Parallelklasse auf dem Gymnasium ging, konnte vielleicht auf Verständnis hoffen. Ihr Vater war selbst Lehrer an der Gesamtschule, Deutsch und Bio. Ulli Clasen drückte eher ein Auge zu als Jules Vater, ein spröder Bankangestellter.

Nachsicht war an diesem Montag wirklich nötig, denn Conny verschwendete keinen Gedanken mehr an Winkel und Grundlinien, sobald sie ihr gemütliches Backsteinhaus betreten hatte. Gezielt pfefferte sie die Schultasche in eine Flurecke und griff sich den Stallrucksack.
»Keine Schularbeiten?« Stirnrunzelnd beobachtete Ulli Clasen seine Tochter, die eilig eine Banane in den Mund stopfte, während sie mit der freien Hand trockenes Pferdebrot in den Rucksack schob.
Conny winkte ab. »Später, Vati! Heute reiten wir doch zum Erlenmoor.« Natürlich hatte sie zu Haus haarklein von den bevorstehenden Ereignissen berichtet. Dass sie heute überhaupt nicht mehr zu Schularbeiten kommen würde, konnte Conny in diesem Moment noch nicht ahnen.
»Dass die dort eine Drehgenehmigung gekriegt haben«, wunderte sich der Biolehrer, »da fängt doch fast das Naturschutzgebiet an.« Ulli Clasen arbeitete in seiner Freizeit in der Großmoorstedter Umweltgruppe und kannte sich aus mit Schutzgebieten.
»So weit draußen ist das längst nicht«, beruhigte Conny ihn, »der Drehort liegt ein ganzes Stück vor Kleinmoorstedt.« Die Bananenschale flog in den Biomülleimer. »Ich muss los! Hörst du? Unser Klingelzeichen!«
Schon war Conny aus der Tür. Draußen lieferten sich Jule, Luisa und Bastian mit ihren Fahrradglocken eine Klingelschlacht. Dreimal lang, zweimal kurz, zweimal lang. Für

Eingeweihte hörte sich das an wie »Vor-der-fuß-wur-zel-ge-lenk«.
»Nun aber los«, lachte Conny, ein Satz, den Herr Jensen bei jeder Gelegenheit sagte, und sauste mit den anderen den kurzen Weg zum Stall hinunter.
»Wir nehmen die gebuchten Pferde mit«, ordnete Herr Jensen an, »dann können die sich gleich an die Landschaft gewöhnen. Also« – er hakte die Namen auf seiner Liste ab – »die beiden Friesen, dann Sally, King Louis, Kalle und Ole. Luisa, versuch's mal mit dem Ole, der ist ja brav.«
Kai Jensens Zeigefinger glitt weiter über seine Aufstellung. »Außerdem sollen Cherie und Lotta mit.« Ohne aufzusehen, sagte er: »Conny, mach du dir mal die Lotta fertig.«
»Lotta?« Conny jaulte auf wie Buddy, der Hund des Schmieds, wenn man ihm auf die Pfoten trat. Die behäbige Mutterstute sollte sie nehmen, die meistens für Anfänger eingesetzt wurde? Sicher, Lotta war auch süß, aber ihr Lieblingspferd hieß nun mal Rocky. Mit hängenden Mundwinkeln ließ Conny Striegel und Kardätsche sinken, mit denen sie gerade den schwarzen Traber bearbeitete.
»Warum denn nicht Rocky?«
»Der Traber! Das fehlte noch, dass dieses nervöse Hemd dabei ist.« Aber sein unberechenbares Temperament war diesmal nicht der Grund, warum Rocky ausgeschlossen wurde. Herr Jensen zeigte auf seinen Kopf. »Du siehst doch selbst, wie zierlich er wirkt. Wie ein Vollblut. So sieht doch kein Räuberpferd aus.«

Rocky begann sich mit dem linken Hinterhuf hinterm Ohr zu kratzen. Wahrscheinlich fand er das Kompliment angemessen, aber nicht den Zusatz, dass er als Räuberpferd nichts taugte. Der Traber setzte den Fuß wieder ab, legte seinen schwarzen Kopf auf Connys Schulter und schnaubte vorwurfsvoll.

»Rocky sagt, dass er immer noch in der Lage ist, ein paar alberne Waffelbesitzer in die Flucht zu schlagen«, übersetzte Conny. »Vollblut hin, Vollblut her. Sie möchten sich doch bitte mal daran erinnern, wie Furcht erregend er aussieht, wenn er die Ohren zurücklegt und nach anderen Pferden schnappt.«

Reitlehrer Jensen seufzte tief. Diese Conny. Wenn sie sich etwas in den Kopf gesetzt hatte, brachte man sie kaum davon ab. »Meinetwegen«, brummte er. »Nun aber los.«

Die erste halbe Stunde der Geländestrecke kannten alle Reiter im Schlaf. Schließlich ritten sie die Sandwege bei gutem Wetter oft. Diesmal bogen sie aber hinterm Birkenwald vom offiziellen Reitweg ab, um zum Erlenmoor zu gelangen.

Paarweise trotteten die Pferde hintereinander her. Erst gelangweilt, dann aber hellwach, sobald sie den alten Trampelpfad verließen. Die ausgedehnten Äcker und Wiesen, gesäumt von Holunder und Heckenrosen, gingen in eine wellige Landschaft über. Die Vierbeiner kannten die Gegend nicht; aufmerksam drehten sie ihre Köpfe nach links und rechts. Mal blieb Sally fast stehen, als ein unbekannter Teich vor ihr auftauchte, dann sprang Rocky zur Seite, als ihm eine durchsichtige Libelle um die Nase schwirrte, jetzt tänzelte Cherie plötzlich hin und her.

»Rechts ran und anhalten.« Herr Jensen, der auf Ankum saß, hatte sich umgedreht. »Auto von hinten.«

»Sieht nicht wie ein Bauer aus«, bemerkte Jule mit verrenktem Hals. Sie stützte sich mit der linken Hand auf Sallys Rücken, um beim Umdrehen besseren Halt zu haben. »G-r-o-ß-w-e-r-b-e«, entzifferte sie mühselig auf dem Kleinbus, der durch die tiefen Schlaglöcher des Feldweges rumpelte.

»Das sind sie!«, teilte sie den anderen aufgeregt mit.

Der schwarze Wagen hoppelte näher und hielt neben Herrn Jensen an. Ein gebräuntes Gesicht mit modischer Sonnenbrille beugte sich aus dem Fenster und wedelte mit einer Landkarte. »Bär Feddersen«, stellte sich die Sonnenbrille vor. »Ich bin der Regisseur. Dahinten links müsste es sein, richtig?« Und dann noch: »Schöne Pferde.«

Ohne eine Antwort abzuwarten, hüpfte der Wagen mit dem Filmteam an den Pferden vorbei.

»Bär, Bär«, wiederholte Herr Jensen kopfschüttelnd. »Was ist denn das für ein Name?« Egal. Solange einer schöne Pferde auf den ersten Blick erkannte, konnte er seinetwegen ruhig Bär heißen. Genauso gut wie Karl-Heinz. Kai Jensen ritt mit Ankum wieder an und erreichte schon nach der nächsten Biegung den schwarzen Wagen der *Großwerbe,* der unter einer mächtigen Eiche geparkt war.

Idealer konnte der Hintergrund für einen Überfall nicht aussehen! Am Ende der Äcker, ungefähr achthundert Meter entfernt, lag eine kreisrunde Senke, in der sich Wasser gesammelt hatte. Aus dem Tümpel, etwa so groß wie die Reithalle, streckten Erlenbäume ihre schwarzen Zweige in den Abendhimmel. Ein niedriger Wall mit Büschen und abgestorbenen Birken umgab den Teich an einigen Stellen. Dahinter ahnte man die tief stehende Frühlingssonne. Einzelne Strahlen fanden den Weg durch die Astgabeln der Erlen und tauchten die Teichlandschaft in ein kupferrotes Licht. Gespenstisch.

»Unheimlich, nicht?« Conny schüttelte sich und sprang aus Rockys Sattel. Die meisten anderen Reiter standen schon neben ihren Pferden und lockerten den Bauchgurt, damit die Pferde ohne Satteldruck fressen konnten.

Zwei junge Männer mit Pferdeschwanz, bewaffnet mit Belichtungsmessern, kamen bereits von einer Erkundungstour zurück und gingen neugierig auf die Pferdegruppe zu.

»Lampe«, stellte sich der mit den blonden Haarsträhnen vor und grinste breit. »Ich bin der Beleuchter.«

»Linse«, sagte der Dackelbraune und grinste ebenfalls gewinnend. »Kameramann.«

»Heißen Sie wirklich so?«, wollte Jule erstaunt wissen, während Sally sofort neugierig den Belichtungsmesser beschnüffelte.

»Quatsch«, sagte Linse und brachte sein teures Instrument

vor Sallys Nüstern in Sicherheit, »wir nennen uns nur so. Das können sich die Kunden einfach besser merken.«
»Und der Regisseur? Bär???«
Lampe guckte nach hinten, um sicher zu sein, dass Bär Feddersen nicht zuhörte. »Bernfried heißt er richtig.« Er schirmte seinen Mund mit der Hand ab. »Aber das findet er zu spießig.«
»Und wer sind Sie?«, fragte Conny den Mann um die fünfunddreißig, der jetzt näher kam. Unentwegt zupfte er an seinem langen Schnurrbart, der lustlos herunterhing und ihm das Aussehen eines gereizten Walrosses gab.
»Winkelmann, Tontechniker.«
»Genannt Winkel?«, fragte Jule und konnte sich ein Kichern nicht verkneifen. »Oder Mikro, von Mikrofon?«
»Vielleicht auch Walross«, wisperte Conny, die das Gleiche gedacht hatte wie ihre Freundin.
»Mein Name ist *Herr Winkelmann«*, antwortete der Tonmeister steif. Er mochte Kinder nicht besonders. Schon gar nicht so kesse wie Jule und Conny.
»Jule, reite mal mit Sally hinüber zur Senke.« Kai Jensen, der sich mit Bär Feddersen über den Werbespot unterhalten hatte, zeigte auf den Tümpel. »Robin Hood soll über den Wall in den Teich springen und durchs Wasser galoppieren. Guck doch mal, ob das überhaupt geht. Ich habe da so meine Zweifel.«
Sally sollte später mit dem Robin-Hood-Darsteller an dieser Stelle springen. Die Holsteiner Stute war nun mal das

sicherste Springpferd auf dem Reiterhof Birkenhain, daran gab es nichts zu rütteln.

Jule trabte im leichten Sitz los. Geschmeidig passten sich ihre Bewegungen dem leichtfüßigen Trab von Sally an. Für den kurzen Weg hatte Jule ihre Kappe nicht wieder aufgesetzt und ihr offenes Haar glühte in der Sonne wie Holzscheite im Lagerfeuer.

»Das Mädchen ist ja der Wahnsinn«, sagte Bär Feddersen bewundernd. »Zu ärgerlich, dass ich schon einen Robin Hood gebucht habe.«

Kai Jensen machte eine abwehrende Handbewegung. »Jule dürfte nie und nimmer in Ihrem Film reiten«, sagte er. »Sie ist erst zwölf und ihre Eltern sind sehr streng.«

Als Jule sich dem Teich näherte, zerriss ein schmetternder, trompetenartiger Vogelruf die Stille, der gleich darauf von einem Vogelpartner genauso durchdringend beantwortet wurde.

»Kraniche«, sagte Herr Winkelmann und zwirbelte erstaunt seine Schnurrbartenden. »Wusste gar nicht, dass es hier oben welche gibt.«

Kraniche!

Conny Clasen riss wie elektrisiert den Kopf hoch. Rocky, der neben ihr Grashalme abzupfte, stieß nach Connys hastiger Bewegung ein röchelndes Schreckschnauben aus. »Alles in Ordnung.« Beruhigend klopfte das Mädchen seinem Traber den Hals. Nein, nichts war in Ordnung. Wenn im Teich ein Kranichpaar brütete, durfte hier kein Film gedreht werden. Kraniche standen unter Artenschutz, so viel wusste sie von ihrem Vater.

»Sind Sie sicher, dass das Kraniche waren?«, bohrte sie nach. Hier in Schleswig-Holstein waren die Vögel vom Aussterben bedroht.

»Darauf kannst du Gift nehmen«, knurrte Herr Winkelmann beleidigt. Bei Geräuschen machte ihm keiner etwas vor. Als Tonmeister kannte er sich aus, auch mit Vogelstimmen. Misstrauisch verfolgte er, wie Conny nach seiner Antwort eilig zu Herrn Jensen hinüberging und sich von ihm ein Handy geben ließ.

Connys Gedanken schlugen Purzelbäume. Sie hatte gerade im Schutz des schwarzen Busses ihren Vater angerufen und von den Kranichrufen berichtet. Ulli Clasen wollte sofort mit Jens Witt sprechen, dem Leiter des Vogelbundes. Wenn es Kraniche am Erlenmoor gab, musste der das wissen. Connys Vater meinte aber, dass nur weiter nördlich fünf Kranichpaare brüteten, bei Kleinmoorstedt.

Sie hielt das Handy fest umklammert. Endlich klingelte es.

»Ja, Vati? Irre! Kommst du? Ja, stimmt, mit dem Mountainbike geht es schneller.«

Conny holte tief Luft und schlenderte zu den friedlich grasenden Pferden hinüber. Herr Jensen war mit der Filmmannschaft ins Gespräch vertieft. Die Sonne stand jetzt so niedrig, dass sie die Köpfe in geheimnisvolles Licht hüllte. Eine feierliche Stille lag über der Landschaft. Plötzlich kam Conny sich wie ein Spielverderber vor. Dieser

Drehort war wirklich klasse. Und sie verdarb alles mit ihren Kranichen. Aber konnten vielleicht die Vögel ihr Nest einpacken und woanders weiterbrüten? Eben nicht. Ja, sie musste eingreifen.

». . . und dann stürzen sich die Reiter am Teich auf die Postkutsche . . .« Bär Feddersen beschrieb mit erhobenen Händen die Szene in der Luft und schloss entspannt seine Augen. »Robin Hood galoppiert . . .«

»Sie können hier nicht drehen«, sagte Conny.

Widerstrebend öffnete der Regisseur ein Auge und fuhr lauter fort: ». . . galoppiert durchs Wasser und verteilt dann die Räuberwaffeln an . . .«

»Sie können hier nicht drehen«, wiederholte Conny, diesmal mit Nachdruck. »Hier brüten wahrscheinlich Kraniche.«

»Na und?« Bär Feddersen öffnete nun auch das andere Auge. »Sollen sie doch!«

Auf einmal richteten sich alle Blicke auf Conny. »Der Vogelbund will mit Ihnen sprechen.« Conny fühlte sich so wohl wie in einer Schlangengrube. »Der Leiter kommt gleich.«

Jetzt verlor Bär Feddersen die Fassung. Das bedeutete garantiert Ärger. »So ein Mist!« Wütend knallte er sein Drehbuch auf den Boden. »Wieso kümmerst du dich um Sachen, die dich nichts angehen?«

Auch Herr Winkelmann ärgerte sich grün und blau. Er hatte gleich gemerkt, dass diese Conny ein schwieriger

Brocken war. Und ausgerechnet er selbst hatte sie auf die Kraniche gebracht!

»Grüne Zicke«, zischte er in Connys Richtung, gerade als Jule an ihm vorbeiritt.

»Conny?« Jule lachte, beugte sich über Sallys Hals und steckte ihr ein Leckerli zu. »Was will sie denn diesmal schützen?« Ihre Freundin war mit Feuer und Flamme Tier- und Umweltschützerin, darum trug sie auch den Spitznamen Mücke.

»Kannst dich bei ihr bedanken, wenn aus dem Werbespot nichts wird«, schimpfte Herr Winkelmann. »Sie hetzt uns die Naturschützer auf den Hals. Wegen ein paar dämlicher Kraniche.«

»Oh nein.« Diesmal riss auch Jule fast der Geduldsfaden. »Mensch, Conny.« Sie schwang sich aus dem Sattel und stieß Conny ärgerlich an. »Du übertreibst aber wirklich.«

Etwas hilflos strich die Zwölfjährige ihr blondes Haar zurück und hob verlegen die Schultern. »Stell dir mal vor, deine Sally würde da brüten«, sagte sie ernsthaft. »Dann möchtest du doch auch nicht, dass sie gestört würde und ihre Eier zurücklässt.«

»Holsteiner Stuteneier!« Jule vergaß ihren Ärger meistens so schnell, wie er aufflammte. Jetzt schüttelte sie sich vor Lachen; im Geiste sah sie, wie ihre braune Stute auf einem Schilfnest mit koffergroßen Pferdeeiern hockte. »Du bist hoffnungslos verrückt, Mücke.«

Kai Jensen dagegen konnte ebenfalls nicht über Connys

Alleingang lachen. Für ihn hieß neue Drehortsuche auch eine Verlängerung der Mietzeit für seine Pferde. Also noch mehr Unterrichtsausfall. Andererseits schien dieser Tümpel aber, mit oder ohne Kranichnest, gar nicht zum Springen und Galoppieren geeignet zu sein. »Sieht aus wie ein Trichter«, berichtete Jule, »soweit ich das durch die Büsche sehen konnte. Der Teich wird sofort am Ufer tief, schätze ich. Nichts für Pferde.«

Das Filmteam muffelte vor sich hin, als endlich Connys Vater und Jens Witt vom Vogelbund auf Fahrrädern auftauchten, beide mit olivgrünen Ferngläsern um den Hals. Jens Witt, ein schlanker Vierzigjähriger mit dichtem, dunkelbraunem Haar, wandte sich sofort an Bär Feddersen, dem man auf hundert Meter Entfernung den Chef ansah.

»Hier soll ein Film gedreht werden?«, fragte Jens Witt ohne Umschweife.

Der Regisseur baute sich direkt vor dem Vogelschützer auf. »Nein«, sagte er fest. »Hier *soll* kein Film gedreht werden. Hier *wird* ein Film gedreht.«

»Das sehe ich nicht so.« Herr Witt wies auf den Erlensumpf. »Dreimal haben hier Kraniche gebrütet und die letzten zwei Jahre mussten sie das Nest verlassen, weil Ostereier-Sucher sie gestört haben. Kraniche sind absolut scheu.«

»Du meine Güte.« Bär Feddersen wurde ungehalten. »Wir brauchen doch nur zwei Tage.«

Jens Witt schüttelte den Kopf. »Schon zwei Stunden sind zu viel. Sind die Kraniche einmal vom Nest, fallen sofort Krä-

hen über die Eier her. Steig doch mal in die Eiche da drüben.« Die letzte Bemerkung richtete sich an Ulli Clasen. »Vielleicht kannst du durchs Fernglas etwas sehen.«
Mittlerweile hatten sich die Reiter mit ihren Pferden und die Filmleute um die beiden Naturschützer geschart. Luisa wollte wissen, warum man nicht einfach im Teich nach einem Nest gucken könnte.
»Hat keinen Sinn. Kranichnester sind mitten im Wasser versteckt«, sagte Jens Witt. »Da kommt man ohne lange Gummihose gar nicht ran. Außerdem würde man die Kraniche ja aufscheuchen.«
Ulli Clasen mühte sich ab an den unteren Ast der Eiche zu springen. »Ich glaube, da muss mal einer was für seine Fitness tun«, grinste Conny. »King Louis würde da eleganter hochkommen als du, Vati! Mach ihm doch mal die Räuberleiter, Bastian.«
Bastian faltete die Hände als Eintritt, und schwups war Herr Clasen im Geäst und setzte sein starkes Fernglas an. Gespannt blickten die anderen zu ihm hoch. Doch Ulli Clasen musste erst noch ein paar Mal in andere Äste klettern, bis er schließlich etwas durchs Fernglas erkennen konnte. »Tatsächlich«, gab er nach unten durch, »jetzt sehe ich etwas. Das Nest! Und Eier . . . zwei sind es wohl. Ah – jetzt geht gerade ein Kranich darauf hinunter. Wahnsinn!«
Am Fuß des Baumes breitete Jens Witt bedauernd die Arme aus. »Tut mir Leid, Sie müssen sich einen anderen Drehort suchen. Und möglichst rasch von hier verschwinden.«

»Aber ich habe eine Drehgenehmigung«, versuchte Bär Feddersen die Sache zu retten.
»Glaube ich Ihnen«, räumte Herr Witt ein. »Aber nach dem Naturschutzgesetz und der Artenschutzverordnung dürfen Kranichbrutstellen nicht betreten werden. Notfalls müsste der Vogelbund vor Gericht klären ...«
Jule meldete sich zu Wort. »Also ehrlich, Herr Feddersen, da war sowieso null Chance, durch den Teich zu reiten. Viel zu tief.«
Bär Feddersen raufte sich die Haare. »Und wo kriege ich, bitte schön, bis morgen einen neuen Drehort her? Soll ich mir vielleicht einen backen?«
»Kann man nicht eine große Wiese nehmen?«, fragte Herr Jensen ungeduldig. Er musste allmählich zurück, abends war noch eine Reitstunde für Erwachsene vorgesehen. »Zählen Sie doch mal auf, was alles zu erkennen sein muss.«
Mit einem Griff in den Wagen beförderte Bär Feddersen eine große Tafel hervor. Zwölf Zeichnungen klebten auf schwarzer Pappe, drei nebeneinander, vier untereinander. »Auf jedem Bild ist genau aufgezeichnet, wie die Szene aussehen muss«, erklärte der Regisseur. »Das Ding hier nennt man Storyboard. Das ist von Prosper, Prosper + Prosper genehmigt worden. Wenn wir etwas ändern, zahlen die nicht.«
Jeder versuchte einen Blick auf die Tafel zu erhaschen. Ein kleiner Wall, ein bisschen Wasser – so etwas wie ein Teich oder ein flacher Fluss –, ein paar Bäume ...

Sogar die Pferde interessierten sich für das schwarze Ding. Es könnte ja etwas zu fressen sein. Kalle drängte sich nach vorn, riss eine Ecke ab und zog den Kopf mit seiner Beute blitzartig wieder zurück. »Hilfe«, jammerte Herr Feddersen, »das Ungeheuer frisst meine Schlussszene.«
Reaktionsschnell fasste Kai Jensen seinem frechen Fjordpferd ins Maul und beide kämpften einige Sekunden stumm um die Schlussszene. Nachdem Herr Jensen sie zu fassen gekriegt hatte, wischte er das angekaute Stück an seiner Reithose ab und reichte es mit bedauerndem Achselzucken zurück.
»Ich hab's.« Triumphierend ballte Luisa die Faust. »Genauso sieht es doch bei uns aus. Jedenfalls fast. An der Waldkoppel, hinter der Holzbrücke.« Bei der Prüfung zum Reiterpass waren sie sogar in den Lottbach gesprungen und ein Stück durchs Wasser geritten. Der kleine Fluss war an dieser Stelle fast so breit wie ein Teich und dabei schön flach.
Tatsächlich, das schien eine Möglichkeit zu sein. Kai Jensen griff nach der Papptafel, hielt sie schräg ins Licht und studierte Zeichnung für Zeichnung. »Doch«, nickte er dann, »doch, das dürfte gehen.«
Ihm selbst war die Koppel hinter seinem Reiterhof sowieso viel lieber. Das zeitraubende Hinreiten oder Verladen der Pferde würde wegfallen. »Schlagen Sie doch den neuen Drehort gleich bei . . . äh . . . Knusper, Knusper und Knusper vor!«

»Prosper, Prosper + Prosper«, verbesserte der Regisseur. Er schien heilfroh zu sein, soweit man das hinter seiner dunklen Sonnenbrille sehen konnte. Immerhin so erleichtert, dass er mit Jens Witt reden konnte, ohne rot anzulaufen. »Was passiert denn jetzt mit Ihren Kranichen? Legen Sie sich vors Nest und halten Wache, bis die Eier ausgebrütet sind?«

Der Spott, der in der Frage lag, prallte an Jens Witt ab. Es gab nicht viele, die Verständnis für Vogelschützer hatten, daran war er gewöhnt. »Sie werden lachen – wir halten tatsächlich Wache in großen Kranichbrut-Gebieten. Bei einem einzelnen Paar ist das aber nicht nötig.« Jens Witt sah sich in der einsamen Gegend um. »Zumal bisher niemand die Stelle kannte – außer uns. In diese Ecke verirrt sich nur selten ein Spaziergänger.«

Leider täuschte sich Jens Witt, aber das sollte sich erst später herausstellen.

Vorläufig schienen die Wogen geglättet. »Unser Aufnahmeleiter wird die Sache heute noch mit Prospers klären«, versprach Bär Feddersen und reichte Kai Jensen die Hand. »Dann fangen wir morgen Mittag bei Ihnen an.«

Für die Pferde war die Besprechung viel zu schnell beendet. Nur mit Mühe ließen sie sich dazu bewegen, ihre Köpfe aus dem Gras zu heben. Kalle führte sich auf wie ein Preisboxer. Seine Reiterin Theresa hatte keine Chance, in den Sattel zu kommen. Kaum setzte sie einen Fuß in den Steigbügel, drehte Kalle den Kopf und rammte seine Nase in ihre Kniekehle.

»Nimm doch den äußeren Zügel kürzer«, schimpfte Herr Jensen. Was machte das für einen Eindruck, ein ungezogenes Pferd und eine hilflose Reiterin? Erst als er Kalle von Ankums Sattel herunter festhielt, konnte Theresa aufsteigen.
»Nun aber los«, sagte Kai Jensen und nahm die Zügel bei seinem Friesen auf, »damit wir zum Abendunterricht zurück sind.« Und über die Schulter: »Wir bleiben im Schritt, schließlich ist unser alter King Louis dabei.«

3. Kapitel

Überfall auf der Waldkoppel

Der älteste Prosper machte Zicken.

»Das Erlenmoor – oder wir blasen die Sache ab!« Trotzig beharrte Eckart Prosper auf dem ursprünglich abgemachten Drehort, während seine beiden Brüder auch mit der Waldkoppel einverstanden waren.

Aufnahmeleiter Wolfgang Kampmann von der Großwerbe KG brauchte seine ganze Überredungskunst. »Unser Beleuchter kann überall unheimliche Stimmung schaffen«, versicherte er. »Durch Farblampen. Und das Umfeld bleibt ja fast so. Den Wall und das Wasser haben wir am Reiterhof auch.«

Wolfgang Kampmann war ein prächtiger Vermittler. Er schaffte es immer wieder, verfahrene Sachen hinzubiegen. Doch beim ältesten Prosper biss er lange auf Granit. Dann spielte der Aufnahmeleiter seinen letzten Trumpf aus.

»Was glauben Sie, was passiert, wenn wir die Kraniche durch unsere Dreharbeiten vertreiben! Wo doch auf der

Verpackung steht, dass Prosper, Prosper + Prosper sich für den Naturschutz einsetzt! Das ist ein gefundenes Fressen für die Presse.«

Eckart Prosper überlegte kurz. Der Aufnahmeleiter hatte vermutlich Recht. Die Zeitungen würden sich mit Wonne auf so eine Geschichte stürzen. Vor seinem geistigen Auge tauchten schon die Schlagzeilen im *Blitzkurier* auf: »Reiche Prosper-Brüder töten Kranichbabys.« Oder: »Waffelkönig jagt Kranichbabys vom Nest – wegen einer Zitronenwaffel!« Eckart Prosper schüttelte sich.

»Einverstanden«, sagte er, denn ihm war plötzlich eine Idee gekommen. »Sie haben mein Okay dafür, an diesem Reiterhof zu drehen.«

Wenn er schon gezwungen wurde Rücksicht auf zwei Vögel zu nehmen – warum sollte er nicht den Spieß umdrehen? Und die Sache von sich aus in die Zeitung bringen? Und seine »Besorgnis« um diese Kraniche an die große Glocke hängen?

Am nächsten Tag, es war Dienstag und die sechste Klasse hatte nur bis mittags Unterricht, stürmten Conny und Jule sofort von der Schule in den Stall. Eine Tüte Milch, ein paar Bananen und Äpfel mussten das Mittagessen ersetzen. Keine Zeit mehr, zu Hause vorbeizufahren. Hausaufgaben? Üben für die Arbeiten morgen? Für Connys Englischarbeit, Jules Biologietest? Daran war gar nicht zu denken. Heute kam das Filmteam und das stellte alles andere in den Schatten.

Kai Jensen, Bastian, Luisa und ein paar Mädchen aus ihrer Reitgruppe warteten schon voller Ungeduld oben am Birkenweg, von wo ein Weg hinunter auf den Reiterhof führte. »Hoffentlich bringen die nicht so viel Zubehör mit«, sagte Kai Jensen, »und blockieren damit unsere Reitwege. Oder gar die Weide.«
Von der schmalen Nebenstraße näherte sich das dumpfe Dröhnen schwerer Motoren. Langsam schwoll es zu einer hässlichen Lautstärke an und steigerte sich dann zu einem Heidenlärm.
»Das können sie ja nicht sein.« Kai Jensen war blass geworden. »Was braucht man schon an Zubehör für eine Zitronenwaffel?« Er lachte beunruhigt.
Zwei schwere Lastwagen tauchten in der Kurve auf. Der Fahrer des ersten bedeutete den Reitern mit der Lichthupe, aus dem Weg zu gehen. Kein Zweifel, er wollte in die Einfahrt zum Hof einbiegen.
»Oha«, sagte Kai Jensen und noch einmal: »Oha.«
Den Gruß von Bär Feddersen, der in seinem schwarzen Kleinbus hinter den Lastwagen fuhr, erwiderte er nur abwesend. Sein Blick ging sofort zurück zur Straße, auf der sich nun vier Wohnmobile mit Überlänge näherten, gefolgt von einem Schwanz aus sechs oder sieben Personenwagen. Worauf hatte er sich da eingelassen?
»Ist doch nur für zwei Tage, Herr Jensen.« Luisa, der mitfühlende Schatz des Stalls, hatte den richtigen Trost zur Hand.

»Du hast ja Recht.« Der Reitlehrer klopfte ihr auf die Schulter. »Das werden wir wohl verkraften. Wer den Nerv hat, mit einem Stall voller verrückter Schulpferde fertig zu werden, der übersteht auch ein Filmteam.«
Natürlich brannten sie darauf, dass es endlich losging mit dem Filmen. Doch Herr Jensen schickte seine Jugendlichen erst einmal in den Stall. Ein paar andere Mädchen waren bereits da und putzten die Pferde.
»Bringt die Pferde zur Waldkoppel hinunter«, trug er ihnen auf. »Die Friesen nicht, die sind heute noch nicht dran. Für die Kutsche kommen morgen Profifahrer.«
Während die Mädchen und Bastian in den Stall liefen, folgte Herr Jensen den Versorgungswagen. Stirnrunzelnd bemerkte er, dass diese bereits den gesamten Reitweg eingenommen hatten. Oha! Da tröstete es ihn wenig, dass Bär Feddersen ihn an der Waldkoppel mit den Worten empfing: »Ich bin sehr zufrieden mit dem neuen Drehort.«
Der Stallbesitzer hörte nur mit halbem Ohr hin und starrte auf seine Wiese. Als Weide konnte er die Waldkoppel erst mal vergessen. Das Gras war bereits völlig niedergetrampelt. Brauchte man für einen Werbespot wirklich all diese Menschen? Dreißig bis fünfunddreißig waren es sicher, schätzte er. Geschäftig wuselten schwarze T-Shirts und Jeans um ihn herum. Die jungen Leute schleppten schwere Geräte und Mikrofone an ihm vorbei, stellten Stative und Scheinwerfer auf, transportierten Kabeltrommeln, Aufnahmegeräte und Stehpulte aus dem Lastwagen. Dreißig

Sekunden sollte der ganze Spot nur dauern. War dazu so ein Aufwand nötig? Wozu beispielsweise bauten die beiden Bühnenarbeiter direkt vor ihm ein Gleis auf?

»Spielen hier etwa auch Züge mit?« Irritiert flatterten Kai Jensens Augenlider, als er sich an den Kameramann wandte.

»Ach was. Die Schienen sind nur für die Kamera«, schmunzelte Linse. »Die schiebe ich auf dem Gleis vor mir her, wenn wir den Überfall auf die Kutsche filmen. Kleiner Trick, um die Verfolgungsjagd spannender zu machen.« Linse neigte den Oberkörper nach vorn und warf dabei seinen dackelbraunen Pferdeschwanz zurück. Aufmerksam blickte er durch den Sucher der Kamera, die auf einem Stativ vor ihm stand.

»Den roten Scheinwerfer etwas nach rechts.« Seine Anweisungen galten Lampe, dem Beleuchter. »Ja, perfekt.«

Lampes glatter Pferdeschwanz tauchte zwischen den Holundersträuchern auf, dann verschwand er wieder. Neben den Scheinwerfern kam Lampe mit großen, durchscheinenden Papptafeln erneut zum Vorschein. Er nahm kurz Maß mit den Augen, dann stellte er die Tafeln so auf, dass rote Lichtbündel und echte Sonnenstrahlen sich zu einem geheimnisvollen Abendrot vermischten. Danach kam er zu den anderen zurück.

»Jetzt sieht es hier fast aus wie gestern am Erlenmoor.« Anerkennend nickte Kai Jensen.

»Astrein, ehrlich.« Conny war die Erste, die etwas atemlos

beim Filmteam eingetroffen war, Rocky am Zügel. »Da kann kein Prosper meckern. Und die Kraniche haben ihre Ruhe.«

Der Traber teilte Connys Begeisterung nicht. Unwillig verfolgte er, wie eine ganze Herde fremder Zweibeiner sein köstliches Gras in Besitz nahm. Rocky hasste jede Veränderung. Seine Unterlippe zitterte vor Empörung. Der schwarze Traber schleuderte Lampe einen Blick voller Todesverachtung zu.

»Wenn du ein Junge wärst«, feixte der Beleuchter und sah Rocky fest in die Augen, »würdest du mir jetzt eine runterhauen, hab ich Recht?«

»Nun fangen Sie auch noch an.« Kai Jensen rang die Hände. »Es reicht doch, dass Conny behauptet die Sprache der Pferde zu kennen.« Er stockte. »Nein, Jule, das geht aber wirklich zu weit.« Mit drei Sätzen war er an die Kamera gestürmt. Sally, mit der Jule gerade erschienen war, hatte sofort Kurs auf die Kamera genommen und leckte das Objektiv liebevoll ab.

»Blamiert mich nicht, Leute«, seufzte der Stallbesitzer. Mit einem energischen Ruck am Zügel zog er die widerstrebende Sally zur Seite. »Glattes Glas ist für Pferde einfach unwiderstehlich«, sagte er entschuldigend. »Was die daran finden . . . Ich weiß es auch nicht.«

Linse winkte ab und begann seine Kamera abzuwischen.

Inzwischen standen auch Ole und Kalle, King Louis und Cherie zum Testritt bereit. King Louis drängte sofort an

Jensens rechte Seite. Dahin gehörte er, fand der alte Herdenchef. Schmunzelnd kraulte Kai Jensen die graue Pferdenase.

Allmählich fanden sich auch die Darsteller ein. Die Mädchen warfen sich bedeutungsvolle Blicke zu, als sie den Schauspielern in die Steigbügel halfen. Wenn das erfahrene Reiter waren! So wie die sich in den Sattel plumpsen ließen!

»Oha«, sagte Kai Jensen, als sie einmal im Schritt den Sandweg heruntergeritten waren. Was hatte die Großwerbe ihm gefaxt? *Alle Darsteller können reiten.*

»Antraben«, rief er der Gruppe zu, »und leichttraben.«

Nur zwei wussten überhaupt, was das war, leichttraben. Sie standen richtig bei jedem zweiten Trabschritt kurz im Sattel auf.

»Robin Hood soll mal den kleinen Sprung dort nehmen.« Herr Jensen zeigte auf einen umgestürzten Buchenstamm. Ein junger Mann mit ähnlich roten Haaren wie Jule sortierte sich aus, galoppierte an und setzte mit Sally ohne Probleme über den Stamm.

»Gut gemacht, Mäuschen«, flüsterte Jule erleichtert. Wenigstens ein Lichtblick. Auch für Kai Jensen, der zusammen mit Bär Feddersen und Aufnahmeleiter Kampmann zugesehen hatte.

»Gute Reiter sind etwas anderes, was?«, meinte der Regisseur kritisch.

»Mal sehen«, zog sich Herr Jensen aus der Affäre, aber als

die beiden Filmmänner sich umdrehten, schnappte Jule gemurmelte Wörter auf wie »Selbstüberschätzung« und »meine armen Pferde«.
»Bitte in die Kostüme«, rief Herr Feddersen. »Wir machen gleich mal einen Probelauf.«
Er musterte die Mädchen, die ihre Pferde wieder übernommen hatten. »Ihr sollt doch mittelalterliche Kinder spielen. Ab in den Wohnwagen da drüben. Da kriegt ihr alles zum Umziehen.«
»Und wo sollen wir mit den Pferden bleiben?« Conny funkelte den Regisseur an. »Vielleicht als Schal um den Hals hängen?«
Die Kranich-Affäre war der Beginn einer wunderbaren Feindschaft zwischen den beiden gewesen. Das ließ sich nicht leugnen.
Bär Feddersen ging über den Unterton hinweg und wies auf einen Pulk schwatzender 16-Jähriger in Reithosen, die seit kurzer Zeit am Zaun herumhingen. »Die netten Mädels können sie doch halten.«
Die Killerbienen! Ausgerechnet! Ihr Gekicher klang – ohne Übertreibung – wie der Anflug eines bedrohlichen Bienenschwarms. Darum hatte Conny ihnen den Namen Killerbienen verpasst. Klar, dass die sich diese Supergelegenheit nicht entgehen ließen, Männer anzumachen.
»Nun aber los«, grollte Herr Jensen, der das Zögern bemerkte. »Hoffentlich habt ihr die Pferde bald weggebracht.«

»Wir können noch froh sein«, flüsterte Jule und zog Sally mit zum Zaun, »dass die Gerlach-Zwillinge auf Klassenreise sind. Die und Imke Zavelstein.«
Luisa verdrehte die Augen und Conny stöhnte auf. Das fehlte noch! Wo die aufgeblasenen Zwölfjährigen auftauchten, gab es garantiert Ärger. Die Killerbienen reichten nun wirklich als Zuschauer! Ihr Angriffssummen klang wie aufgeregtes Hühnergackern, seit sie die Zügel übernommen hatten.
»Wie die sich benehmen, das ist nur noch peinlich«, sagte Conny. Vor dem Kostümwohnwagen drehte sie sich rasch nach hinten. Ihr Rocky schmuste doch nicht etwa mit einer Killerbiene? Das hätte sie ihm nie verziehen. Aber der Traber interessierte sich zum Glück nur fürs Grasfressen.
Wenige Minuten später konnte sich das Gelächter im Wohnmobil durchaus mit dem am Zaun messen. Die sechs Mädchen zwischen zehn und zwölf probierten ihre mittelalterlichen Kostüme an. Besser gesagt: Sie hängten sich Jute-Stofflappen um, die mit Hanfbändern in der Taille zusammengehalten wurden.
»Kann man eigentlich als Kartoffelsack Karriere machen?« Zweifelnd sah Luisa an sich hinunter und streckte die Arme weit von sich. Mit einer Prinzessin konnte sie es im Moment wirklich nicht aufnehmen, aber die anderen auch nicht. Aus den braunen Jutelappen guckten nackte Arme und Füße hervor.
»So sahen nun mal Bauernkinder auf dem Lande früher

aus«, beruhigte »Maske« sie, die Frau, die sich um ihre Ausstattung kümmerte. Abschätzend glitt ihr Blick über die sechs Mädchenköpfe. »Eure Haare sind eine Katastrophe«, meinte sie, »mittelalterlich gesehen. So frisch gewaschen und glänzend.«
Sie öffnete eine Dose mit Tonerde, verteilte die Masse zwischen den Handflächen und verwuschelte das gelbbraune Puder in Connys blondem Haar.
»Damit sehe ich ja aus wie ein Fjordpferd«, beschwerte sich Conny lauthals und betastete vor dem Spiegel ihr stumpfes Haar.
Aber die anderen kamen auch nicht ungeschoren davon. Nur Jule hatte Glück. Sie durfte ihre kastanienroten Haare in zwei Zöpfe flechten und entging dem Fjordpferde-Puder.
»Seid ihr so weit?« Eine schlanke Frau mit langen, schwarzen Haaren steckte ihren Kopf durch die Tür des Wohnmobils. »Ich bin Pia Lindau, das Skriptgirl«, sagte sie, und als sie die erstaunten Blicke sah, erklärte sie lächelnd: »Das ist so etwas wie die Sekretärin des Regisseurs. Bär wartet.«
Die Mädchen schoben sich aus der schmalen Tür und blieben gleich wieder verdutzt stehen. Das Chaos auf der Wiese hatte sich geordnet. Ein Lastwagen war abgefahren, die anderen Autos waren weiter zurückgesetzt worden. Auf der Waldkoppel standen jetzt nur noch Kamera, Gleise, ein Tisch mit technischen Geräten und Herrn Winkelmann dahinter, daneben ein Unterstand mit der Auf-

schrift *Regie.* Linse klebte aus Leuchtband an verschiedenen Stellen Kreuze aufs Gras.
Der Regisseur blätterte in seinem Drehbuch. »Bitte mal zuhören!« Er hob die Hand und erklärte kurz den Ablauf der zwölf Szenen. »Robin Hood und seine Räuber überfallen mit ihren Pferden eine Kutsche, die von zwei Reitern begleitet wird. Robin Hood raubt einen Sack mit Räuberwaffeln aus der Kutsche. Dann überspringt er die Böschung« – Herr Feddersen zeigte auf das Ufer, hinter dem sich der Lottbach breit ausdehnte – »und galoppiert durchs Wasser. Den Sack wirft er den Kindern auf der Böschung zu. Dann folgt der Biss in die Waffeln, Großaufnahme der Packung. Ende.«
Der Regisseur klopfte seine Hände gegeneinander, als hätte er gerade Schwerstarbeit erledigt. Zum Beispiel zehn Boxen ausgemistet. Oder einen gemeinsamen Nenner beim Bruchrechnen gefunden. Er deutete auf eine der Markierungen. »Die Räuber starten hier.«
Vier Reiter in groben, grünen Hemden versuchten die Schulpferde in Gang zu bringen. Robin Hood, mit grüner Falknerkappe, saß auf Sally und ritt voran. »Ist sie nicht das geborene Räuberpferd?«, schwärmte Jule mit glänzenden Augen.
»Die Kutschenbegleiter starten dort drüben.« Von einem weiteren Leuchtkreuz aus setzten sich zwei Reiter in Bewegung, in auffallend rote und blaue Waffenröcke gekleidet.

»Die Kinder bitte nach hinten an den Bach. Ihr tut so, als ob ihr Beeren sammelt«, rief Bär Feddersen ihnen zu.
Gicksternd rannten die Mädchen barfuß zur Böschung. Dabei mussten sie die Jutefetzen vorn wie ein Abendkleid anheben, sonst wären sie gestolpert.
Bär Feddersen begutachtete die Szene, besprach sich kurz mit Linse und Herrn Winkelmann. Dann rief er: »Okay, danke für die Stellprobe. Geht alle wieder auf Anfang. Wir fangen an.«
Linses Assistent schrieb mit Kreide »Szene 1, Klappe 1« auf eine schwarze Tafel, klappte sie vor der Kamera geräuschvoll zusammen und leierte herunter: »Szene 1, die erste.«
»Kamera ab«, rief Bär Feddersen.
Bei diesem Kommando ritt Robin Hood mit seinen Räubern los. Herr Winkelmann rückte seine Kopfhörer zurecht. Der Tonassistent hielt den Reitern ein Mikrofon an einer langen Stange hin.
»Ha! Da kommt eine Kutsche mit kostbarer Fracht.« Robin Hood sprach seinen Text klar und verständlich.
»Mikro im Bild«, sagte Linse.
»Zurück an den Anfang«, knurrte Bär Feddersen. Das durfte nun wirklich nicht passieren. Er warf dem Mikrofonträger strafende Blicke zu.
»Szene 1, die zweite.«
»Ha! Da kommt eine Kutsche mit kostbarer . . .«, rief Robin Hood.
»Schluss, Schluss! Das gibt es doch nicht«, regte sich der

Regisseur auf. Kalle, das freche Fjordpferd, hatte keine Lust auf Kutschen mit kostbarer Fracht. Er scherte einfach aus der Gruppe aus und trabte geradewegs auf das Regiepult zu.

»Ich kann ihn nicht halten«, wimmerte der Schauspieler. Man sah an Kalles entschlossenem Blick, dass er seine eigenen Wege gehen wollte, koste es, was es wolle.

Der Regisseur lehnte sich in seinen Stoffsessel zurück und schob seine Sonnenbrille nach hinten. »Meine Güte, mit diesem harmlosen Pony werden Sie nicht fertig?« Er streckte eine Hand nach Kalles Zügel aus, um ihn zu bremsen. Aber so konnte man einem Fjordpferd nicht kommen. Jedenfalls nicht einem wie Kalle. Das Pony senkte den Kopf wie ein Stier und knallte seinen Nasenrücken gegen Bär Feddersens Schienbein.

Aufschreiend sprang der Regisseur hoch.

»Wer hat mir bloß diesen Schwachsinn eingeredet«, wütete er und rieb sein schmerzendes Bein, »dass ich mit Pferden und Kindern drehen muss? Das nächste Mal filme ich lieber mit der gesamten Mafia. Außerdem« – er war jetzt gerade in Fahrt und entdeckte noch mehr, worüber er sich ärgern konnte – »gefallen mir die Kostüme da drüben nicht. Die sehen ja aus wie bei einem Karnevalsumzug.«

Kai Jensen warf dem Regisseur einen finsteren Blick zu, führte Kalle zu den Räubern und kam gleich zurück. Auf seine Pferde ließ er nichts kommen. Sollte dieser Filmtyp doch erst mal bessere Reiter besorgen! Das sagte Kai Jensen aber nicht, stattdessen polterte er: »Für Ihre Kostüme bin ich nicht auch noch verantwortlich.« Das klang ziemlich bissig.

»Schon gut.« Bär Feddersen hatte sich nach dem ersten Schreck beruhigt, seine geliebte Sonnenbrille schaukelte wieder auf der Nase. »Aber ehrlich, was sagen Sie als Laie zu diesen bunten Kostümen?«

»Schrecklich«, antwortete Herr Jensen und das meinte er auch. Im selben Moment kam ihm ein Einfall. »Da kann ich Ihnen einen Tipp geben: Axel Rakete. Der hilft ab und zu als Reitlehrer bei mir aus. Sein Hobby ist ... Ich glaube, das nennt man Aktivtheater.« Herr Jensen wühlte jede seiner sechs Westentaschen durch. »Die spielen in mittelalterlichen Kostümen.« Irgendwo musste doch ein Zettelblock zu finden sein! »Mit schweren Kettenhemden, wie echte Ritter. Wirklich klasse.«

Der Block fand sich. Der Stallbesitzer kritzelte Axels Telefonnummer auf einen Zettel und der Regisseur griff gleich danach.

»Einen Versuch ist es wert«, seufzte er. »So wird das nichts. Die Prosper-Brüder sind ziemlich komisch, wenn es um ihre Hausfarben Rot und Blau geht.« Er zeigte auf einen geöffneten Karton mit Dutzenden Räuberwaffeln, die in rote und blaue Folie verpackt waren.

Der Regisseur nahm das Drehbuch zur Hand und beugte sich über sein Mikrofon. »Wir drehen heute die Szenen

zwei, drei, neun und zehn, bei denen die Kutschenbegleiter nicht gebraucht werden. Danke. Kurze Pause.«
Er rief gleich mit seinem Handy bei Axel Rakete an und hatte Glück. Axel war gerade von der Uni nach Hause gekommen.
Der Jurastudent bestätigte, dass er einige historische Kostüme in Rot und Blau besaß. Die wollte er am nächsten Tag mitbringen.
Bär Feddersen griff wieder zum Mikrofon. »So, Kinder, aufgepasst! Wir proben jetzt euren Einsatz.« Wie aufgescheuchte Hühner sprangen sie auf – Conny, Jule und Luisa, Theresa, Merle und Sophie.
»Heute schon?« – »Oje, ich mache sicher alles falsch.« Aufgeregt schwirrten die Stimmen durcheinander. Bär Feddersen schickte Pia Lindau, sein Skriptgirl, mit einem großen Karton voller Waffeln zur Böschung.
»Ihr reißt die Folie bis zur Hälfte auf und beißt mit Vergnügen in die Waffel.« Großes Geknister setzte ein, das von den Pferden wachsam beobachtet wurde. Knistern hieß normalerweise, dass Tüten mit Möhren geöffnet wurden. »Nein, nein, nicht wie in einen Apfel beißen. Nur an der Ecke anknabbern.«
»Ich bin doch keine Maus«, kicherte Conny. »Die Dinger schmecken viel zu gut, um nur so wenig abzubeißen. Besonders die coole Zitronenfüllung.«
»Ruhe, absolute Ruhe«, dröhnte Bär Feddersens Bass von hinten. »Das gilt auch für dich.« Conny guckte fragend

hoch. »Ja, richtig! Dich meine ich, die größte Kranichfreundin unter der Sonne.«
Conny hätte ihm gern ein paar passende Worte gesagt, aber leider war sie ohne Mikrofon eindeutig im Nachteil.
Der Aufbau der Kinder gefiel Herrn Feddersen nicht. Mal musste Jule sich hinstellen, mal hinsetzen, dann sollte Luisa ihrer Nachbarin Merle ein Stück Waffel in den Mund schieben, dann wieder nicht. Schließlich war Bär Feddersen zufrieden und es hieß: »Szene 10, die erste, Kamera ab.«
Zurückgelehnt beobachtete der Regisseur die Kameraaufnahmen auf dem Bildschirm.
»Mit fehlt der Spaß beim Essen«, nörgelte er. »Da muss ein total positives Feeling rüberkommen.«
Total positives Feeling! Die Kinder prusteten los. Ein wenig ungehalten verbesserte sich Bär Feddersen. »Also, wenn ihr das lieber hören wollt – ihr müsst Fröhlichkeit ausstrahlen, zum Teufel. *Fröhlichkeit!* Noch mal.« Bei der vierten Aufnahme nickte er. Ja, so war es gut. Noch einmal abbeißen, dann . . .
»Katze im Bild«, sagte Linse plötzlich erstaunt.
»Aus, aus!«, schrie Herr Feddersen. »Was ist denn nun wieder los?«
Blaumann, der Stallkater, war wie ein Blitz aus heiterem Himmel aufgetaucht und jagte hinter einer hochgewehten Waffelfolie her. »Was steht ihr noch herum?«, herrschte Kai Jensen die Killerbienen an. »Nun aber los! Seht zu, dass ihr Blaumann einfangt. Und sperrt ihn auf dem Heuboden

ein.« Mit roten Köpfen verteilten sich die 16-Jährigen auf der Weide. Ilona erwischte den Kater schließlich am Halsband und trug den fauchenden Blaumann zum Reiterhof zurück.
»Er wird ihr die zarten Arme zerkratzen«, flüsterte Jule, »das mindert natürlich ihre Chancen bei den Filmmännern.«
Herr Feddersen brüllte wieder »Ruhe dahinten« durchs Mikrofon.
»Mir ist schlecht«, sagte Theresa auf einmal.
»Mir auch.« Merle presste beide Hände auf den Bauch. »Ich kann keine Waffeln mehr sehen.«
»Kommt schon, haltet durch. Ihr seid doch Profis.« Herr Feddersen hatte Angst um seine Szene und redete beschwörend auf die Mädchen ein. »Wenigstens noch ein Mal.«
Wider Erwarten klappte alles wie am Schnürchen, trotz der Übelkeit. Die erste Aufnahme des Tages war im Kasten. Nachdem Pia Lindau alle Mädchen mit Kamillentee versorgt hatte, den sie bei »süßen« Dreharbeiten immer mitnahm, stand Szene neun auf dem Plan. Szene neun sah vor, dass es von oben Räuberwaffeln auf die Mädchen regnete. Lampe musste in die Buche über dem Wall klettern und den Sack mit Waffeln ausleeren.
»Halt«, rief Kai Jensen entsetzt, als er die Anweisung hörte. »Um Himmels willen! Die Pferde gehen mir durch.« Er beorderte die Killerbienen heran. Sie sollten die Pferde fest

am Zügel halten, während die Waffeln herunterfielen. Dem reiterlichen Können der Schauspieler traute er nicht mehr über den Weg.

Lampe und die Kinder machten die Sache so gut, dass sie nur zwei Aufnahmen brauchten, bis alles klappte. Letzten Endes wurden es aber doch fünf, weil Herr Winkelmann ständig »zu viele Nebengeräusche« bemängelte und griesgrämig unter seinen großen Kopfhörern nach Neuaufnahmen verlangte.

Dann wurden alle Waffeln weggeschafft und selbst das winzigste Stück Folie wurde sorgfältig entfernt. »Wir drehen jetzt die Szenen zwei und drei«, erklärte Bär Feddersen. »Die spielen ganz am Anfang. Ihr tut wieder so, als ob ihr Beeren sammelt.«

So ganz wollte dieses Hin und Her den Kindern nicht in den Kopf. »Warum filmen Sie denn nicht einfach genau der Reihe nach?«, wollte Luisa verständnislos wissen. »Vom Anfang bis zum Schluss?«

Bär Feddersen lachte. »Eigentlich hast du Recht, das wäre einfacher«, sagte er. »Aber es ist billiger, wenn man immer die Szenen zusammen dreht, für die gerade alle Schauspieler und Kostüme zur Stelle sind.« Später könne man alle Bilder leicht aneinander reihen. Die Zuschauer dürften natürlich nicht merken, dass alles an verschiedenen Tagen aufgenommen wurde.

»Die Feder an der Kappe von Robin Hood muss zum Beispiel immer an der gleichen Stelle sitzen«, sagte Herr

Feddersen. »Unser Skriptgirl schreibt darum genau auf, wer wie angezogen war, stimmt's, Pia?«
Pia Lindau nickte. Als Beweis zeigte sie ein dickes Heft.
»Was ist, Luisa«, sagte sie ermunternd und blätterte rasch durch die Seiten mit den Eintragungen, »willst du mir nicht helfen und alles von euren Kostümen aufschreiben? Auch, welche Pferde dabei sind? Wie das Zaumzeug aussieht und so weiter?«
»Prima Idee.« Bär Feddersen hatte ebenfalls bemerkt, wie gewissenhaft die zehnjährige Luisa bei der Sache war. »Du kannst gleich mit dem Pferd von Robin Hood anfangen. Sally – so heißt eure Stute doch – ist nämlich jetzt dran.«
Er drehte sich wieder zum Mikrofon. »Robin Hood und die Räuber bitte auf Anfang. Szene zwei.«
Die Killerbienen, die immer noch die Pferde festhielten, zogen sich wieder an ihre Aufsichtspunkte am Zaun zurück.
Die Aufnahmen klappten prima. Das lag nicht an den großartigen Reitern, sondern daran, dass die Pferde nur Schritt zu gehen brauchten. Robin Hood drehte sich nach hinten zu den Räubern um und sagte: »Ich wette, die haben Waffeln an Bord.«
Jule zeigte dem Schauspieler, dass er noch lässiger aussah, wenn er eine Hand hinter Sallys Sattel aufstützte. Herr Feddersen lobte sie überschwänglich dafür. Auf einmal schien er sich zu einem ganz netten Typen zu entwickeln. Aber dann zog er sich erneut Connys Missmut zu, weil er

an Rocky herummäkelte. Sein Kopf, sagte er, sei ihm für ein mittelalterliches Pferd einfach zu fein (Herr Jensen warf Conny einen viel sagenden Blick zu). Der Traber sollte verdeckt hinter Sally und den Fjordies stehen. Ausgerechnet ihr bildschöner Rocky!

Allmählich wurde das Licht schlechter. Bär Feddersen bestand aber darauf, dass noch Szene drei gefilmt wurde. Erfreulicherweise ging das schnell. Es handelte sich nur um eine Großaufnahme, in der Robin Hood verklärt sagte: »Die neue Räuberwaffel mit gefährlich cooler Zitronenfüllung.«

Die Pferde durften unterdessen zurück in ihre Boxen. Da Flecken-Paula, Luisas Lieblingspferd, nicht mitspielte, hatte Luisa Zeit genug, sich um ihren neuen Job zu kümmern. Luisa kauerte mit roten Backen neben Pia Lindau auf den Stufen eines Wohnmobils, während das Filmteam ringsherum mit Abbauarbeiten beschäftigt war. Sorgfältig notierte Luisa Pferdenamen, Art der Sättel und Farbe des Zaumzeugs.

»Morgen haben wir volles Programm«, sagte Bär Feddersen gähnend und reckte sich ausgiebig. »Der Kutschenüberfall und der Galopp durchs Wasser.« Interessiert sah er seinem frisch gebackenen Skriptgirl über die Schulter. »Hoffentlich taugen die Kostüme von eurem Axel Rakete etwas«, bemerkte er zum Abschied.

4. Kapitel

Im Kettenhemd aufs Pferd

»Meine Mutter will schon mein Zimmer vermieten«, keuchte Jule, als sie am Nachmittag des nächsten Tages mit Conny über den Reitweg zur Waldkoppel rannte, »sie meint, dass ich ja doch nie zu Hause bin.«

Natürlich ging es auch am heutigen Mittwoch sofort nach der Schule in Richtung Reiterhof. Die Dreharbeiten warteten! »Und wie meine Eltern erst toben werden, wenn ich meinen Biotest zurückkriege!«, japste Jule. »Ganz mies gelaufen heute Morgen. Deine Englischarbeit auch?«

Conny verzog den Mund zu einem entschuldigenden Grinsen. »Tut mir Leid, Jule, ich hatte mal wieder Glück – Lehrer krank, Arbeit ausgefallen! Das ist doch nur ausgleichende Gerechtigkeit, dafür kannst du besser reiten als ich.«

Sie waren an der Wiese angekommen. Jule hängte sich heftig atmend über das Gatter und zeigte auf die Koppel vor ihnen, auf der geschäftiges Treiben herrschte. »Aber was habe ich denn davon, wenn diese Chaoten unsere Pferde blockieren?«

Mit den Chaoten meinte sie die Schauspieler, die unter der Aufsicht von Kai Jensen und Axel Rakete auf den Schulpferden saßen. Unaufhörlich waren die beiden Reitlehrer damit beschäftigt, die Pferde wieder zurückzuholen. Die machten sich nämlich unentwegt selbstständig. Selbst Ole, dem gemütlichen Fjordpferd, sah man an, dass er heute Lust auf Unfug hatte. Und richtig: Kaum entfernte sich Axel Rakete von Ole, um im Wohnwagen sein Ritterkostüm anzulegen, riss der Struppi seinem Reiter die Zügel aus der Hand. Eilig strebte das Pony mit der Stehmähne auf Feddersens Regiestuhl zu.

Conny und Jule blieben am Tor stehen, um Oles Ausflug in aller Ruhe zu genießen. »Guck mal, wie käsig unser Regisseur aussieht«, grinste Conny.

Der Mann richtete sich sofort kerzengerade auf, als Ole mit dem hilflosen Reiter herantrabte. Hastig zog er seine lang ausgestreckten Beine an den Körper. »Hilfe, nein! Nicht wieder gegen mein Schienbein«, flehte er und rückte schnell die nächstbeste Kiste vor seine Beine. »Das ist noch von gestern blau.«

»Gestern – das war doch der andere, Kalle!«, rief ihm Kai Jensen beruhigend zu. Er blieb sicherheitshalber bei den anderen Pferden, anstatt Ole zurückzuholen.

»Fjordpferd ist Fjordpferd«, stammelte Bär Feddersen und drehte sich steif zur Seite, als Oles breiter Kopf näher kam.

Verzweifelt zerrte der Reiter an den Zügeln, um sein Pony zum Stehen zu bringen. Aber Ole stemmte sich vorwärts. Er hatte wirklich nicht vor dem Regisseur etwas anzutun. Dazu war Ole viel zu lieb. Er wollte nur einmal über diese herrlich glatten, spiegelnden Gläser der Sonnenbrille lecken. Und das tat er auch. Der Regisseur erstarrte, als Ole ihm anschließend seine Nüstern und sein feuchtes Maul auf die Backe drückte.

Conny erbarmte sich nun doch. Sie bahnte sich einen Weg durch die anderen Pferde, vorbei am lachenden Kai Jensen, und zog Ole am Zügel weg.

»Er hat Sie geküsst«, stellte Conny erstaunt fest, »darauf könnten Sie ziemlich stolz sein. Normalerweise merken Tiere, wenn jemand sie nicht mag.« Sie konnte es nicht lassen, bei jeder Gelegenheit spitze Bemerkungen zu machen – seit der Sache mit den Kranichen.

»Ach ja?« Bär Feddersen, immer noch sehr blass, richtete sich wieder auf, wischte die Pferdespucke von der Backe und trocknete die Sonnenbrille ab. Die Anspielung überhörte er. »Stolz sein? Kann ich das?« Der Regisseur stellte sich im Geiste vor, wie er mit der Story bei Prosper, Prosper + Prosper auftrumpfen konnte!

». . . und dann hat mich dieses Fjordpferd doch tatsächlich geküsst. Angst? A n g s t ? Ich doch nicht, Leute, ich bin doch ein Vollprofi!«

Seine Laune besserte sich zusehends. Sie wurde noch besser, als kurze Zeit später Axel Rakete aus dem Wohnmobil hervorkam. Axels Gang sah unter dem 10-Kilo-Gewicht des Kettenhemdes schleppend aus und Furcht einflößend. Bär Feddersen pfiff leise durch die Zähne. Das wirkte echt. Das war Mittelalter, wie er es für seinen Werbefilm brauchte.

Über sein schweres Eisenhemd hatte Axel einen kurzen Waffenrock aus rotem Leinen gestreift, der ihm bis auf die Oberschenkel reichte. Auf dem halblangen, braunen Haar saß eine wuchtige Haube aus Eisenringen, die in einen eisernen Kragen überging. Die Beine steckten in kurzen, braunen Stiefeln mit umgekrempelten Stulpen.

Spontan sprang Bär Feddersen auf und streckte Axel die Hand hin. »Einfach klasse«, sagte er begeistert. »Genau das schwebte mir vor.«

Axel Rakete lächelte geschmeichelt. »Das zweite Kostüm sieht ganz ähnlich aus«, sagte er. »Nur mit blauem Waffenrock. Aber mal ganz unter uns« – zweifelnd blickte er zu den Schauspielern hinüber, deren Pferde keine Sekunde stehen blieben, seit Kai Jensen weggegangen war –, »meinen Sie, dass einer von denen mit diesem Kostümgewicht reiten kann? Die können sich ja so schon kaum im Sattel halten.«

Auch ohne Axels Bemerkung hatte sich Regisseur Feddersen entschlossen zwei der schwächsten Darsteller nach Hause zu schicken. Prosper, Prosper + Prosper würden ihm die Hölle heiß machen, wenn dieser teure Werbespot nicht gut gelänge!

»Würden Sie denn eventuell einspringen?« Hoffnungsvoll ruhte Feddersens Blick auf dem jungen Reitlehrer.
»Klar, sofort«, freute sich Axel, »und vielleicht« – schwerfällig drehte er sich in seinem Kettenhemd zur Kamera um – »unser Bastian als zweiter Reiter?«
Bastians blonder Stachelkopf, gerade noch über die Kamera gebeugt, schoss hoch. Wie bereits gestern wich er Linse nicht von der Seite. Als Fotofan interessierte Bastian sich brennend für die Arbeit hinter der Kamera. Aber selber mitreiten – das hörte sich natürlich noch verlockender an.
»Na, geh schon.« Aufmunternd klopfte ihm Linse auf die Schulter. »So eine Chance kommt nicht so schnell wieder.«
»Dein blaues Kostüm hängt da drüben, im mittleren Wohnmobil«, sagte Axel Rakete.
Bastian lief sofort los. Er durfte mitreiten! Wahnsinn! Das musste er den Mädchen erzählen! Aus dem Wohnwagen mit der Aufschrift »Garderobe Frauen« drang bereits lautes Gelächter. »Na, ihr Kichererbsen«, rief Bastian durch das gekippte Fenster, »wie lange braucht ihr denn zum Umziehen? Eure Kartoffelsäcke sind doch schnell übergestülpt.«
Die Tür wurde aufgerissen und sechs Mädchen stürmten heraus.
»Vorsicht«, drohte Conny ihrem Reiterfreund im Spaß. »Oder ich hetze meinen Kampftraber auf dich.«
Bastian setzte eine gewichtige Miene auf. »Kein Problem«,

sagte er, »ab sofort trage ich nämlich ein Kettenhemd aus Eisen. Daran würde sich dein Rocky die Zähne ausbeißen.«
Unter lautem Geschrei stürzten sich alle sechs Mädchen auf Bastian, der mit verschränkten Armen lachend seinen Kopf schützte. »Heißt das, dass du mitreiten darfst?« – »Mensch Bastian, einfach super.« – »Cool, Mann.« – »Wir sind stolz auf dich.«
Bastian verschwand strahlend in seinem Wohnwagen und die Mädchen gingen zur Uferböschung, auf der sie bei der ersten Filmszene des Tages sitzen sollten.
»Wahrscheinlich musst du auch noch einspringen, Jule«, prophezeite Conny. »Für Robin Hood. Warte mal, bis der mit seinem Sprung ins Wasser dran ist.«
»So schlecht ist er doch gestern nicht gesprungen«, fand Jule, »und außerdem – du kennst doch meine Eltern. Das würden die nie erlauben. Noch dazu, wenn ich gerade wieder eine Arbeit verhauen habe, wie heute. Übrigens – ich glaube, da kommen die Fahrer für die Kutsche.«
Jule deutete auf zwei Männer um die 50, die zum Regiezelt gingen und auf Bär Feddersen einredeten. Gab es Probleme? Feddersen stand auf und schien nach Kai Jensen Ausschau zu halten. Er nahm sogar seine Sonnenbrille ab. Als der Regisseur den Stallbesitzer nirgends entdeckte, sah er zu den Mädchen am Lottbachufer hinüber.
»Die beiden Fahrer für die Kutsche sind da«, rief er ihnen zu. »Weiß eine von euch, wie die Friesen angespannt werden sollen?« In seiner Frage klang ein Anflug von Ver-

zweiflung mit. »Mit welchem Geschirr, wollen die Herren wissen. Brustblatt oder Kumt oder was?«
Conny lachte in sich hinein. Darauf hatte sie nur gewartet. Sie legte ihre Hände wie einen Trichter vor den Mund. »Kumt-Anspannung mit Liverpoolkandare«, rief sie betont deutlich. Zu gern hätte sie jetzt das Gesicht von Herrn Feddersen gesehen, doch leider war sein Regieunterstand mindestens zehn Pferdelängen entfernt. Aber sie konnte sich auch so vorstellen, dass der Regisseur von ihrer Fachkenntnis tief beeindruckt war. Er musste ja nicht wissen, dass Conny den Begriff erst seit fünf Minuten kannte. Herr Jensen hatte ihr die »Kumt-Anspannung« vorhin eingeschärft, bevor er kurz weggehen musste.
»Gut, dass es so trocken ist«, rief ein Fahrer laut zurück. »Ein bisschen wenig Platz zum Wenden. Wenn der Boden feucht wird, läuft hier nichts mehr mit der Kutsche.«
Conny registrierte noch, wie Herr Feddersen einen raschen Blick zum Himmel warf und beruhigt nickte.
Zunächst sah alles danach aus, als ob die Dreharbeiten tatsächlich an dem Mittwoch abgeschlossen werden könnten. Die Mädchen wurden in der nächsten Stunde nicht gebraucht und konnten nun im Regiezelt den weiteren Ablauf verfolgen.
Axel Rakete und Bastian ritten in ihren schweren Kettenhemden rechts und links von dem schwarzen Friesengespann. Die erfahrenen Kutschenfahrer lenkten die Pferde mit Jensens umgebauter Hochzeitskutsche ohne Probleme.

Ankum und Brinkum sahen klasse aus mit ihrem glänzenden Fell und der lockigen Mähne. Sobald Robin Hood auf die Kutsche zugaloppierte, schob Linse seine Kamera auf Schienen hinter dem Pferdewagen her.
Robin Hood musste rufen: »Waffeln oder Leben!« Darauf die Kutschenbesatzung: »Bitte nicht die Waffeln! Nehmt all unser Gold.« Robin Hood stieß dann die Truhe mit Goldstücken von der Kutsche und griff nach dem Sack mit Waffeln. »Ha, das könnte euch so passen! Her mit den Räuberwaffeln!«
»Das ist alles ganz gut, aber eine Idee zu brav«, meinte Herr Feddersen. Er sah zu, wie seine Mitarbeiter die auf dem Boden liegenden Münzen aufsammelten, die aus der Kutsche gefallen waren.
»Die Friesen vor der Kutsche ... können die nicht scheuen, wenn die Räuber sie überfallen? So richtig vorne hochgehen«, schlug er vor. »Steigen nennen Sie das, oder?«, verbesserte er sich, als Kai Jensen ihn unheilvoll schweigend ansah. »Ungefähr so!« In Ermangelung von Vorderbeinen riss der Regisseur seine Arme hoch und wieherte laut.
Herr Winkelmann schob seine Kopfhörer nach hinten und mischte sich ein. »Ja, wiehern wäre wichtig.« Der Tonmeister spielte mit einer Hand an seinen Kontrolltasten herum, mit der anderen an seinem Walrossschnurrbart. »Richtig wild. Und zwar in dem Augenblick, wenn die Pferde vorne hochgehen!«
Einen Moment lang herrschte angespannte Stille. Die Mäd-

chen hielten den Atem an. Würde Herr Jensen den Regisseur packen und in den Lottbach werfen?

»Das glaubt einem doch keiner«, raunte Conny ihrer Freundin zu, »wenn man das erzählt. Aber ich habe es gleich gewusst: Wer Kraniche vom Nest verjagt, der misshandelt auch Pferde.«

Und das alles wegen einer Zitronenwaffel!

»Hören Sie zu«, sagte Herr Jensen und jeder merkte, dass es ihn übermenschliche Anstrengung kostete, ruhig zu bleiben. »Das hier ist kein Zirkus. Was glauben Sie, was passiert, wenn wir die Pferde erschrecken? Die rennen hier in Panik alles über den Haufen!« Der Stallbesitzer deutete mit einer ausholenden Handbewegung an, wie platt danach alles aussehen würde. Grimmig setzte er hinzu: »Dann können Sie morgen alle aus der Schnabeltasse frühstücken. Wenn Sie überhaupt noch frühstücken können . . .«

Es sah ganz so aus, als ob sich beide Seiten richtig in die Haare geraten würden.

»Sie haben schließlich bei mir normale Schulpferde gebucht«, grollte Herr Jensen weiter. »Wenn Sie Pferde wollen, die auf Kommando steigen, müssen Sie sich an Tiertrainer wenden. Bei denen kriegen Sie auch Pferde mit eingebauten Zauberkunststücken.«

Kai Jensen ging zu dem Friesengespann, das neben ihm angehalten hatte. »Muss dieses Steigen denn wirklich sein?« Beim Anblick seiner prächtigen Pferde verflog Jen-

sens Ärger und sein Blick wurde mild. »Diese beiden schicken Kerle hier sind doch hervorragend für Ihre Zwecke.«
Ankum drehte seinen Kopf, so weit das mit dem Lederzeug möglich war, und leckte dem Stallbesitzer über die Hand.
Die Vertrauensgeste von Ankum rührte Bär Feddersen. »Der *schicke Kerl* will sich wohl für das Kompliment bedanken«, lächelte er. Er wollte Kai Jensen ja nicht beleidigen. Das Steigen war ihm nur so spontan eingefallen. Nötig war es wirklich nicht. Aber etwas mehr Spannung wäre trotzdem nicht schlecht.
»Wir könnten etwas schräger von der Seite herangehen«, schlug Linse vor. »Dann kommt mehr Drive rein.«
»Meinetwegen«, stimmte Bär Feddersen zu. »Angucken schadet nicht.« Laut rief er: »Alles wieder auf Anfang!«
Linse beugte sich über die Kamera und Lampe machte sich an seiner Beleuchtung zu schaffen. »Maske« hüpfte mit einer Puderdose zwischen den Darstellern umher und tupfte jedem Puder auf Nase, Kinn und Stirn.
Zwanzig Minuten später konnte erneut gedreht werden. Wie bestellt flatterte plötzlich eine Taube aus dem Gebüsch hoch und Ankum und Brinkum erschraken tatsächlich ein bisschen. Gerade so viel, dass es im Bild dramatisch wirkte, aber zu wenig, dass ein Chaos entstand.
»Die Szene ist im Kasten.« Zufrieden hakte Bär Feddersen sie auf seinem Plan ab. Er sah auf die Uhr. Viel Zeit blieb

ihnen nun nicht mehr. Aber er musste heute unbedingt fertig werden.

»Robin Hood bitte mit Pferd in den Lottbach! An der rot markierten Birke. Wir drehen jetzt den Galopp durchs Wasser.«

»Moment mal, Bär.« Pia Lindau tippte ihm auf die Schulter. »Das kleine Mädchen, das die Schlussszene sprechen soll . . .«

Ungeduldig drehte der Regisseur sich um. »Bitte, Pia, was ist denn noch? Wir drehen gerade . . .«

Das Skriptgirl verdrehte die Augen. »Ja, aber es ist wichtig. Die Mutter hat vorhin abgesagt. Windpocken!«

Bär Feddersen griff sich an die Stirn. Aus der Traum, heute fertig zu werden. »So eine Pleite«, stöhnte er. »Versuch sofort, über die Casting-Agentur ein neues Mädchen zu kriegen. Du kennst ja den Typ: etwa zehn Jahre alt, zierlich, braune Augen, dunkles Haar.« Und: »Natürlich möglichst noch heute«, rief er Pia Lindau hinterher.

5. Kapitel

Robin Hood wird nass

Jule, Conny, Luisa und die anderen Mädchen mussten wieder ihren Stammplatz auf der Uferböschung einnehmen. Robin Hood sollte durchs Wasser direkt auf sie zugaloppieren. Mit zusammengepressten Lippen verfolgte Jule, wie ihre Sally jetzt mit Robin Hood ein Stück weiter unten die Uferböschung hochkletterte. Auf der anderen Seite tastete die Stute sich vorsichtig Schritt für Schritt hinunter.

»Lassen Sie die Zügel länger«, rief Jule und sprang auf. »Sie muss sich doch ausbalancieren.« Robin Hood gehorchte und kam sicher im Lottbach an. Auf ein Zeichen der Regie galoppierte er mit dem Waffelsack in der Hand vierzig Meter durchs Flussbett auf die Mädchen zu. Malerisch spritzte das Wasser rechts und links hoch.

»Sehr schön«, sagte Jule zufrieden und setzte sich wieder.

»Aus! Das Kind darf nicht sprechen«, murrte Herr Winkel-

mann wütend. »Das hört man später im Film.« Ungehalten zupfte er an seinem Schnurrbart.
Das Kind! Jule war zwölf!!! »Ich liebe Erwachsene«, sagte sie, »besonders erwachsene Walrosse.«
Der Galopp war schnell im Kasten. Nun kam die entscheidende Szene, die beim Werbespot in Großaufnahme gezeigt werden sollte: Robin Hood springt mit seinem Pferd ins Wasser. Herr Jensen hatte dafür eine Stelle in der Böschung ausgesucht, wo sie nur schmal war und nicht höher als ein Küchenstuhl. Eigentlich ein lächerliches Hindernis – wenn der Aufsprung nicht mitten im Wasser gelegen hätte. Pferde springen nur dann ins Wasser, wenn sie dem Reiter völlig vertrauen. Und von Vertrauen zwischen Robin Hood und Sally konnte nach zwei Tagen natürlich noch keine Rede sein.
Eindringlich erklärte Kai Jensen dem Schauspieler das Problem. »Sie müssen Sally treiben und energisch auf das Hindernis zureiten«, schärfte er ihm ein. »Bloß nicht zögern, dann verweigert sie.«
»Drückt alle die Daumen«, flüsterte Jule ihren Freundinnen zu, »dass er es schafft. Komm, Mäuschen.«
»Szene 7, die erste.«
Mäuschen begann schon drei Pferdelängen vor dem Absprung zu tänzeln. »Beine ran«, brüllte Kai Jensen.
»Szene 7, die zweite.«
Robin Hood schaffte es diesmal bis kurz vors Hindernis, doch dann brach Mäuschen blitzartig zur Seite aus und

trabte auf eigene Faust am Wall entlang. Robin Hood war völlig überrumpelt worden und im Sattel zur Seite gerutscht. Jetzt klammerte er sich in Sallys Mähne fest und versuchte sein Gleichgewicht wieder zu finden.

»Eure Pferde sind mit allen Wassern gewaschen, was?«, sagte Herr Feddersen mit einem leichten Anflug von Panik, denn die Zeit lief ihm weg. »Die kennen wirklich jeden Trick bei schwachen Reitern.«

»Szene 7, die dritte.«

Das Lächeln von Robin Hood fiel schief aus und passte dadurch hervorragend zu seiner verrutschten Kopfbedeckung. Er rückte die grüne Kappe zurecht, ließ sich von »Maske« Puder ins Gesicht stäuben und setzte sich energisch in den Sattel. Jetzt oder nie, hieß sein Blick.

Der Sprung klappte – aber leider ohne Mäuschen.

Direkt vor dem schmalen Erdhügel rammte Sally aus vollem Galopp alle vier Beine in den Boden und verweigerte. Robin Hood, der überhaupt nicht auf so etwas vorbereitet war, flog in hohem Bogen in den Lottbach. Als er sich stolpernd wieder aus dem knietiefen Wasser aufrappelte, sah er so bezaubernd aus wie eine nasse Katze. Die Filzkappe färbte ab und schmale, grüne Rinnsale liefen Robin Hood übers Gesicht. Ein Außerirdischer, nach einer Bruchlandung auf der Erde, könnte nicht schauriger aussehen.

»Zuletzt habe ich so einen eleganten Sturz bei den Olympischen Spielen gesehen«, bemerkte Kai Jensen trocken und sprang über den kleinen Wall, um Robin Hood zu

Hilfe zu kommen. Gott sei Dank war ihm nichts passiert – wenn man davon absah, dass er triefte wie Wäsche, die ohne Schleudergang aus der Waschmaschine kommt. Kai Jensen half dem Chefräuber aus dem Lottbach und kletterte mit ihm die Böschung hinauf.
Der Sturz hatte für die Außenstehenden ganz lustig ausgesehen, aber Kai Jensen konnte nicht darüber lachen. Das Filmteam kriegt ja einen feinen Eindruck von meinen Schulpferden, dachte er und beschloss den Sprung ins Wasser von Jule wiederholen zu lassen. Die Blamage musste ausgebügelt werden.
»Zeig mal, wie gut Sally springen kann«, forderte er Jule mit beschwörendem Augenzwinkern auf. Sie hatte ihr »Mäuschen« längst wieder eingefangen.
»In diesen Stofffetzen?«, fragte Jule zweifelnd. Sie trug noch das Kostüm »mittelalterliches Kind«. Das ging natürlich nicht.
»Im Stall werden sich ja wohl Stiefel finden lassen«, sagte Herr Jensen. Endlich bekamen die Killerbienen Gelegenheit mitzuhelfen. Seit einer halben Stunde hingen sie wie gestern nutzlos über dem Weidezaun und schmachteten die Schauspieler an. Herr Jensen schickte zwei Killerbienen in den Stall, um für Jule Stiefel und Kappe zu holen.
Zehn Minuten später saß Jule im Sattel. »Mäuschen« würde mit ihr, ohne Theater zu machen, springen, da war sie sich ganz sicher. Schließlich hatten sie mit Herrn Jensen genau an dieser Stelle wochenlang Springen für den Rei-

terpass geübt. Trotzdem klopfte Jules Herz bis zum Hals. Immerhin guckte das gesamte Filmteam gespannt zu und die Killerbienen auch.

Jule trabte mit Sally einmal um die Wiese herum, galoppierte dann an, fand den idealen Punkt zum Abspringen – die Stute flog mit gestrecktem Körper über den Wall und landete weich im Flussbett. Jule strahlte über das ganze Gesicht. »Super gesprungen, Mäuschen«, flüsterte sie voller Freude.

Das fand auch Bär Feddersen, der von seinem Regiezelt zusah. »Ein wunderschönes Bild«, seufzte er, »dieser Sprung durch das rote Licht. Ich wollte, das Mädchen wäre achtzehn.« Er sah Kai Jensen gequält an. »Und ich hätte keinen Vertrag mit Robin Hood unterschrieben.«

Die letzten Worte flüsterte er fast, denn Robin Hood näherte sich, um zu erfahren, wie Bär Feddersen sich den weiteren Filmablauf vorstellte. »In diesen triefenden Sachen kann ich nicht mehr reiten«, gab der nasse Reiter zu bedenken, »und dieses Kostüm ist vor morgen früh bestimmt nicht . . .«

»Ja, schon gut.« Der Regisseur unterbrach ihn fast schroff. »Ein Missgeschick kann jedem mal passieren. Aber was ich Ihnen übel nehme, sind Ihre falschen Angaben in der Kartei. Dass Sie springen können, ist ja wohl leicht übertrieben. Ihretwegen verzögern sich die Dreharbeiten.« Er rundete seine Standpauke mit dem Zusatz ab: »Und schieben Sie es bloß nicht aufs Pferd! Sie haben ja gesehen, dass die Holsteiner Stute den Sprung einwandfrei beherrscht.«

Wie ein begossener Pudel schlich Robin Hood zum Wohnwagen, um sich trockene Sachen anzuziehen. Selbst von hinten sah er kläglich aus, wie er so gebückt davonkroch, eine grüne Tropfenspur hinter sich herziehend.
»Nun zerreißen Sie ihn mal nicht«, beschwichtigte Kai Jensen, dem der glücklose Schauspieler plötzlich Leid tat. »Ich sagte ja, das Pferd muss bei solchen Wassersprüngen Vertrauen zum Reiter haben. Wenn Sie mal wieder solche Filme drehen, sollten Sie vorher Fachleute fragen, was überhaupt machbar ist. Ich hätte Ihnen von dieser Szene abgeraten.«
Der Regisseur wiegte den Kopf. »Wahrscheinlich haben Sie Recht«, gab er zu, »aber bei der Räuberwaffel muss ich mich jetzt an die abgesprochene Fassung halten. Wie ist es – kann ich Ihre Pferde noch einen Tag länger mieten? Wir müssen den Donnerstag dranhängen.«
Das hatte Kai Jensen schon befürchtet. »Aber nur bis zum Nachmittag«, sagte er. »Die Abendkurse kann ich auf keinen Fall verschieben.« Er machte eine Pause und deutete auf den grau verhangenen Himmel. »Können Sie eigentlich auch bei Regen drehen?«
»Malen Sie nicht den Teufel an die Wand«, stöhnte Herr Feddersen und warf einen abschätzenden Blick auf die dunklen Wolken, die sich über ihnen zusammenballten. »Nein, natürlich nicht. Höchstens die Nahaufnahmen in meiner Schlussszene. Aber nicht mal das klappt. Das Kind, das ich dafür einsetzen wollte, hat Windpocken.«

Der Tag schien ein unbefriedigendes Ende zu nehmen.
Die Schauspieler wurden nach Hause geschickt, die Kutschenfahrer auch, die Pferde durften zurück in den Stall, die Killerbienen verschwanden zögernd.
Die Mädchen, noch in ihren Kostümen, kauerten unter dem Regiezelt. Zusammen mit Bastian, Bär Feddersen, Maske, Linse und Lampe tranken sie Cappuccino und Cola. Herr Winkelmann blieb bockig an seinem Tontisch sitzen und nippte an lauwarmem Fencheltee. Sein Magen machte ständig Probleme – kein Wunder, denn das Walross ärgerte sich über jede Kleinigkeit. Niemand arbeitete mehr, bis auf Pia Lindau und Luisa, die auf Klapphockern über ihre Notizbücher gebeugt saßen.
»Wenn wir wenigstens ein Mädchen für den Schlusstext gefunden hätten«, brummte der Regisseur, »dann wäre mir entschieden wohler.« Er wandte sich den Jugendlichen zu. »Kennt ihr kein zehnjähriges Mädchen, das schnell einspringen kann? Dunkler Typ, langes Haar, hübsch.«
Bastian lachte amüsiert. »Wieso suchen Sie danach?«, fragte er erstaunt. »Das Mädchen sitzt doch direkt vor Ihnen! Luisa Steffen!«
Alle Augen richteten sich auf einmal auf Luisa. Mit hochrotem Kopf blickte sie von ihrem Heft auf und biss sich verlegen auf die Lippen.
Bär Feddersen ließ seine Hand mit der Cappuccinotasse sinken, legte seinen Kopf schief, kniff die Augen zusammen und musterte Luisa mit den Augen eines Regisseurs.

Ein hübsches Mädchen mit ausdrucksvollen, braunen Augen. Das lange, schwarze Haar, das Luisas zierliches Gesicht umrahmte, war für ihre Rolle als mittelalterliches Kind mit Hanfbändern an den Seiten zusammengebunden.
»Wunderbar, Bastian!« Bär Feddersen sprang auf. Warum war ihm Luisa nicht selber aufgefallen? Die ideale Besetzung! Genau der Typ, den Prosper, Prosper + Prosper für die Räuberwaffel suchten.
»Na, Luisa, hast du Lust?«, fragte er aufmunternd. Und dann: »Herr Winkelmann, können wir noch mal . . .?«
Lampe und Linse standen ebenfalls auf und machten sich an ihren Geräten zu schaffen.
Zunächst wurde eine Tonprobe gemacht. Luisa musste sagen: »Nur echt mit Robin Hood.« Ihre klare Stimme eignete sich großartig. Dann der Probelauf. Luisa saß in ihrem Jutekostüm im Gras, hielt die Waffelpackung ins Bild und sagte verschmitzt in Szene 11: »Nur echt mit Robin Hood.« Dann zeigte sie auf den auseinanderziehbaren Verschluss und fuhr mit dem Text für Szene 12 fort, ohne sich zu versprechen: »In der praktischen Wiederverschlussfolie.«
Bastian durfte für die Originalaufnahmen die Klappe betätigen, weil der Kameraassistent schon weggefahren war. Szene 11 klappte im dritten Versuch. Bär Feddersen lobte Luisa überschwänglich und beteuerte, bis zu zehn Wiederholungen seien bei Profis normal.
»Weiter so«, feuerte er sie an, »dann sind wir gleich durch.«

Die Wolken türmten sich unheilvoll auf, aber dank Lampes Beleuchtungstricks konnte Linse weiterdrehen.
Bastian trat mit seiner Klappe vor das Objektiv der Kamera.
»Szene 12, Klappe 1.«
»Kamera ab«, sagte Bär.
Luisa deutete auf die Waffelverpackung. »In der praktischen Wiederverschließfolie«, sagte sie sauber und mit gewinnendem Lächeln.
»Verschluss«, stellte Herr Feddersen richtig. »Sonst war es prima. Aber denk an *schluss.* Wiederver*schluss*folie. Nicht *schließ.*«
Luisa nickte. »Klar.«
»Szene 12, Klappe 2.«
»In der praktischen Wiederkehrbus. . . Mist.«
»Szene 12, Klappe 3.«
»In der praktischen Fliederbeerschuss. . .«
». . . Klappe 4.«
»Wiederverdruss . . .«
»Klappe 5« »Klappe 6« »Klappe 7« »Klappe 8« »Klappe 9«.
Luisas Augen schimmerten feucht.
»Ich kriege dieses blöde Wort nicht hin.« Verzweifelt schüttelte sie den Kopf. »Warten Sie doch lieber auf das Windpockenmädchen«, sagte sie unglücklich.
Aber das wollte der Regisseur nicht. Luisa gefiel ihm hervorragend in der Rolle. Nur Pech, dass sie sich so in diesen dummen Versprecher hineinsteigerte. Was konnte er bloß tun?

Etwas ratlos sah er zu Bastian hinüber, der ihm stumme Zeichen machte, die er nicht verstand. Schließlich kam Bastian auf ihn zu, schlenderte wie zufällig vor dem Regiestuhl auf und ab und flüsterte Herrn Feddersen unauffällig ein paar Sätze zu. Dessen Miene hellte sich auf.
»Pass auf, Luisa«, sagte der Regisseur und beugte sich vor. »Das ist nicht die echte Szene, die wir hier drehen. Ich brauche den Filmschluss nur zum Vorzeigen bei der Firma Prosper. Das Windpockenmädchen spricht den Text natürlich später noch einmal.«
Erleichtert atmete Luisa auf. »Warum haben Sie das nicht gleich gesagt? Dann ist es ja gar nicht schlimm, wenn ich mich verspreche?«
»Überhaupt nicht«, beteuerte Bär Feddersen. »Aber so ungefähr muss es natürlich stimmen. Versuch es einfach noch mal.«
»Szene 12, Klappe 10.«
»Kamera ab.«
Luisa strahlte frisch nachgepudert in die Kamera. »In der praktischen Wiederverschlussfolie«, schnurrte sie fehlerfrei herunter.
»Okay, im Kasten«, freute sich Linse. Sogar Herr Winkelmann fand nichts auszusetzen.
»Jetzt brauchen wir noch die Zustimmung eines Erziehungsberechtigten«, sagte Herr Feddersen, »dass du diese Rolle übernehmen durftest.«
Luisa, die jetzt wieder fröhlich und entspannt wirkte wie

immer, stemmte ihre Arme in die Seiten. »Was? Haben Sie mich etwa beschwindelt?«
Bastian und Bär Feddersen zwinkerten sich zu. »Vielleicht ein ganz kleines bisschen«, räumte Herr Feddersen gut gelaunt ein. »Eine winzige Notlüge.«
Sie blieben alle noch ungefähr eine halbe Stunde beisammen, stießen mit Saft auf Luisas gelungenen Auftritt an, knabberten Räuberwaffeln und räumten die Reste zusammen. Jule ging danach noch mit Sally zum Grasen, die anderen fuhren nach Hause.
Doch dieser Mittwoch war noch nicht zu Ende.
Als Conny nach Hause kam, ging sofort die Haustür auf und Jutta Clasen erschien an der Treppe, noch bevor Conny geklingelt hatte. Wahrscheinlich hatte ihre Mutter gehört, wie sie mit dem Fahrrad die Gartenpforte aufgestoßen hatte.
»Guck gleich mal in die Zeitung«, empfing Frau Clasen ihre Tochter. Ihre Stimme hörte sich nicht gerade glücklich an. »Die liegt bei Vati, am Telefon.«
Ulli Clasen saß mit angezogenen Beinen auf dem rostbraunen Ledersofa im Wohnzimmer und telefonierte. Als Conny hereinkam, wies er mit dem Ellenbogen auf den aufgeschlagenen *Blitzkurier* neben sich. Der *Blitzkurier?* Conny zog die Nase kraus und sah ihren Vater fragend an. Dieses Blatt wurde doch sonst nicht bei ihnen gelesen. Ungeduldig tippte Ulli Clasen mit dem Zeigefinger auf die riesige rote Schlagzeile auf Seite 3. Sie lautete: *Waffelkönig rettet Kranichbabys.*

Conny ließ sich aufs Sofa plumpsen und überflog den Artikel. Eckart Prosper schilderte darin in dramatischen Worten, wie er die Dreharbeiten für die Räuberwaffel gestoppt hatte, als er von dem Kranichnest erfuhr. Prosper stellte sich als großer Naturschützer dar. Mit herzzerreißenden Worten beschrieb er, wie sehr ihm die Kranichbabys am Herzen lagen. Dann folgte eine genaue Beschreibung des Erlenmoors.

»Oh nein.« Laut aufheulend hielt sich Conny die Zeitung vors Gesicht. Wie konnte man dieses Gebiet nur so glasklar beschreiben? Hunderte von Neugierigen würden kommen! Und genau das schaffen, was man verhindern wollte – die scheuen Kraniche vom Nest vertreiben.

Der Bericht endete mit *DANKE, ECKART PROSPER!*, in Großbuchstaben.

Ja, wirklich – danke, Eckart Prosper!

Die Angst vor Schaulustigen war auch der Grund, warum Connys Vater mit Jens Witt vom Vogelbund telefonierte. Conny konnte es kaum erwarten, bis er fertig war. »Was wollt ihr denn jetzt tun?«, fragte sie gespannt, als Ulli Clasen endlich den Hörer auf die Gabel warf.

»Kranichschutz, rund um die Uhr, so wie im Kleinmoorstedter Bruch«, antwortete ihr Vater achselzuckend. »Die Frage ist nur, wie wir so schnell die nötigen Leute dafür zusammentrommeln. Jens Witt fährt heute Abend noch hin. Er will einen Bauwagen aufstellen, in dem wir Wache schieben können. Ich werde auch einige Schichten übernehmen. Und Jutta.« Mit Jutta meinte er Connys Mutter, die wie er in der Umweltgruppe arbeitete.

»Und ich? Oh, bitte, Vati, lass mich auch mitmachen.« Connys Ärger war in kribbelnde Aufregung umgeschlagen. »Ich habe die Kraniche schließlich entdeckt.« Kranichschutz – das hörte sich spannend an. Fast so wie »Dreharbeiten«.

Ulli Clasen legte seinen Arm um Connys Schultern. »Mal sehen«, sagte er lächelnd. »Aber denk daran, dass du auch für den Werbefilm Zeit haben musst, schließlich hast du zugesagt. Außerdem gibt es da noch eine Beschäftigung, die mit Hausauf... anfängt, wenn ich mich nicht irre!«

6. Kapitel

Geheimaktion Kranich

Conny erwachte am Donnerstagmorgen davon, dass schwere Tropfen gegen das Schlafzimmerfenster prasselten. Das Erste, was ihr durch den Kopf schoss, war die Bewachungsaktion für die Kraniche, und das machte sie sofort hellwach.

Wenn heute nicht gedreht werden konnte, durfte sie mit zum Erlenmoor. Das hatte ihr Vater gestern Abend versprochen. Conny richtete sich auf und versuchte ein Stück Himmel zu sehen. Dicke Regenwolken, so weit sie gucken konnte. Nicht gerade das Lieblingswetter von Bär Feddersen. Das Filmen konnte er heute vergessen.

Gar nicht schlecht, dachte Conny zufrieden. Die Filmpause hatte zwei Vorteile: Erstens gehörte ihr Rocky dann mal wieder ganz allein. Und zweitens konnte sie nachmittags zu den Kranichen! Für einen verregneten Maidonnerstag eigentlich ziemlich gute Aussichten. Nur ärgerlich, dass der gesamte Vormittag durch Schulstunden blockiert war.

Womöglich war der Englischlehrer wieder gesund und holte die Klassenarbeit nach? Das wären dann allerdings ziemlich schlechte Aussichten.
Die Versuchung war groß, das Programm *diffuse Oberbauchbeschwerden* abzuspulen, das Conny perfekt beherrschte. Dahinter konnte alles stecken – vom verdorbenen Magen bis zum Blinddarm, von Gallensteinen bis zum Schulstress. Kein Arzt würde es wagen, ein Kind mit diffusen Oberbauchbeschwerden in die Schule zu schicken. Den Trick mit den »ungenauen Bauchschmerzen« hatte ihr eine Arzttochter aus ihrer Klasse verraten. Gegen eine angemessene Gebühr, versteht sich. Aber krankfeiern hieß auch: kein Stall, kein Rocky, keine Kraniche.
Seufzend verwarf Conny den Krankheitsplan und stieg aus dem Bett. Wenn ihr Englischlehrer einen Funken Anstand besaß, würde er nicht schon nach einem Krankheitstag wiederkommen und seine Klasse mit Arbeiten belästigen. Connys Lehrer besaß die Fairness zu fehlen.
Nach Schulschluss goss es weiterhin wie aus Kübeln und auch dann noch, als Conny gegen fünfzehn Uhr zum Reiterhof Birkenhain fuhr. Während sie sich in der Eingangstür aus der Regenjacke pellte, fiel ihr Blick auf einen Zettel am schwarzen Bett: »Die Dreharbeiten werden verschoben. Neuer Termin: Samstag, acht Uhr morgens.« Na also! Conny schlug die nasse Jacke am Eingang zur Reithalle aus und wunderte sich, dass zwei Hindernisse aufgebaut waren. Der Reitunterricht fing doch erst in einer

Stunde an? Ob Jule mehr wusste? Ihre Freundin machte sich bereits in Sallys Box zu schaffen.
»Wer will denn jetzt springen?«, erkundigte sich Conny.
Jule hob den Sattel an und ließ ihn vorsichtig auf Sallys Rücken herunter. »Du wirst es nicht glauben.« Sie bückte sich nach dem Sattelgurt, nahm ihn hoch und zog die Lederenden durch die Schnalle. »Robin Hood nimmt Einzelstunden bei Herrn Jensen. Bis Samstag will er sich noch steigern. Immerhin, gute Absichten.«
»Scheint dein Mäuschen aber gar nicht so zu sehen«, stellte Conny grinsend fest. In der Tat – Sally wirkte verärgert. Die Stute hatte, wie alle Schulpferde, ein untrügliches Gedächtnis dafür, wann der Zeitpunkt für den täglichen Unterricht gekommen war. Und jetzt war er eben noch nicht da. Jule drückte ihr liebevoll einen Kuss auf die breiten, braunen Backen. »Du willst doch berühmt werden, Mäuschen«, sagte sie eindringlich, »dafür muss man mal eine Sonderschicht einlegen.«
Sally sah nicht so aus, als wolle sie dringend berühmt werden. Sie fügte sich aber seufzend in ihr Schicksal, als Robin Hood kurz darauf mit Herrn Jensen erschien und Jule sie in die Reithalle führte.
Conny schlenderte die Stallgasse weiter hinunter. Mit gesenkten Köpfen standen die Pferde in ihren Boxen und knabberten Stroh. Conny war bei ihrem Traberwallach angekommen. Sein Zuhause lag zwischen den Boxen von Nappo, dem Haflinger, und Ole, dem Fjordpferd.

»Hallo, Rocky, mein Süßer«, sagte Conny. Der schwarze Traber fraß ungerührt weiter. Stattdessen begrüßte Nappo das Mädchen mit freudigem Wiehern.

Wie elektrisiert schoss Rockys Kopf beim ersten Wieherton hoch. Sofort warf sich der Traber krachend gegen die Trennwand, die Ohren drohend angelegt. »Wag es nicht noch mal, meinem Lieblingsmenschen zuzuwiehern«, warnten Rockys angelegte Ohren, »oder ich zerfetze dir dein rotes Fell, dass dich deine eigene Haflingermutter nicht mehr erkennt.«

Dann wechselte Rocky zur anderen Seite der Box und donnerte einen Hinterhuf gegen die Holzwand. Das war seine liebenswürdige Art, dem Fjordpferd Ole mitzuteilen, dass für ihn etwas Ähnliches galt. Ole hatte nämlich die Dreistigkeit besessen, Conny freundlich zuzuschnauben.

Nachdem die Besitzverhältnisse geklärt waren, nahm Rocky sich Zeit, sein Lieblingsmädchen prustend zu begrüßen.

Leise in sich hineinlachend, hockte sich Conny vor seiner Box nieder. Sie genoss es irgendwie, auf welch merkwürdige Weise Rocky seine Zuneigung zeigte. Der eifersüchtige Traber steckte den Kopf durch die Stäbe und drückte seine Nüstern auf ihr blondes Haar. »Schön, dass du da bist«, hieß das.

Conny war überzeugt jedes Wort der Pferdesprache zu verstehen. Irgendwann wollte sie ein Buch darüber schrei-

ben, viel Geld damit verdienen und dann den Reiterhof Birkenhain kaufen. Conny träumte mal wieder ihren Lieblingstraum – Jensens Stall zu besitzen.
Ha, sie wusste schon, wen sie als Erstes vor die Tür setzen würde! Ein paar Erwachsene standen ganz oben auf ihrer Abschussliste. Und dann natürlich die Gerlach-Zwillinge und Imke Zavelstein. Die drei waren genauso alt wie Conny, nämlich zwölf, aber sie konnten schon fast solche Nervensägen sein wie Erwachsene. Darum hießen sie in Connys Clique nur »die Nervis«. Natürlich – man hätte sie wie Luft behandeln können. Aber sobald sie auftauchten, gab es automatisch Unruhe. Unmöglich, sie einfach zu übersehen. Was für ein Glücksfall, dass die drei bis nächste Woche auf Klassenreise waren!
Conny hatte ihren Gedanken noch nicht zu Ende gedacht, als sie drei Gestalten in der Stallgasse auftauchen sah. Mit ungläubig geweiteten Augen erkannte Conny beim Näherkommen die beiden blonden Mädchen und die kleine Schwarzgelockte – es waren die Nervis. Direkt dahinter erschienen Bastian und Luisa, die in stummer Verzweiflung die Hände rangen.
Das durfte doch nicht wahr sein! Unwillig stand Conny auf und schob sachte Rockys Maul beiseite.
»Wieso seid ihr nicht auf Klassenreise?« Finster starrte sie die Zwillinge und Imke an. Die waren doch garantiert früher zurückgekommen, weil sie Wind von dem Werbefilm gekriegt hatten! Bestimmt durch die Killerbienen! Na-

türlich, die versorgten ja im Moment die Pferde der Nervis – Godewind, Nordlicht und Deichgraf.
»Pah, wir haben uns krankgemeldet«, gab Imke Zavelstein patzig zurück. »Wir wollten uns nicht entgehen lassen, wie ihr in Kartoffelsäcken ausseht. Und außerdem wollen wir auch mitspielen.« Seit zwei der Mädchen in einem winzigen Werbespot für Zahncreme mitgemacht hatten, warteten sie praktisch täglich auf Filmangebote aus Hollywood.
»Ihr könnt nicht mehr mitspielen«, stellte Luisa entschieden fest. »Wir sind fast fertig.«
Ärgerlich blickte Mia-Mathilde Gerlach auf die zehnjährige Luisa herunter. »Das wird ja wohl so ein Baby wie du kaum entscheiden können«, fauchte sie. »Genau«, sagte ihre Zwillingsschwester Dina-Dorothee und fügte neugierig hinzu: »Was ist das übrigens für ein Typ, der mit Sally Springstunde macht? Einer vom Film?«
Bastian verzog den Mund zu einem breiten Grinsen. »Klar«, nickte er und schob die Hände in seine Jeanstaschen. »Ein wichtiger Mann. Er sucht die klügsten Zwillinge Norddeutschlands – anscheinend weiß er, dass ihr heute zurückkommt.«
Die Gerlachs blinzelten Bastian erst ungläubig, dann wütend an. Weil ihnen offensichtlich keine passende Antwort einfiel, drehten sie sich auf dem Absatz um und verschwanden nach draußen zu ihren Pferden. Imke hinterher.

»Na super.« Luisa ließ sich auf einen Strohballen fallen. »Armer Bär Feddersen . . .«

»Die Nervis werden ihm den letzten Nerv rauben«, ergänzte Bastian. »Als ob unsere Mücke ihn nicht schon genug aufgeregt hat mit ihren Kranichen . . . Ach ja«, er zog Conny am Ärmel. »Hast du gestern die haarsträubende Geschichte gelesen? Im *Blitzkurier?* Mit Prosper und den Kranichen?«

Conny winkte ab. »Ein Skandal, sage ich dir. Die vom Vogelbund müssen jetzt das Nest rund um die Uhr bewachen und Neugierige abwimmeln. Mein Vater hilft auch mit.« Sie senkte den Kopf und beugte sich nahe zu Luisa und Bastian. »Ich darf auch Wache halten«, flüsterte sie. »Aber nicht weitersagen, außer zu Jule. Cool, nicht?«

Conny befreite Rockys Box sorgfältig von Pferdeäpfeln, wischte seine Tränke aus, schüttete ihm ein Kilo Möhren in die Krippe und machte sich dann mit dem Fahrrad auf den Weg zum Erlenmoor.

Zunächst ging es über die bekannten Wege, entlang an Birkenwäldern, Kieferngruppen und Heckenrosen. Das Rad ließ sich nur mühselig in der Spur halten, denn die Sandwege waren schwer und tief geworden. Immerhin regnete es jetzt nicht mehr Bindfäden, sondern es nieselte nur noch ganz fein.

Der frische Duft von jungem Grün und Waldboden erfüllte die Luft. Herrlich, so ein Frühlingstag, auch bei Regen. Conny atmete die unbeschreibliche Mailuft tief ein. Es machte ihr nicht einmal etwas aus, dass sie sich zweimal verfuhr, nachdem die beschilderten Reitwege aufgehört hatten. Aber schließlich erkannte Conny die schaurig-romantische Landschaft wieder. Als dann noch ein schmetternder Kranichruf zu ihr herüberdrang, war sie ganz sicher. Etwas später entdeckte sie einen blauen Bauwagen. Er stand in der Senke, in der sie sich am Montag mit dem Filmteam getroffen hatten.

Als Conny näher herankam, sah sie ein Auto am Rand des Gebüsches und das Mountainbike ihres Vaters. Aus dem Bauwagen drangen Männerstimmen. Knarrend öffnete sich die klemmende Tür und der dunkle Kopf von Jens Witt, dem Vogelkundler, schob sich durch den Spalt.

»Uns entgeht niemand, wie du siehst«, sagte er lächelnd und hob sein schweres Fernglas an. »Jeder Spaziergänger wird von uns schon von weitem aufgespürt.«

»Und was machen Sie dann mit ihm?«, fragte Conny statt einer Begrüßung.

Jens Witt deutete auf den kleinen Erlentümpel. »Wir erklären ihm die Sache mit dem Kranichnest und schicken ihn weg.« Conny stand immer noch draußen. »Gilt natürlich nicht für dich, Conny.« Jens Witt reichte ihr die Hand. »Du bist hier immer willkommen. Dein Vater ist gerade auf einem Erkundungsgang unterwegs.« Er zog Conny in den Innenraum des Bauwagens. »Das ist übrigens mein Neffe Daniel«, stellte er einen etwa sechzehnjährigen Jungen vor.

Daniel kniete auf einer schmalen Bank unter dem Fenster und hantierte an seinem Fernglas.
»Hi, Mücke«, sagte der lange Blonde mit überraschend tiefer Stimme und hob das Kinn.
Aha, dachte Conny, ihr Vater hatte schon ihren Öko-Spitznamen ausgeplaudert!
»Du bist also die Heldin des Erlenmoors.« Daniels Stimme klang bewundernd. »Ganz schön mutig, ein ganzes Filmteam fertig zu machen. Und die Prospers noch dazu. Echt stark.«
Conny merkte, dass ihr Gesicht heiß wurde, weil sie sich über das Kompliment freute.
»Oooch«, gab sie nur lang gezogen zurück. Bestimmt laufe ich jetzt dunkelrot an, ärgerte sie sich im Stillen. Statt völlig cool zu reagieren, wie sie es gern getan hätte.
»Was ist denn das für ein Heft?«, lenkte sie schnell von ihrem Feuerkopf ab und griff nach einer schwarzen Kladde, die auf einem Stapel dicker Wolldecken am Ende der Bank lag. Sie hatte den gleichen Einband wie der Block von Pia Lindau, dem Skriptgirl.
»Das Beobachtungsbuch«, erklärte Jens Witt. »Darin schreibt jeder auf, was er bei der Überwachung bemerkt hat.« Er guckte über Connys Schulter und fuhr mit dem Zeigefinger über die ersten Spalten. »Also, zum Beispiel, wie oft die Kraniche das Nest verlassen. Und später, wann man zum ersten Mal die Jungen entdeckt, und so weiter. Und auch, welche Autos hier öfter parken. Oder wenn sich Leute herumtreiben. Nachts, meine ich.«

Conny lachte hell auf. Nachts zog es wohl kaum jemanden zum unheimlichen Erlenmoor. Außer vielleicht den Regisseur eines Horrorvideos.
Jens Witt nahm ihr das Heft aus der Hand und legte es wieder auf seinen Platz. »Nein, wirklich, das meine ich ernst. Ich sage nur *Nesträuber*. Gestern Abend lungerte hier noch spät jemand herum, mit Taschenlampe.« Er runzelte die Stirn. »Leider war ich allein und konnte ihm nicht so schnell folgen. Nur einen schwarzen Golf habe ich wegfahren sehen. Verdächtig war der auf jeden Fall . . . Ich hab's gleich eingetragen.«
Bevor Conny Fragen stellen konnte, drückte Jens Witt ihr und Daniel dicke Lederhandschuhe in die Hand. »Lass dir mal von Daniel etwas über Eierräuber erzählen, der kennt sich aus.«
Durch die offene Tür zeigte er jetzt nach Südosten. »Seht ihr – da drüben enden zwei Waldwege. Geht mal raus und schichtet da einen lockeren Wall auf, am besten aus Zweigen. Als Hindernis für Spaziergänger.«
Dann holte der Vogelexperte vier große Tafeln mit der Aufschrift *Privatgelände – Betreten verboten!* aus einer Ecke des Bauwagens und lehnte sie an die Wand neben der Tür. »Die Schilder buddeln Ulli und ich später ein. Wenn ihr fertig seid.«
Conny hätte nichts dagegen gehabt, wenn sich der Bau des »Kranichschutzwalls« stundenlang hingezogen hätte. Daniel konnte wahnsinnig spannend erzählen. Während sie

sich nach dünnen Zweigen und Reisig bückten, verriet Daniel ihr, dass er seit vier Jahren Falkennester bewachte. Allerdings in Süddeutschland, am Neckar. Daniel wohnte in Heidelberg und hatte nur diese Woche ein paar Tage schulfrei.

»Alle Lehrer sind mit dem Abitur beschäftigt«, grinste er. »Mein Onkel hat mich angerufen, ob ich beim Kranichschutz einspringen könnte. Da habe ich mich heute Morgen in den Zug nach Hamburg gesetzt.«

Er warf einen großen Haufen Reisig, den er zwischen den Armen vor sich hergetragen hatte, auf den Boden.

»Fünfmal haben wir beim Falkenschutz schon Eierräuber entdeckt. Die sind alle verhaftet worden«, erzählte er stolz, während er aus den Zweigen geschickt eine Absperrung auftürmte. »Die Diebe verkaufen die Eier über Tierhandelsringe nach Arabien. Oder nach Spanien und Italien.« Er richtete sich auf. »Viele Falken werden dort nur großgezogen, damit ein paar skrupellose Jäger sie abknallen können. Das musst du dir mal vorstellen – die bestellen sich regelrecht Falken zum Erschießen!«

»Widerlich«, sagte Conny entsetzt. »Machen sie das etwa mit Kranichen auch?«

Daniel schüttelte den Kopf. »Wohl kaum. Aber verrückte Kranichfreaks gibt es auch! Die wollen unbedingt Kraniche in ihrem Garten haben, obwohl das verboten ist. Na, und die schicken dann Eierräuber los.«

»Wahnsinn!« Conny wollte es kaum glauben. »Ich dachte,

wir müssten hier nur Spaziergänger verscheuchen, weil die Kraniche so scheu sind. Jens Witt sagte, sie hören auf zu brüten, wenn sie gestört werden. Darum musste ja auch das Filmteam weg!«

Daniel nickte und zog ein paar Brombeerranken aus dem Gebüsch, die er kunstvoll über seinen Wall legte. Die langen Stachelranken würden normale Spaziergänger sicher am Überklettern hindern. »Klar! Dass die so scheu sind, ist natürlich der Hauptgrund für die Wache«, ging er dann auf Connys Frage ein. »Weißt du, wie wir vom Falkenschutz die Kraniche nennen?« Er kicherte. »*Scheumanns*.«

Scheumanns – das gefiel Conny auch. Sie verriet den Namen sofort ihrem Vater, als sie kurze Zeit später wieder in den Bauwagen kletterte. Ulli Clasen hockte zusammen mit Jens Witt über einem Einsatzplan und teilte den Bewachungsdienst ein. Diese Nacht wollten die beiden Männer zusammen im Bauwagen am Erlenmoor verbringen. Für den Fall, dass der Verdächtige wieder auftauchte. Als der Plan stand, schaufelten sie alle mit vereinten Kräften tiefe Löcher in die Erde und rammten die Pfosten der Warnschilder in den Boden.

»Kommst du morgen wieder?«, fragte Daniel, als Conny wenig später auf ihr Fahrrad stieg. »Also ... ich dachte ...« Er brach ab und presste verlegen seine Arbeitshandschuhe in der Hand zusammen. »Weil ...«

Conny drehte sich überrascht im Sattel um und zog die

Handbremse. »Weil . . .?«, sagte sie fragend. Ihr Herz raste plötzlich wie sonst nur bei der Mädchenquadrille.

»Weil es hier draußen lustiger ist mit dir und außerdem . . .«, sagte Daniel, starrte weiter auf seine Handschuhe und schwieg eine Weile. »Ich finde dich ziemlich gut«, brachte er schließlich heraus, ohne den Blick zu heben.

Ziemlich gut!

Das hatte noch nie ein Junge zu ihr gesagt! Bis auf Bastian, als sie für King Louis ein zerrissenes Halfter genäht hatte. Aber das zählte in diesem Moment nicht.

»Ich dich auch, glaube ich«, sagte Conny schnell, trat danach sofort in die Pedale und verschwand über den Feldweg nach Haus.

Conny träumte in dieser Nacht, dass sie ganz allein mit Rocky zum Erlenmoor ritt. Kaum angekommen, fiel der Traber sofort über Daniel her, biss ihm in den Hals und jagte ihn mit angelegten Ohren in den Tümpel. Dort paddelte der arme Daniel schreiend umher, bis die Kranichmutter ihn mit dem Schnabel am Hosenbund packte, mit ihm durch das moorige Wasser watete und den triefenden Jungen zu ihren Eiern ins Nest legte. Als der Nesträuber dann kam, wusste er nicht, ob er nur die Kranicheier klauen sollte oder auch den pitschnassen Daniel, der aber nicht in seine Umhängetasche passte. Fluchend zog er schließlich ohne Beute ab.

Man konnte also ohne weiteres behaupten, dass Rocky die Kranicheier gerettet hatte, dachte Conny, als sie am Frei-

tagmorgen wach wurde. Dass sie von Rocky träumte, war nichts Besonderes. Aber dass ein gewisser Daniel und ein Kranich vorkamen, das war neu.
Vor ihrem Bett entdeckte Conny in ihrem linken Turnschuh eine Nachricht. Sicher von ihrem Vater, der freitags Frühstunde in seiner Gesamtschule hatte. Conny zog den Zettel hinter der Lasche hervor und glättete ihn zwischen den Fingern. *Die Nacht war ruhig. Keine Verdächtigen gesehen. Gehst du heute Nachmittag hin? Vati.*
Fast ein wenig enttäuschend, diese Mitteilung. Doch kein Abenteuer mit Nesträubern? Aber, fragte sich Conny, kann ich nicht froh sein, dass ein Regentief mir überhaupt diese filmfreien Tage beschert? Bei Sonnenschein hätte ich gar keine Zeit gehabt, die »Geheimaktion Kranich« kennen zu lernen.
Es nieselte wieder, als sie am späten Nachmittag mit dem Rad beim Erlenmoor ankam. Vorher hatte Conny bereits zwei Stunden lang ihren Rocky verwöhnt, sein Fell gestriegelt und die Hufe eingefettet. Im Stall keine Spur von den anderen. Jule und Bastian hatten freitags lange Schule und Luisa wollte heute ihr Kaninchen bei Tierarzt Dr. Teichmüller impfen lassen. Conny war ganz froh über die gähnende Leere im Stall gewesen. Sie war noch unschlüssig, ob sie den anderen von Daniel erzählen sollte oder nicht.
Während der ganzen Fahrt grübelte Conny angestrengt darüber nach, welche Begrüßung wohl für Daniel ange-

bracht war. Die Gedanken waren aber ganz unnötig, denn Jens Witt und sein Neffe liefen ihr schon ein Stück vor dem Bauwagen über den Weg, wo sie einige gefällte Bäume als Barriere zurechtrückten. So gab es gar keine Verlegenheitsminuten. Conny stellte nur rasch ihr Rad ab und wurde dann mit einem Fernglas losgeschickt, um nach Spaziergängern Ausschau zu halten.

»Nicht näher als fünfhundert oder sechshundert Meter an den Tümpel herangehen«, schärfte Jens Witt ihr ein. »Sonst störst du die Kraniche. Und nur gaaanz langsam gehen.« Er machte zwei Schritte in Zeitlupentempo vor. »Etwa so. Kraniche sind nämlich Bewegungsseher.« Er zeigte auf das Gebüsch am Teich. »Die kriegen jede Bewegung trotz der dichten Zweige mit – selbst auf gewaltige Entfernungen.«

»Genau wie Pferde«, stellte Conny fest. »Die sind genauso. Pferde sind sozusagen Scheumanns im Großformat.«

Insgesamt acht Spaziergänger näherten sich im Laufe des Abends. Davon entdeckte Conny vier. Sechs zeigten Verständnis für die brütenden Kraniche und zogen sich leise zurück. Zwei junge Männer allerdings, die mit großen Fotoapparaten angerückt waren, regten sich schrecklich auf und wollten nicht weggehen. Erst nach einem Machtwort von Jens Witt verschwanden sie ebenfalls.

Der Abend verlief, abgesehen von den beiden Fotografen, ähnlich ruhig wie der letzte. Aber dann passierte doch noch etwas. Es war gegen zweiundzwanzig Uhr, kurz bevor Ulli Clasen eintreffen wollte. Sie saßen zu dritt im

Wohnwagen und wechselten sich am Nachtsichtglas ab. Das Spezialfernglas für Dunkelheit war im Bauwagen direkt am Fenster aufgestellt. Man konnte damit draußen ziemlich viel erkennen.

Jens Witt hatte »Nachtglasdienst«. Plötzlich hob er die Hand. »Psscht«, flüsterte er sichtlich aufgeregt, »seid mal ruhig.« Angestrengt schaute er durch das Glas. »Komm, Daniel, guck du mal.« Jens Witt trat zur Seite.

»Tatsächlich.« Auch Daniel drosselte seine Lautstärke. »Da schleicht einer durchs Gebüsch. Was hat der an?« Daniel stellte die Schärfe des Fernglases nach. »Sieht aus – ja, ich glaube, das ist ein Surfanzug.« Er verzog das Gesicht. »Na klasse.«

Conny wusste sofort, was Daniel mit »na klasse« meinte, obwohl sie noch nie Kranichschutz gemacht hatte. Der Unbekannte wollte die Vogeleier stehlen. Klar, den Surfanzug trug er, weil er durchs Wasser waten musste, um zum Nest zu gelangen. Jetzt wurde auch Conny kribbelig. Nestraub! Das war ein hundert Prozent echter Kriminalfall, und sie mittendrin!

»Traut ihr euch zu draußen nach einem Auto oder einem Fahrrad zu suchen?«, fragte Jens Witt Conny und Daniel. »Vielleicht ist es wieder der schwarze Golf, den ich gestern gesehen habe. Aber leise. Und ohne Licht, der Mond muss reichen.«

Conny brannte darauf, Detektiv zu spielen. Endlich konnte sie etwas tun! Zentimeterweise öffnete sie die knarrende

Tür des Bauwagens. Im Schutz des Reisigwalls rutschten die beiden auf Knien zu dem schmalen Feldweg.
»Da drüben – der schwarze Golf«, wisperte Conny. »Merk dir die Nummer. HH, dann . . . zu blöd, mehr kann ich nicht lesen. Das Nummernschild ist hinten anscheinend überklebt.«
»Guck doch mal in den Wagen, ob du so etwas wie eine kleine Kiste siehst. Oder eine Art Glaskasten.« Als Conny zögerte, drängte Daniel: »Schnell, ich erklär's dir später. Ich passe auf, ob jemand kommt.«
Conny tastete sich so leise wie möglich zum Wagen vor und presste ihre Stirn an die Scheibe. Eine Kiste sah sie nicht, aber auf dem Rücksitz war unter einer Wolldecke eine Wölbung zu erkennen, etwa so groß wie zwei Schulranzen.
»Jede Wette, dass ein Brutkasten unter der Decke versteckt ist«, sagte Daniel aufgebracht, als Conny zurückkam und von ihrer Entdeckung berichtete. »Den brauchen die Nesträuber für die Eier, damit die nicht auskühlen. Los, schnell zurück.«
Hastig krochen die beiden auf allen vieren zum Bauwagen zurück. »Mein Onkel soll die Polizei anrufen, damit sie den Kerl schnappen.« Daniel stockte. »Zu spät«, seufzte er mit einem Blick auf zwei Leuchtkreise, die über den Feldweg tanzten. Autoscheinwerfer. »Dein Vater kommt. Das kriegt der da drüben natürlich auch mit. Der ist gleich weg, das schwöre ich dir.«

Daniel sollte Recht behalten.
Der Golf war längst verschwunden, als Jutta und Ulli Clasen ankamen. Natürlich ärgerten sich alle darüber, aber immerhin waren sie nun gewarnt. Clasens voll gepackter Picknickkorb mit duftendem Tee, dick belegten Brötchen und einer Schale frischer Erdbeeren hellte die Stimmung allmählich wieder auf.
Jutta Clasen nahm ihre Tochter im Auto mit nach Hause, das Fahrrad war auf der Ladefläche des blauen Kombis verstaut. Unterwegs erzählte Conny ohne Punkt und Komma: die unglaubliche Geschichte von Nesträubern im Allgemeinen, von ihrem Eierdieb im Besonderen und von der Notwendigkeit, jetzt unbedingt täglich am Erlenmoor zu wachen. Schließlich hatte nur sie, Conny, das Auto aus der Nähe gesehen. Und sogar den Brutkasten. Jedenfalls fast.
Als Clasens Wagen vor ihrem Backsteinhaus in Großmoorstedt anhielt, hatte Conny ihrer Mutter ein Versprechen abgeluchst: Sie durfte Samstagnacht im Bauwagen schlafen. Unter einer Bedingung: Conny musste versprechen ihre Abneigung gegen den Filmregisseur nicht mehr so deutlich zu zeigen. Woher Clasens von ihrer wunderbaren Feindschaft zu Bär Feddersen wussten, blieb Conny schleierhaft. Kam Herr Jensen als Verräter in Frage? Anzunehmen. Erwachsene steckten meistens unter einer Decke, wenn es um gutes Benehmen ging.

7. Kapitel

Die Nervis nerven

Es war idiotisch gewesen, darauf zu hoffen, dass die Nervis am Samstag den frühen Drehtermin verschlafen würden.
Trotzdem traf Conny, Jule und Luisa fast der Schlag, als sie um acht Uhr auf der Waldkoppel erschienen und gleich ihr erster Blick auf die Zwillinge fiel – und ihr zweiter auf Imke Zavelstein. Die Nervis hatten sich wartend auf den Stufen des Wohnwagens »Garderobe Frauen« niedergelassen. Das erlaubten sich ja nicht mal die Killerbienen.
»Verschwindet«, zischte Jule, »bevor ich mich vergesse.« Sie schob ihre Stiefelspitze zwischen die Mädchen und zog die Wohnwagentür auf, wobei sie einen Zwilling und Imke Zavelstein glatt von der Treppe auf die nasse Wiese fegte.
»Das war ja wohl oberfies«, schimpfte Imke von ihrem feuchten Landeplatz. »Spiel dich bloß nicht so auf. Wir sind schließlich Profis. Wir haben schon Filme gedreht, als du noch im Sandkasten gespielt hast.« Sie selbst hatte nie

Filme gedreht, sondern nur die Zwillinge, aber Imke bezog sich immer mit ein. Mit rotem Kopf rappelte sie sich aus dem Gras auf.

Dass Imke und ihre Freundinnen zumindest im Schminken zu den Profis zählten, war nicht zu übersehen. Mit ihren silberblauen Lidschatten und den kunstvoll ausgemalten Lippen sahen sie nicht mehr wie zwölf aus, sondern fast wie sechzehn. Wie aufgestylte Killerbienen auf dem Weg in die Disko.

»Wetten, dass wir doch mitmachen?«, sagte Imke trotzig und suchte ihre Jeans nach Grasflecken ab. »Und wenn du dich auf den Kopf stellst. Da kommt ja das Filmteam, die werden sich die Finger nach uns lecken.«

Die anderen folgten ihrem Blick zum Gattertor. Regisseur Bär Feddersen, Aufnahmeleiter Wolfgang Kampmann und ihre Leute näherten sich auf die Minute pünktlich. Dahinter Kai Jensen, Axel Rakete und Bastian. Die drei Pferdeführer hatten alle Hände voll zu tun die Vierbeiner von Ausflügen abzuhalten. Keiner der schwachen Reiter schaffte das selber. Bis auf Robin Hood, der Sally gut im Griff hatte. Weiter hinten folgte die Friesenkutsche mit den beiden Fahrern.

Bär Feddersen war der laute Wortwechsel nicht entgangen. Aber er wollte sich seine gute Laune nicht verderben lassen, an diesem ersten Sonnentag nach dem Regen.

»Bloß keinen Streit am frühen Morgen«, beschwor er die Mädchen. »Ich bin heilfroh, dass wir endlich weitermachen

können. Ihr seid also Profis, habe ich mit halbem Ohr gehört?«
Die Zwillinge und Imke platzten fast vor Wichtigtuerei.
»Das kann man wohl sagen«, säuselte Mia-Mathilde. »Oder wie würden Sie es nennen, wenn man seit seinem sechsten Geburtstag in einer Fotomodellkartei geführt wird?«
»Donnerwetter«, sagte der Regisseur ohne großes Interesse.
»Wir haben auch eigene Pferde«, bemerkte Imke Zavelstein. »Und zwar super Springpferde. Die hätten Sie lieber nehmen sollen. Dann brauchten Sie nicht diese . . .« Sie beendete den Satz nicht, denn Kai Jensens Blick warnte sie etwas Unüberlegtes über seine Schulpferde zu sagen. Bedauernd breitete Bär Feddersen die Arme aus. »Tut mir Leid – das hätte ich eher wissen müssen. Jetzt ist es zu spät.«
Ärgerlich stampfte Dina-Dorothee auf. Die nasse Weide quatschte unter ihren Füßen. »Es hat uns ja niemand gesagt, dass hier ein Film gedreht wird«, brachte sie mit mühsamer Beherrschung hervor.
Kai Jensen hatte bisher halbwegs gelassen zugehört, aber nun mischte er sich ein. »Schluss jetzt mit dem sinnlosen Gerede«, sagte er bestimmt. »Wenn wir nicht bald anfangen, macht uns der Regen einen Strich durch die Rechnung. Außerdem brauche ich meine Pferde heute Nachmittag für den Reitunterricht.«
Er hatte wenig Lust, noch stundenlang hier herumzuste-

hen und mit dem widerspenstigen Kalle am Zügel zu kämpfen. Das Fjordpferd hopste nach allen Seiten. Kalle wollte auf keinen Fall King Louis vorbeilassen, der auf seinen Stammplatz neben dem Chef drängte.

Bär Feddersen seufzte und beobachtete sein Team, das zügig mit der Arbeit anfing. In kürzester Zeit standen die nötigen Aufbauten – Kameraschienen, Kamera, Tontisch, Lampen und Stellwände – wieder an Ort und Stelle. Lampe, der Beleuchter, hantierte an einem Kabel und suchte sich einen Stromanschluss. Nacheinander flackerten seine roten und schwarzen Lampen auf. Innerhalb von Sekunden verwandelte sich das friedliche, sanfte Morgenlicht über der Waldkoppel in eine unheimliche Abendstimmung.

Bär Feddersen musterte die Nervis noch einmal abschätzend. »Ihr wisst doch – der Spot spielt im Mittelalter. Dafür brauche ich natürliche Gesichter. Ihr seid ja viel zu gestylt, Kinder.« Damit war die Diskussion für ihn beendet.

Feddersens Seitenhieb auf Lidschatten und Lippenstift traf die Profimodelle natürlich hart. Imke fing sich als Erste.

»Pah.« Sie warf den schwarzen Lockenkopf herum und zog die Schultern hoch. »Dann gucke ich mir die Dreharbeiten aber an Ihrem Monitor an. Ich habe nämlich noch nie einen reitenden Kartoffelsack gesehen. Und schon gar keinen, der springen kann.«

Diese Spitze galt Jule. Selbstverständlich hatte es sich

längst herumgesprochen, dass Jule in ihrem Jutekostüm bei der Probe für den Hauptdarsteller eingesprungen war. Mit Sally.

»Als Pferd von Robin Hood wäre mein Holsteiner Wallach viel besser gewesen«, beteuerte Imke Zavelstein. Diese Stichelei konnte sie sich nicht verkneifen, weil Herr Jensen gerade weghörte. »Mein Deichgraf fliegt richtig über die Hindernisse. Natürlich nur mit mir.«

Ziemlich dreist, was sie sich herausnahm. Jule konnte es nicht lassen dazwischenzufunken. »Nur weil man einen Vogel hat, kann man noch lange nicht fliegen, Zavelstein«, sagte sie kratzbürstig.

»Aus jetzt.«

Mit dem energischen Kommando, mit dem man normalerweise kläffende Hunde zum Schweigen bringt, beendete der Regisseur die bissige Auseinandersetzung. »Alle zum Umziehen in die Garderoben.« Er klatschte in die Hände. »In dreißig Minuten will ich jeden auf seiner Position sehen. Oder ich kriege einen Tobsuchtsanfall.«

Die Krise blieb Bär Feddersen erspart, alle standen rechtzeitig an ihren markierten Stellen. Auch Sophie, Theresa und Merle, die mit etwas Verspätung angerannt kamen.

Nur noch zwei Filmszenen mussten gedreht werden, dann war der Werbespot fertig. Die erste Szene: Robin Hood und die Räuber reißen den Sack mit Waffeln von der Kutsche. Die zweite: Robin Hood springt mit Sally ins Wasser; die Kinder sitzen am Wall. Eine Angelegenheit von drei bis vier Stunden, die man bis mittags durchziehen konnte, wenn nichts dazwischenkam.

Wenn ...

Da sie erst in der zweiten Szene dran waren, schlenderten Conny, Jule und Luisa nach dem Umziehen zum Regiezelt hinüber. »Die sind ja immer noch da«, bemerkte Jule sofort. Natürlich meinte sie die Gerlach-Zwillinge und Imke Zavelstein. »Mit denen haben wir doch wirklich schon genug Theater gehabt.« Sie spielte auf früheren Ärger mit den drei Mädchen an. Auf weitere schlechte Erfahrungen konnte man verzichten.

Die drei Nervis bewiesen heute mal wieder, dass sie ihren Spitznamen zu Recht trugen. Sie trieben sich hartnäckig am Regiezelt herum und nervten Bär Feddersen, bis sie schließlich bleiben durften. Conny und ihre Freundinnen waren froh, dass auch Herr Jensen im Regiezelt saß. Dann rissen sich die Nervis wohl zusammen. Im Moment ging keine direkte Gefahr von den dreien aus. Sie hatten nur Augen für Axel Rakete und Bastian, die in ihren prachtvollen, mittelalterlichen Kostümen gerade in den Sattel stiegen. Die beiden ritten zum Friesengespann hinüber. Neben der Kutsche hielten sie Cherie und King Louis an.

»Ist er nicht süß in seinem Kettenhemd?«, wisperte Imke Zavelstein. Ihre Augen hingen an Axel Rakete.

Süß! Das Wort passte zu einem Mann im eisernen Kettenhemd ungefähr so gut wie zu einem Panzernashorn.

»Beiß doch mal rein, Zavelstein«, kicherte Jule, »wenn er so süß ist.«
Aber selbst eine solche Bemerkung löste heute keinen echten Ärger aus. Dafür war der Maimorgen einfach zu schön. Alle Darsteller und das Filmteam (abgesehen von Herrn Winkelmann, aber das zählte nicht) wirkten entspannt. Die Frühlingssonne malte Kringel auf die Wiese, Meisen zwitscherten in den Birken, aus dem Versorgungszelt duftete es nach frischem Kaffee. Da fiel es einem wirklich leicht, fröhlich zu sein.
Nur die Kutschenfahrer sahen unzufrieden aus. Auf der nassen Wiese ließ sich die Kutsche nur mühsam fahren, zumal sich in den Spurrillen der Räder sofort Wasser sammelte.
»Nur gut, dass Sie den Galopp der Friesen schon gefilmt haben«, sagte Kai Jensen. Er stand neben Herrn Feddersen und warf einen Blick in sein Drehbuch. »Bei diesem nassen Boden wäre das ganz unmöglich.«
Heute genügte es, dass Ankum und Brinkum die Kutsche im Schritt zogen. Im Mittelpunkt stand der Sack mit Waffeln, den Robin Hood aus der Kutsche stehlen sollte.
Die Sache funktionierte reibungslos. Robin Hood galoppierte zügig mit Sally an, gefolgt von den Räubern. Mit geübtem Griff zerrte er den Sack von der Kutsche. Aus vollem Galopp, das sah richtig dramatisch aus. Die Nachhilfestunden bei Kai Jensen hatten sich gelohnt.
Bär Feddersen wollte gerade »Okay, im Kasten« brüllen.

Doch dazu kam er nicht mehr. Das Filmteam hatte die Rechnung ohne Kalle gemacht. Ohne Kalle, den Rabauken.
Kaum hielt Robin Hood den Sack in der Hand, da mischte Kalle sich ein. Eigentlich war sein Platz neben seinem Pferdebruder Ole. Aber was scherte Kalle eine Drehbuchanweisung? Der Sack, den musste er unbedingt näher untersuchen. Ob das der Stallbesitzer erlauben würde – darum konnte er sich jetzt nicht kümmern. Menschen neigten ohnehin dazu, einem Pferd die herrlichsten Sachen zu verbieten. Etwas Ähnliches musste in Kalles Kopf vorgegangen sein. Denn plötzlich preschte er zum Entsetzen seines Reiters vor und stürmte auf Sally zu. Blitzartig entriss Kalle dem verdutzten Robin Hood den Sack. Mit seiner Beute zwischen den Zähnen blieb das Fjordpferd abrupt vor Sally stehen und ließ den Sack zu Boden fallen. Ungeduldig stieß Kalle seine Nase hinein. Mit den Vorderhufen kratzte er in der Jute herum, bis das Gewebe einriss und einige Waffeln freigab. Der Räuber glitt währenddessen langsam, aber sicher nach vorn aus dem Sattel. Wie ein nasser Sack rutschte er über Kalles gebeugte Stehmähne und plumpste auf die Wiese.
»Erlöst mich von diesem Ungeheuer«, stöhnte Bär Feddersen, der seinen Film schon wieder in Gefahr sah. Davon lenkte auch der prächtigste Maimorgen nicht ab, kein Meisengezwitscher und kein Kaffeeduft. »Herr Jensen, haben Sie kein anderes Pferd für uns? Dieser Kasper ist wirklich unmöglich.«

»Reiterliches Unvermögen«, knurrte Kai Jensen und rannte hinter seinem eigenwilligen Pferd her. Während er dem widerstrebenden Kalle den Sack aus dem Maul zerrte, rief er von hinten: »Pferde stehen genug im Stall. Aber was Sie brauchen, wäre ja ein zweites Fjordpferd. Hab ich nicht – schließlich wachsen die Struppis nicht auf Bäumen.«
Eine Zwangspause wurde eingelegt – der nasse Räuber musste sich trockenföhnen. Dabei war jede Minute kostbar, weil man nicht absehen konnte, wie lange das gute Wetter anhielt.
Dieser Kalle! Selbst der Kameramann Linse, der sich sonst nie aufregte, schlug sich ärgerlich auf die Oberschenkel. »Zwei Sekunden hätte ich noch gebraucht, dann wäre alles klar gewesen. Zwei winzige Sekunden . . .«
Herr Winkelmann sagte nichts, aber sein zuckender Schnurrbart bedeutete ohne Zweifel: Was kann schon dabei herauskommen, wenn man mit Pferden und Kindern filmt!
Herr Feddersen goss sich einen heißen Kaffee ein und beklagte sein Schicksal. »In diesem Film für Prosper steckte von Anfang an der Wurm drin«, jammerte er. Bisher war noch kein Drehtag normal verlaufen. »Erst die Kraniche«, beschwerte er sich mit einem Seitenblick auf Conny, »dann Schauspieler, die nicht reiten können, aufsässige Fjordpferde, falsche Kostüme. Ach ja, und Windpocken. Und zu allem Überfluss hat uns auch noch der Regen erwischt.«
Conny sah ihn herausfordernd an. »Wo bleibt Ihr Sinn fürs

Abenteuer?«, hatte sie auf der Zunge, aber sie schluckte die Bemerkung hinunter. Schließlich gab es da dieses unselige Versprechen an ihre Mutter, den Regisseur nicht zu ärgern. Irgendwie tat er ihr sogar Leid. Sie kannte auch solche Tage, an denen alles schief ging. Dafür lief an anderen Tagen alles total super, wie jetzt bei ihr. Sie hatte ihren Rocky, den Werbefilm, die Kraniche – und Daniel. Und heute Nacht schlief sie im Bauwagen am Erlenmoor . . . Das Schicksal verwöhnte sie. Da konnte sie leicht mal großzügig sein und dem gebeutelten Bär eine hässliche Bemerkung ersparen.
Bär Feddersen sah sie an, als könnte er Gedanken lesen, und lächelte gequält. Dann schickte er Imke Zavelstein zur Kutsche auf die Wiese. Die Fahrer hatten ihm ein Zeichen gegeben, dass sie Hilfe beim Wenden brauchten.
Imke folgte der Bitte nur allzu gern. Endlich konnte sie näher bei ihrem angebeteten Axel Rakete sein. Als Imke bei der Kutsche ankam, sah sie regelrecht verklärt aus. Das konnte man von weitem erkennen. Sogar noch vom Regiezelt aus. Schwer vorstellbar, dass Imke im Moment für etwas anderes Augen hatte als für den verkleideten Axel. Hingerissen strahlte sie den jungen Reitlehrer an. Man konnte nur hoffen, dass sie bei der Kutsche nicht wirklich gebraucht wurde.
Leider trat der Ernstfall aber doch ein. Nachdem die nächsten Filmversuche dreimal wiederholt worden waren, sah die Wiese aus wie ein Schlammloch. Jetzt musste Imke Zavelstein den Kutschenfahrern tatsächlich beim Wenden helfen.

»Kann ich noch weiter nach rechts?«, fragte der Fahrer von seinem Kutschbock herunter. Er beugte sich weit zur Seite, konnte die Spurrillen aber nicht genau erkennen. Vorsichtig lenkte er Ankum und Brinkum über den matschigen Grund.
»Sicher«, sagte Imke lächelnd, ohne hinzusehen. In ihrem Kettenhemdrausch nahm sie nichts wahr außer Axel Rakete. Erst das krachende Splittern von Holz brachte sie wieder in die Wirklichkeit zurück.
Es war ein hässliches Geräusch, das einem durch Mark und Bein ging, als die Speichen brachen. Sofort nach dem Bersten bekam die Kutsche Schlagseite. Spitze Holzsplitter ragten aus dem rechten Hinterrad. Mit einem Satz sprang der Beifahrer vom Wagen, mit drei Schritten war er bei den Pferden. Beruhigend redete er auf die beiden Friesen ein, die nur kurz getänzelt hatten, denen aber nichts passiert war. Dann sah er sich den Schaden an der Kutsche an.
»Hast du denn die Steine nicht gesehen? Und das Loch dahinter?«, schimpfte er mit Imke. »Wie kann das einer Reiterin wie dir passieren?«
Die Mädchen, Kai Jensen, Bär Feddersen, Aufnahmeleiter Kampmann und die anderen vom Filmteam – aus allen Richtungen trafen sie jetzt atemlos an der Unglücksstelle ein. Jule stürzte sich sofort auf Imke Zavelstein. Unsanft packte Jule sie am Arm und schüttelte das Mädchen wie einen nassen Lappen. »Wenn hier deinetwegen ein Pferd verletzt wird, Zavelstein«, schrie sie ihr ins Gesicht, »dann . . .«

Was Zavelstein dann erleben würde, blieb offen. Aber Jules Tonfall ließ keinen Zweifel daran, dass es nicht angenehm sein würde.

Ankum und Brinkum standen schon wieder ruhig da, als sei gar nichts passiert. Das war das Erste, was Kai Jensen interessierte – dass es seinen Pferden gut ging. Etwas weniger wütend kniete er sich dann neben die Kutsche in den Schlamm, befühlte die drei gebrochenen Speichen, spähte unter den Wagen, rüttelte vorsichtig hier und da und schüttelte dann den Kopf. Ziemlich blass stand er wieder auf.

»Sie haben meine Hochzeitskutsche umgebracht«, sagte er tonlos zu Bär Feddersen und wischte sich die Hände an der Reithose ab.

»Umgebracht?«, fragte der Regisseur entsetzt. »Soll das heißen . . . sie ist nicht mehr zu benutzen? Auch nicht zu reparieren?«

Langsam schüttelte Kai Jensen den Kopf. »Auf jeden Fall nicht so schnell. Das ist ein Museumsstück. Bis man dafür Ersatzteile bekommt, das dauert Wochen.«

Jeder von den Reitern hatte so etwas befürchtet, als er die gebrochenen Speichen sah. Aber als Herr Jensen das nun so deutlich aussprach, verschlug es ihnen doch die Sprache. Sogar Jule, die Imke immer noch am Arm festhielt.

»Ich sage doch, bei Prosper, Prosper + Prosper ist der Wurm drin.« Niedergeschlagen sah Bär Feddersen zu, wie Kai Jensen und die Kutschenfahrer die schräg stehenden

Räder mit Steinen sicherten. Dann spannten sie Ankum und Brinkum aus.

Die beiden Fahrer wuchteten sich das Kumtgeschirr über die Schultern. Kai Jensen sortierte, immer noch kopfschüttelnd, Lederriemen, Leinen und Zaumzeug.

»Hinten in der Kutsche liegen Halfter und Stricke«, rief er Theresa und Merle zu. »Bringt ihr Ankum und Brinkum zurück in den Stall?« Beladen mit dem Lederzeug stiefelte er mit den Kutschenfahrern den Weg hinauf zum Reiterhof. Theresa und Merle folgten ihm etwas später mit den Friesen.

Es war erst kurz nach neun Uhr und man fragte sich, was bis zum Nachmittag noch alles schief gehen würde.

Axel Rakete und Bastian, die während der Aufräumaktion mit King Louis und Cherie im Schritt die Wiese umrundet hatten, ritten auf Bär Feddersen zu.

»Was ist, sollen wir mit diesem Mördergewicht noch länger auf den Pferden bleiben?«, fragte Bastian und deutete auf sein Kettenhemd. Vorsichtig bewegte er den Kopf und schob das Kinn vor, um seine Schultern von dem schweren Eisenkragen zu entlasten.

Bär Feddersen hob beide Hände in einer Geste der Entschuldigung. »Runter mit euch. Wir machen Pause.«

Die Gerlach-Zwillinge sammelten Pluspunkte bei den anderen, indem sie sofort zu King Louis und Cherie gingen und die Steigbügelriemen rechts festhielten. Beim Absteigen hätten die schweren Reiter ihre Pferde sonst aus dem

Gleichgewicht gebracht. Die Nervis setzten tatsächlich mal ihren Pferdeverstand ein. Manchmal waren sie wirklich zu gebrauchen.

»So, in den nächsten zwanzig Minuten will ich nichts von Pleiten, Pech und Pannen hören«, entschied Herr Feddersen. »Wir frühstücken jetzt und überlegen dann in aller Ruhe, wie es weitergeht. Und bitte keine Vorwürfe mehr an Fräulein Zavelstein. Das hätte jedem von euch auch passieren können. Außerdem – es war wohl meine Schuld. Ich hätte ihr nicht die Verantwortung für die Kutsche aufbürden dürfen.«

Aufnahmeleiter Wolfgang Kampmann nickte zustimmend. Das sah er auch so. Die Geräte wurden abgeschaltet. Filmteam und Darsteller sammelten sich am Regiezelt. Die Mädchen übernahmen die Pferde. Als Erstes lockerten sie die Sattelgurte und ließen ihre Lieblinge in der Nähe des Zeltes grasen.

Als Kai Jensen mit Theresa und Merle zurückkam, trug jeder eine lange Bank unterm Arm. Normalerweise wurden die schmalen Bänke bei Reiterfesten im Hof aufgestellt. Jetzt sollten sie auf der Wiese gute Dienste tun. Zum Hinsetzen war der Boden zu nass und in den Wohnmobilen war nicht Platz genug.

»Gleich bringt ein Taxi etwas zum Knabbern«, sagte Herr Feddersen und nahm den Mädchen die Bänke ab. »Habe ich gerade bestellt. Sehen wir doch die Kutschenpanne mal so – jetzt kommen wir wenigstens in den Genuss eurer tollen Bäckerei Rosch. Die ist ja bis in die Hamburger City bekannt. Ah – da ist er schon.«

Ein Mann, offensichtlich der Taxifahrer, stieß das Gatter mit der Hüfte auf. Auf beiden Armen balancierte er einen breiten Gitterkorb, säuberlich abgedeckt mit weißem Papier.

»Halt bloß das Ungeheuer fern«, sagte Bär Feddersen vorausschauend zu Sophie, die Kalle am Zügel hielt. Schützend senkte er seine Hände über den Korb. Der Mann machte sich! Ziemlich weise, wie er Kalles Gier auf Blätterteigbrezeln, Kopenhagener und Schweineohren vorausahnte.

Pia Lindau und Maske hatten Kaffee und Hagebuttentee gekocht, den sie in großen Bechern herumreichten. Herr Winkelmann winkte ab und packte seine Fenchelteeflasche aus. Beim Gebäck griff aber auch er zu. Diesem köstlichen Duft konnte nicht mal ein magenkranker Griesgram widerstehen.

Langsam löste die Missstimmung sich auf wie hochsteigender Nebel. Kai Jensens Ärger legte sich auch ein wenig, als er mit Aufnahmeleiter Kampmann über die Versicherung sprach. Kampmann sagte ihm zu, dass die Versicherung der Großwerbe den Schaden voll bezahlen werde und auch den Gärtner, der die zertrampelte Waldkoppel wieder in Ordnung bringen würde.

»Das Problem ist«, sagte Bär Feddersen und biss in den Schokoladenrand eines Schweineohrs, »dass man als Ersatz eine sehr ähnliche Kutsche braucht. In den ersten Aufnahmen ist Ihre nämlich voll zu sehen.«

Jeder kam mit einem Vorschlag, wo Kutschen zu bekommen waren. Einer kannte Hochzeitskutschen in Blankenese, ein anderer Ausflugspferdewagen in der Lüneburger Heide. Alles wurde kurz besprochen, schließlich wieder verworfen – zu neu, zu weiß, zu aufgedonnert, zu schlicht, zu weit entfernt.
Wieder war es Luisa, die die Lösung fand. So wie sie damals als Drehort die Waldkoppel vorgeschlagen hatte, fiel ihr heute als Ausweg das Museumsdorf ein. Das berühmte Museumsdorf von Großmoorstedt, mit uralten Fachwerkhäusern, Scheunen, einer Schmiede und Mühlen. In einem der Häuser wurden alte Pferdewagen und Kutschen gezeigt. Sechs oder sieben standen immer da. Und das Beste daran – das Museum lag nur zehn Minuten vom Reiterhof Birkenhain entfernt.
Entschlossen stand Wolfgang Kampmann auf und strich sich die Kuchenkrümel vom Pullover. »Ich fahre sofort hin und sehe, was sich machen lässt«, sagte der Aufnahmeleiter und klopfte Luisa auf die Schulter. Mit roten Backen vor Freude stand sie vor dem Regiezelt, Ole am Zügel. »Kommst du mit, Luisa? Und Sie auch, Herr Jensen? Sie wissen am besten, welcher Wagen Ihrer Kutsche ähnlich sieht.«
Ohne Zeit zu verlieren, machten sich die drei auf den Weg zu Herrn Jensens Auto. Maske rief Luisa noch einmal zurück; sie hatte doch tatsächlich vergessen Schuhe anzuziehen und ihr Jutekostüm abzulegen.
Die restliche Filmbesatzung hockte währenddessen dicht

nebeneinander auf Jensens Bänken und futterte das frische Gebäck. Axel Rakete und Bastian konnten sich in ihren unbeweglichen Eisenhemden nicht auf die niedrigen Bänke setzen. Darum lehnten sie stehend an Feddersens Regiepult und aßen Schweineohren. Ihr starres Kostüm ließ nur kurze, eckige Bewegungen zu. Die beiden wirkten wie Roboter, bei denen das Programm »Essen« eingeschaltet war. Als Axel Rakete versuchte Kaffee zu trinken, bekam er die Tasse nur mit Mühe bis an den Mund.
»Pass auf, Axel, dass du dir keinen Kaffee aufs Kettenhemd schüttest«, kicherte Jule, »sonst rostest du ein.«
»Darauf kommt es jetzt auch nicht mehr an«, lachte der Reitlehrer und zeigte auf sein Kostüm. Er und Bastian sahen aus wie unheimliche Wesen aus der Vorzeit. Mindestens tausend Blätterteigkrümel hatten sich in den Ringen ihrer Kettenhemden verfangen. Axel griff nach einer Gabel und stocherte in den Ringen herum. Bastian machte es ihm nach, ohne sichtbaren Erfolg. Schließlich erbarmte sich Maske, holte ihren Batterie-Haartrockner aus dem Wohnmobil und pustete die beiden Krümelmonster sauber.
Bär Feddersen sah auf die Armbanduhr. »Es dauert sicher noch einige Zeit, bis unsere drei Pfadfinder wiederkommen. Was haltet ihr davon, dass wir den Sprung ins Wasser noch einmal üben? Robin Hood hat ja inzwischen einige Springstunden auf Sally genommen ...«
Er stand auf und schob seine Kaffeetasse zur Seite. »Also, ich würde sagen – in einer Viertelstunde geht es los. Nein,

nein, die Falknerkappe lassen Sie bei der Probe lieber weg«, entschied er, als Robin Hood seine neue, grüne Kappe mit Feder aufsetzen wollte. »Die Dinger kann man so schwer besorgen.«

Robin Hoods erste Kopfbedeckung, die beim Sturz ins Wasser pitschnass geworden war, konnte man nicht mehr benutzen. Die Filzkappe war lappig geworden und höchstens noch als Hut für Räuber Hotzenplotz zu gebrauchen.

»Das war aber nicht sehr clever von unserem Bär«, flüsterte Jule Conny zu, »so etwas zu sagen. Jetzt weiß der arme Robin Hood genau, dass Feddersen ihm nichts zutraut. Nicht mal nach dem Springunterricht.«

Sie wischte sich die letzten Krümel vom Mund und sagte über die Schulter zu Robin Hood: »Wir gehen noch zehn Minuten grasen. Gleich da vorn, am Zaun.«

Mit Sally und Rocky am Zügel zogen die Mädchen zu der einzigen Stelle auf die Waldkoppel, die noch anständig mit Gras bewachsen war. »Wenn er es immer noch nicht schafft, also Robin Hood, dann kannst du vielleicht doch einspringen«, sagte Conny, während sie Rockys Nasenriemen öffnete. »Wäre doch super, oder?«

Der Traber schüttelte befreit den Kopf und stürzte sich mit sichtlicher Freude auf die Grashalme. Grunzend vor Vergnügen schlug auch Sally ihre Zähne in das frische Grün.

»Und wie«, sagte Jule und rieb ihr Gesicht an Sallys Fell, »aber selbst wenn . . . Du kennst ja meine Eltern. So was erlauben die nie! Die schalten total auf stur, wenn ich vom

Reiten rede.« Sie seufzte tief. »Bei denen kann ich nur etwas herausholen, wenn ich gleichzeitig eine astreine Klassenarbeit auf den Tisch lege. Aber das kann ich vergessen. Wir haben gestern Mathe und Bio wiedergekriegt – ganz bitter ausgefallen. Einmal Fünf, einmal Vier!«

Conny nickte verständnisvoll. Mit Mathe stand sie selbst auf Kriegsfuß. Bei Bio ging es ihr besser, da halfen ihre Eltern oft und sie hatte ja selbst Interesse an Naturschutz.

»Meinst du nicht, dass dein Vater platzen würde vor Stolz, wenn seine Tochter in einem Film reitet?«, meinte Conny trotzdem.

»Nur wenn ich mitten durch die Eingangshalle seiner Bank galoppieren würde«, befürchtete Jule und verzog das Gesicht. »Aber im Moment nicht mal das. Denk dran, es gibt bald Zeugnisse – da ist bei Ahrends Dauerstress angesagt.« Sie zog Sallys Kopf mit sanfter Gewalt aus den Grashalmen hoch und verschnallte den Nasenriemen wieder. »Nein, Robin Hood muss es wohl allein schaffen. Also, dann mal los. Bär Feddersen winkt schon.«

Schnaubend folgten Sally und Rocky ihren Lieblingsmenschen. Conny und Jule halfen den vier Räubern beim Aufsitzen und zogen sich dann ins Regiezelt zurück. Neben Bär Feddersens Bildschirm herrschte heute großer Andrang. Außer Merle, Theresa und Sophie trieben sich die Nervis dort herum. Klar, ihr Schwarm Axel Rakete spielte ja noch mit. Er hatte seinen roten Waffenrock wieder über das Kettenhemd gestreift und wartete neben

Bastian, im blauen Waffenrock, am Lottbach. Auch wenn jetzt nicht gedreht werden sollte – es war gut, in vollständigen Kostümen zu proben. Schließlich musste man Sallys Reaktion auf die Verkleidung kennen lernen. Vielleicht scheute sie ja vor den Kettenhauben. Oder vor den flatternden Stirnbändern.

Aber Sally zeigte sich von ihrer coolen Seite. Schon der erste Sprung gelang ohne Probleme. Robin Hood trieb die braune Stute energisch vorwärts, gab über dem Hindernis die Zügel vor und legte seine Hände ruhig an ihren Hals. Kai Jensen konnte stolz auf seine Schnellausbildung sein.

Jule riss die Arme hoch, als Sallys Vorderbeine ins Wasser tauchten. »Spitzenmäßig, Mäuschen«, rief sie begeistert. »Siehst du, du kannst es.« Triumphierend sah sie sich nach den Nervis um. Jetzt sollten die noch einmal behaupten, Schulpferde könnten nichts . . .

Das war natürlich nach dem gelungenen Sprung schlecht möglich. Aber Mia-Mathilde Gerlach fand doch etwas auszusetzen. »Nett, ja. Aber ein Wallach springt doch ganz anders«, behauptete sie, »irgendwie ausdrucksvoller. Ich weiß nicht, Stuten . . .« Sie rümpfte die Nase, als ob sie das gesamte weibliche Geschlecht für minderwertig hielt. Dabei gehörte sie doch selbst dazu!

»Noch ein einziges Wort gegen Stuten«, schnaubte Jule, »und ich jage dir die Frauenbeauftragte auf den Hals.« Die Frauenbeauftragte der Stadt hatte gerade in den Schulen über Gleichberechtigung gesprochen. Seitdem bauten die

Jugendlichen sie bei jeder Gelegenheit in ihre Gespräche ein.

Bär Feddersen ging rasch dazwischen, weil er den drohenden Streit fürchtete. »Deine Stute war klasse«, pflichtete er Jule bei. »Gleich noch mal«, rief er dann Robin Hood zu, »damit der Sprung sitzt. Diesmal sollen die drei anderen Räuber hinterhergaloppieren. So, wie es später auch gedreht wird.«

8. Kapitel

Armer Rocky

Die Räuber mussten erst ein paar Runden auf der Wiese traben, bis sie Kalle, Ole und Rocky wieder halbwegs im Griff hatten. Dann startete der zweite Versuch. Wieder sprang Mäuschen einwandfrei. Kalle, Ole und Rocky galoppierten hinterher, bogen vor dem Wall ab und drehten eine Galopprunde. Von Rocky war leider nicht viel zu sehen, weil die Fjordies ihn möglichst verdecken sollten. Auf besonderen Wunsch von Bär Feddersen.

Darum merkte Conny zunächst gar nicht, dass etwas mit Rocky nicht stimmte. Erst als er deutlich hinter Ole und Kalle zurückblieb, sah sie die Katastrophe – ihr Traber lahmte fürchterlich. Mühselig humpelte er auf drei Beinen, das rechte Hinterbein zog er qualvoll nach.

Entsetzt sprang Conny auf und rannte auf die drei Reiter zu. »Halt, halt, sofort anhalten . . . ja, Sie, auf Rocky!«

Lieber Himmel, kriegte der Holzkopf denn nicht mit, wie

das Pferd unter ihm litt? Nein, der Räuber merkte es nicht. Verdutzt sah er Conny an, als sie ihm in den Zügel griff und Rocky einfach stoppte.
»Los, runter! Aus dem Sattel«, stieß sie atemlos hervor. »Rocky lahmt ganz schrecklich.«
Erschrocken ließ sich der Reiter von Rockys Rücken gleiten. »Ach . . . Entschuldigung«, stotterte er. »Das habe ich gar nicht gemerkt.«
Die anderen Reiter parierten ihre Pferde durch und ritten zu Conny und Rocky zurück. Auch Axel Rakete und Bastian hatten Rockys plötzliches Lahmen gesehen und trabten heran.
Rocky ließ den Kopf hängen, als Conny den Zügel lockerte. Über seinen Augen bildeten sich tiefe, angestrengte Falten und sein Maul verkrampfte sich zusehends. Er hatte Schmerzen, das war deutlich zu erkennen. Mitfühlend tätschelte Conny seine Mähne. »Pass mal auf, das ist bestimmt gar nicht schlimm«, tröstete sie ihren Traber. Eigentlich waren die beruhigenden Worte aber mehr für sie selbst bestimmt. »Nehmen Sie mal«, sagte sie mit einem Kloß in der Kehle und übergab dem Räuber die Zügel. »Ich sehe mir das Bein an.«
Conny bückte sich und tastete vorsichtig über das Hinterbein. Sicher hatte er sich nur vertreten. Kein Wunder bei dem unebenen Boden. Kaum berührte sie mit den Händen sein Fell, versuchte Rocky das Bein wegzuziehen. »Tut das so weh, mein Kleiner?«, fragte Conny ängstlich. Unter dem

Sprunggelenk schwoll das Gewebe zusehends an. Rocky stellte seinen rechten Fuß nicht auf, sondern hielt die ganze Zeit das Bein angewinkelt hoch. Axel Rakete war inzwischen eingetroffen. Er beugte sich aus dem Sattel von Cherie herab und begutachtete Rockys Schwellung von oben. »Ist die Stelle warm?«, wollte er wissen. Conny nickte. »Auf keinen Fall bewegen«, ordnete der Reitlehrer an. »Lass Rocky hier stehen. Ich ziehe mir nur die Rüstung aus, dann komme ich.« Er wendete mit Cherie ab und rief dabei dem Räuber zu: »Besorgen Sie Wasser zum Kühlen. Gleich von hier, aus dem Lottbach. Und sagen Sie Feddersen Bescheid, dass wir erst mal nicht weitermachen können.«
Die anderen beiden Räuber stiegen von ihren Fjordpferden. Ole wollte unbedingt näher zu Rocky. Conny versuchte das zu verhindern. Man wusste nie, wie das ausging, wenn zwei Pferde sich beschnupperten. Normalerweise biss Rocky dem gutmütigen Ole in die Ohren. Aber im Moment stand der Traber hilflos da. Vielleicht wollte das Fjordpferd sich endlich rächen? Jetzt, wo der Traber sich nicht wehren konnte? Im nächsten Moment schämte Conny sich für ihre Gedanken, denn Ole streckte seinen Kopf vor und legte seine Nüstern sanft auf Rockys Mähne. Ein liebevoller Trost unter Pferden! Und sie hatte an Rache gedacht.
Jule und Merle kamen. Zwischen sich schleppten sie einen offenen, schwarzen Kunststoffbeutel, aus dem rechts und links Wasser schwappte. Sophie, Theresa, die Gerlach-

Zwillinge und Imke Zavelstein trugen vom Lottbachufer ähnliche Plastikhauben voller Wasser herbei.
»Die hat uns Linse geliehen!« Jule schnappte nach Luft, ganz erschöpft vom schnellen Schleppen. »Das sind Abdeckhüllen für seine Kameras. Ein klasse Typ! Was ist denn mit Rocky los?«
Conny zuckte hilflos die Schultern. »Er scheint schlimme Schmerzen zu haben. Nicht mal ein Leckerli wollte er nehmen.«
Jule deutete mit dem Kinn auf ihre Kamerahülle. »Wir können dieses Ding nicht absetzen, weil es so wabbelig ist. Oben drin schwimmt ein Plastikbecher, damit kannst du gießen.«
Behutsam goss Conny einen Becher Wasser nach dem anderen über das verletzte Bein. Das schien Rocky angenehm zu sein. Er streckte das Bein ein wenig, versuchte sogar den Huf aufzusetzen, zog ihn aber schnell wieder hoch. »Das Bein wird immer dicker«, stellte Conny bekümmert fest, »trotz der Kühlung. Hoffentlich ist Axel bald hier.«
Als der Reitlehrer mit Bär Feddersen kam, hatte sich die Schwellung fast auf das ganze Bein verteilt. Axel Rakete befühlte es vorsichtig. »Das Bein lässt sich überhaupt nicht mehr beugen«, sagte er. »Kühlen ist sicher nicht verkehrt. Aber trotzdem . . . Conny, hast du Theos Telefonnummer im Kopf?«
Mit zitternder Stimme nannte Conny die Nummer von Dr. Theo Teichmüller, dem Stalltierarzt. Wie oft war er schon

auf den Reiterhof Birkenhain gerufen worden! Aber meist wegen Krankheiten, die man eindeutiger erkennen konnte. Kolik, Husten, Hufgeschwür. Doch das hier mit Rocky – man wusste gar nicht, was los war.

»Ist es gebrochen?«, hörte sie Bär Feddersen fragen. Conny stockte mitten in der Gießbewegung. Auch die anderen Mädchen standen wie erstarrt da.

»Wieso gebrochen?«, fuhr Jule ihn aufgebracht an. »Wie können Sie so etwas sagen?«

Bär Feddersen fühlte sich unbehaglich. Er blickte in neun entsetzte Mädchengesichter. »Weil der Rocky das Bein gar nicht aufsetzt«, verteidigte er sich. Offenbar hatte er etwas Falsches gesagt.

»Gebrochen! Wissen Sie, was das heißt?« Jule, die eigentlich mit dem Regisseur auf gutem Fuß stand, regte sich zum ersten Mal über ihn auf. »Das ist nicht wie bei Menschen, sechs Wochen in Gips und fertig. Das geht bei Pferden nicht.«

Dies war nicht der Augenblick zu fragen, was mit einem Pferd passierte, das sich ein Bein gebrochen hatte. Das merkte Herr Feddersen. Die angstvollen Gesichter der Mädchen waren Antwort genug. Auch die Nervis litten mit den anderen. Bei einem kranken Pferd gab es keine Schadenfreude.

»Ich habe ihn gepflegt, seit er von der Rennbahn kam«, sagte Conny mit erstickter Stimme. »Er kann sich doch jetzt kein Bein brechen . . .«

Sie rieb sich mit dem Ärmel übers Gesicht.
»Stimmt doch, Rocky«, schluchzte sie, »bei dir ist nichts gebrochen!« Sie kramte ein Leckerli aus der Tasche und hielt es dem Traber unter die Lippen. Er nahm es tatsächlich mit dem Maul auf, als wollte er Conny zeigen, dass sie keine Angst um ihn haben müsste. Aber dann überwog doch der Schmerz. Er konnte einfach nichts fressen und ließ den Würfel ins Gras fallen.
»Mach dir mal keine zu großen Sorgen, Conny«, schaltete sich Axel Rakete ein. »Ein gebrochenes Bein sieht anders aus. Rocky hat bestimmt ziemliche Schmerzen, aber ich tippe eher auf Einschuss.«
Mit vorsichtiger Hoffnung sah Conny zu ihm auf. »Meinst du wirklich? Das, was King Louis letztes Jahr hatte?«
Axel nickte zuversichtlich. »Genau. So was passiert, wenn Bakterien unter die Haut kommen, durch kleine Wunden. Das Bein vereitert dann innen.« Er zeigte auf Rockys unförmige Schwellung. »Von einer Sekunde zur anderen kann sich das ausbreiten und das Bein wird so dick wie bei ihm.«
Bär Feddersen erfuhr inzwischen leise von Bastian, warum die Mädchen bei dem Wort »Beinbruch« so entsetzt waren: Ein gebrochenes Bein bedeutet für Pferde das Todesurteil, weil ein Bruch fast nie geheilt werden kann. Natürlich bereute der Regisseur seine unbedachte Bemerkung jetzt zutiefst. Die Frage nach einem Ersatzpferd für Rocky verschob er auch. Im Moment war sowieso nicht an Filmen zu denken. Erst musste die Ersatzkutsche gefunden werden.

Conny beruhigte sich langsam ein wenig. Es war gut, einen Tierarzt wie Dr. Teichmüller in der Nähe zu wissen. Theo, wie alle im Stall ihn heimlich nannten, kannte jedes Schulpferd haargenau. Auch die Krankheiten von jedem einzelnen Vierbeiner. Nur von Rocky nicht. Das lag daran, dass der Traber noch nie krank gewesen war, seit Herr Jensen ihn von der Rennbahn gekauft hatte. Krank nicht – nur verstört, eifersüchtig auf jedes andere Pferd und manchmal unberechenbar. Erst seit Conny sich mit rührender Geduld um den Traber kümmerte, war er allmählich umgänglicher geworden.
Die Wasserbehälter waren bis auf den Grund leer geschöpft. Niemand sagte mehr etwas. Eine bedrückende Stille lag über der Wiese. Conny schlang ihre Arme um Rockys Hals und er ließ seinen Kopf schwer auf ihre Schultern sinken.
So merkwürdig ruhig fand Dr. Teichmüller die bunte Gesellschaft aus Räubern, Mädchen in Juteflicken, Filmleuten, einer umgekippten Kutsche und sechs Pferden vor. Der fast zwei Meter lange Tierarzt stakste wie ein Storch durch den Matsch auf sie zu. In einer Hand trug er seine graue Arzttasche, den anderen Arm spreizte er ab, um das Gleichgewicht auf der rutschigen Koppel zu halten.
»Wo haben wir denn den Patienten?«, fragte er betont fröhlich. Er wusste, wie sehr die Reitermädchen mit jedem kranken Pferd litten, und wollte sie etwas aufmuntern.
Conny drehte sich um und gab Rockys Hals frei. Ole dage-

gen, der immer noch wie angewurzelt an derselben Stelle stand und seine Nüstern gegen Rockys Mähne presste, rührte sich nicht.

»Du bist ein richtig guter Freund, was, Ole?«, sagte Theo lächelnd und machte einen Bogen um Oles Hinterteil. Dann begann er mit der Untersuchung.

»Phlegmone«, sagte er nach einiger Zeit. »Auf Deutsch nennt man das Einschuss. Gut, dass ihr gleich angerufen habt. Je schneller man das behandelt, desto besser.«

Axel Rakete hatte die Arzttasche übernommen, sie geöffnet und hielt sie nun an den beiden Handgriffen auseinander. Der Tierarzt zog eine Penizillinspritze auf. »Das ist eine beginnende Blutvergiftung, da zählt jede Stunde.« Er verabreichte Rocky die Spritze und winkte Conny zu sich heran. »Guck mal, hier, die Fesselbeuge. Siehst du die Insektenstiche?«

Dr. Teichmüller legte die gebrauchte Spritze in das Abfallfach der grauen Tasche. »Wahrscheinlich sind die Bakterien an den Einstichstellen unter die Haut gelangt.« Er gab Conny eine Salbe und warf über den Rand seiner Brille einen Blick auf die Packung. »Jeden Tag die Stiche damit einreiben. Wundere dich nicht, dass auf der Tube ›für Kühe‹ steht – die Salbe hilft auch bei Pferden.«

Die nächsten Tage sollte Rocky nur stramm in der Box stehen. Keine Bewegung. Aber der Traber würde sowieso keinen Schritt gehen wollen, meinte Theo, mit dem dicken Bein.

»Haben Sie nicht eine XXL-Spritze für kaputte Kutschenbeine?« Jule konnte schon wieder scherzen, nachdem Rockys Lahmheit sich nicht als lebensgefährlich herausgestellt hatte.

»Für das Hinterrad?«, fragte Dr. Teichmüller und sah stirnrunzelnd auf den Pferdewagen, der mit Steinen vor dem Umkippen gesichert war. Kai Jensen hatte ihm zwar von dem Werbefilm erzählt – aber nicht, dass hier so ein Chaos herrschte.

Wie groß das Durcheinander wirklich war, konnte ihm der Stallbesitzer kurz darauf ausführlich schildern. Kai Jensen kam nämlich voller Unruhe mit Luisa und Aufnahmeleiter Kampmann vom Museum zurück. Er hatte den Tierarztwagen auf dem Hof gesehen und gleich geschaltet, dass auf der Wiese etwas passiert sein musste. Herr Jensen lobte Conny und die anderen Mädchen, weil sie das Bein sofort gekühlt hatten. Conny sollte Rocky jetzt zurück in den Stall bringen. Ganz langsam, Schritt für Schritt, mit Pausen, wenn Rocky nicht weiterkonnte.

Obwohl der Reiterhof nur wenige Minuten von der Waldkoppel entfernt lag, brauchte Conny diesmal fast eine Viertelstunde, bis sie mit dem stark lahmenden Pferd die Stallgasse erreichte. Rocky drehte sich in der Box sofort zur Wand und zog das rechte Hinterbein an. Mit gesenktem Kopf stand er da wie ein Häufchen Elend. Als Conny zu ihm in die Box schlüpfte und seine Mähne kraulte, drehte er den Kopf zur Seite. Die bloße Berührung schien ihm schon zu viel zu sein.

Auf Zehenspitzen schlich Conny wieder hinaus. Sorgenvoll beobachtete sie ihren Liebling. Einige erwachsene Reiter blieben vor Rockys Box stehen. »Was hat er denn?«, wollte Fritz Voß wissen, einer der wenigen netten Erwachsenen und ein Fan von King Louis.
»Einschuss«, murmelte Conny abwesend. Dann erinnerte sie sich daran, dass der alte Herdenchef die gleiche Krankheit gehabt hatte. »Wie lange hat es denn bei King Louis gedauert?«, fragte sie Fritz Voß.
Er überlegte kurz. »Also, am ersten Tag war es ganz schlimm. Da wollte er nichts sehen, nichts hören, nichts fressen. Am nächsten Morgen hat er schon wieder hungrig aus der Box geguckt.« Fritz Voß zog Conny aufmunternd an einem Zipfel ihrer Jutefetzen. »Einmal darüber schlafen, und morgen früh begrüßt dich Rocky wie immer. In zwei Wochen ist alles vergessen.«
Einmal darüber schlafen! Siedend heiß fiel Conny ein, dass sie ja heute im Bauwagen übernachten wollte. Bei den Kranichen. Mit Daniel, Jens Witt und ihrem Vater. Nein, gestrichen. Sie würde den ganzen Tag hier vor Rockys Box verbringen. Bis in die Nacht.
Conny zog einen Strohballen aus der Nische neben der letzten Box und ließ sich darauf niederfallen. Nappo, der Haflinger, drückte seine Nase gegen die Trennstäbe zu Rocky und schnaubte kaum hörbar. Rocky streckte seinen Kopf vor und ließ es sich gern gefallen, dass sein Pferdenachbar ihn tröstete. So standen sich die beiden Nase an

Nase gegenüber. Ausgerechnet die zwei, die sich sonst ständig rauften!
Die Stallgasse füllte sich allmählich mit Reitern. Alle kamen kurz zu Conny und erkundigten sich nach dem Traber. Rocky stand während der ganzen Zeit regungslos auf drei Beinen, immer noch Kopf an Kopf mit Nappo.
Pferde trösten sich gegenseitig besser, als Menschen das können, stellte Conny mit einem Anflug von Eifersucht fest. Das bemerkte auch Luisa als Erstes, als sie eine halbe Stunde später mit ihrem Skriptgirl-Heft erschien und den kranken Traber besuchte. »Theo sagt, wir sollen Rocky heute total in Ruhe lassen«, richtete sie vom Tierarzt aus, »damit könnte man ihm am besten helfen.«
Luisa schob sich neben Conny auf den Strohballen. »Auch wenn du im Moment davon nichts hören willst – wir brauchen dich morgen früh um acht Uhr im Museumsdorf.« Sie blätterte suchend in ihrem Heft. »Die haben dort genau die richtige Kutsche. Aber die verleihen sie nur unter der Bedingung, dass wir im Museumsdorf weiterfilmen.« Beschwichtigend hob Luisa die Hand, als Conny abwinken wollte. »Klar, du willst nicht, wegen Rocky«, räumte sie ein. »Aber sieh mal, hier.« Luisa deutete auf die eng beschriebene Seite mit der Überschrift *Mittelalterliche Kinder*. »Du musst dabei sein, weil du in den anderen Aufnahmen auch zu sehen bist.«
Conny verspürte wirklich keine große Lust weiterzumachen. »Wieso ist das so wichtig? Rocky fällt ja auch aus.«

Diese dumme Räuberwaffel. Was war die schon im Vergleich zu einem kranken Pferd?
Luisa nickte. »Stimmt. Aber Rocky war immer von Ole und Kalle verdeckt.« Sie tippte auf das Heft. »Steht alles genau hier drin.«
Conny stützte ihr Kinn in die Hände und seufzte. »Dann kann der Feddersen ja froh sein, dass Rocky jetzt ganz weg ist. Der wollte ihn doch sowieso nicht haben.«
Luisas Warnstoß in die Seite kam etwas zu spät. Bär Feddersen erschien gerade in der Stallgasse und kriegte Connys letzte Worte noch mit.
»Du hast Recht«, sagte er ruhig. »Aber nur, weil Rocky einen so edlen Kopf hat.« Luisa zog es vor zu verschwinden und Bär Feddersen nahm ihren Platz auf dem Strohballen ein. Conny rückte sofort ein bisschen ab. »Ein solch elegantes Pferd passt nicht zu einem Räuber. Ich will dir mal was zeigen« – der Regisseur griff in seine Brieftasche und kramte darin herum –, »damit du nicht länger denkst, ich mag keine Tiere.«
Er zog ein Foto hervor und hielt es Conny hin. Ein struppiger, brauner Hund war darauf zu sehen, zwischen Hals und Hüfte mit weißem Verbandmull eingewickelt. »Das ist mein Mumpitz«, sagte Bär Feddersen mit weicher Stimme. »Sechs Wochen ist es her, da hat ihn ein Riesenhund halb tot gebissen. Am Anfang bin ich jede Nacht aufgestanden und habe den Kleinen frisch verbunden.«
Er warf einen liebevollen Blick auf das Bild und steckte es

wieder ein. »Morgens war ich todmüde und hatte keine Lust ins Studio zu gehen«, fuhr er fort. »Natürlich habe ich meine Arbeit trotzdem gemacht. Sonst hätte mein ganzes Team nicht weiterarbeiten können. Verstehst du, was ich meine?«

Klar verstand Conny das. Es war ja nicht besonders schwer. Sie sollte sich wie ein Profi benehmen und morgen früh im Museumsdorf erscheinen. Pferd ist Pferd und Dienst ist Dienst. »Wenn du es nicht für mich machen willst«, ergänzte Bär Feddersen und bückte sich nach der Salbentube, die vom Strohballen gerutscht war, »dann tu's für deine Freundinnen. Wir alle kommen ohne dich nicht weiter.« Beim Aufheben der Tube warf er einen Blick darauf und fing plötzlich laut an zu lachen. »Sei nicht böse«, sagte er und lachte immer noch. »Aber lies mal, was auf Rockys Salbe steht.«

Ein seltsamer Tierfreund! Wie konnte der Mann sich amüsieren, wenn es um Rockys Verletzung ging? Argwöhnisch zog Conny ihm die Tube weg, studierte den Aufdruck und brach dann selbst in schallendes Gelächter aus. Sie konnte einfach nicht anders, denn auf der Tube stand: *Gegen Stiche ins Euter. Nach jedem Melken dünn auftragen.*

9. Kapitel

Aufregung am Nest

Die Eutersalbe und der kleine Hund hatten das Kunststück geschafft, das Eis zwischen Conny und Bär Feddersen zu brechen. Sie versprach, am nächsten Morgen im Museumsdorf zu erscheinen.
Am späten Samstagnachmittag fuhr Conny halbwegs erleichtert vom Reiterhof Birkenhain nach Hause. Kai Jensen hatte ihr versichert, dass Rocky nichts als Ruhe brauchte. Als Conny ging, setzte der Traber sein Bein bereits vorsichtig auf die Hufspitze. Ein gutes Zeichen.
Ulli Clasen hatte den Wagen schon für die Übernachtung am Erlenmoor gepackt. Proviantpakete, warme Pullover und Decken stapelten sich auf der Ladefläche.
»Eigentlich ist das nicht erlaubt«, sagte Ulli Clasen, als er Connys dicken Schlafsack auf den Rücksitz beförderte. »Schlafsäcke mitzunehmen. Wer schläft, sieht keine Nesträuber. Aber wir sind ja heute zu viert . . .«
Nach dem Auftauchen des schwarzen Golfs herrschte stän-

dig Alarmbereitschaft im Bauwagen am Erlenmoor. Die Nacht von Freitag auf Samstag war aber völlig ruhig gewesen. Der Samstagnachmittag dagegen hatte von Daniel und seinem Onkel Jens Witt vollen Einsatz erfordert. Keine Nesträuber, aber ganze Gruppen von Spaziergängern suchten nach dem Kranichnest.

»Die meisten sind sehr enttäuscht, wenn wir sie wegschicken«, berichtete Jens Witt, als Conny und Ulli Clasen am blauen Bauwagen eintrafen. »Aber sie sehen es ein. Nur einige Fotografen machen immer wieder Schwierigkeiten.«

Jetzt aber, es ging schon auf zwanzig Uhr zu, kehrte Ruhe am Erlenmoor ein. Daniel packte sein Fotoalbum aus dem Rucksack und zeigte Conny Bilder vom Falkenschutz am Neckar. Natürlich nur Bilder, die die Vogelschützer geschossen hatten, ohne die Falken zu stören.

»Das sieht richtig aufregend aus«, sagte Conny über das Album gebeugt, »wie die Nester in die Klippen gebaut sind. So hoch! Ich kann mir gar nicht vorstellen, dass Eierräuber an diesen steilen Felsen hochkommen . . .«

»Normale Menschen nicht«, sagte Daniel. »Das sind Hobbykletterer. Für die ist es eine Mutprobe, diese gefährlichen Felsen zu besteigen. Das machen die für verbotene Tierhandelsringe, das hatte ich dir ja schon erzählt. Die geben den Jungs richtig Kohle für die Falkeneier.«

Merkwürdige Mutproben, dachte Conny, aber es muss spannend sein, einen solchen Felsen zu beobachten.

»Du kannst mich ja nächstes Jahr beim Falkenschutz besuchen«, schlug Daniel mit einem schnellen Seitenblick auf seinen Onkel vor. »In den Osterferien vielleicht?«
Conny fühlte, wie ihr Kopf dröhnte. Ihr Herz klopfte plötzlich doppelt so schnell wie vorher. »Warum nicht«, piepste sie mit ungewohnt hoher Stimme, über die sie sich sofort ärgerte. Angestrengt starrte sie aus dem Fenster des Bauwagens. Wie viel kann ein Mensch eigentlich an einem Tag verkraften, fragte sie sich, bevor er tot umfällt? Zuerst der Schock mit Rocky, dann Daniels Einladung . . .
Draußen senkte sich die Dämmerung über das Erlenmoor. Im Bauwagen brannte noch kein Licht. Conny war heilfroh. So sah niemand ihren roten Kopf.
»Schade, dass unsere Kraniche nicht auch an Felsen brüten«, bedauerte sie, jetzt wieder in ihrer gewohnten Tonlage, »dann könnte man wenigstens das Nest sehen. Und die Diebe auch. Meint ihr übrigens, dass der Typ mit dem Golf noch mal wiederkommt?«
Geschafft! Conny atmete auf. Wie geschickt von ihr das Thema so elegant wieder auf die Kraniche zu bringen.
»Eier wird er nicht mehr lange finden«, meinte Jens Witt. »Im Kleinmoorstedter Bruch sind schon die ersten Jungen geschlüpft. Zwei Stück.« Er lachte. »Scheumanns im Doppelpack, würde Daniel sagen.«
Als Conny gegen Mitternacht in ihren Schlafsack kroch, fühlte sie sich rundherum zufrieden. Es war gut, dass alle sie überredet hatten, heute zum Erlenmoor zu fahren.

Trotz Rocky. Ihr kleiner Traber stand ja gut versorgt im Stall. Und sie kam bei den Kranichen auf andere Gedanken und grübelte nicht den ganzen Abend über Rockys Bein nach.
Wie von einer Wespe gestochen fuhr Conny fast fünf Stunden später in ihrem Schlafsack hoch. Eine Trompetenfanfare riss sie aus dem Schlaf – der durchdringende Ruf des Kranichs.
»Der offizielle Kranichweckdienst«, sagte Daniel grinsend und hielt ihr eine bauchige Tasse hin. Duftende Dampfkringel stiegen aus dem Kakaobecher hoch.
»Toller Service.« Conny unterdrückte ein Gähnen. Sie fühlte sich steif und fror ein bisschen. Warmer Kakao war jetzt genau das Richtige. Schummriges Licht fiel durch das Fenster. Wurde es draußen etwa schon hell?
»Hab ich die ganze Nacht verpasst?«, fragte sie entsetzt und pellte sich hastig aus dem Schlafsack.
»Geschlafen hast du wie ein Murmeltier.« Ulli Clasen schmunzelte. »Aber verpasst hast du nichts. Noch nicht. Gleich wird wohl einer der Kraniche losfliegen. Zum Frühstücken.«
Conny schüttelte sich ein paar Mal wie Rocky, wenn er nach dem Wälzen aufsprang, und streifte ein dickes Sweatshirt über. »Komm nach draußen«, sagte Daniel. »Da sehen wir sie bestimmt.«
Vor dem Bauwagen empfing sie ein wunderbarer Duft von Frühling, Frische und Sonntag. Weißer Morgendunst hing

über dem Teich. Die Erlen streckten ihre dunklen Zweige durch den Nebelschleier. Nichts rührte sich. Wäre nicht das Gezwitscher der Vögel gewesen – Conny hätte sich wie in einem Gemälde gefühlt.

»Da drüben, sieh mal, da fliegt einer«, wisperte Daniel plötzlich und zeigte nach oben.

»Mann, ist der groß«, staunte Conny. »Größer als ein Storch!« Fasziniert blickte sie dem Kranich nach, der mit ausgestrecktem Hals und gewaltigen, ruhigen Flügelschlägen über das Erlenmoor davonflog.

»Stell dir vor«, flüsterte Daniel, »du siehst im Herbst den Zug der Kraniche am Himmel, wenn sie nach Spanien fliegen.« Sein Blick ruhte immer noch auf dem majestätischen Vogel. »Dann kannst du sagen – zwei davon habe ich gerettet.«

»Wow«, sagte Conny beeindruckt.

Jens Witt erschien auf den Stufen des Bauwagens und machte die beiden ungeduldig auf sich aufmerksam. Mit einer Kopfbewegung beorderte er sie in den Wagen zurück. »Er ist wieder da«, sagte er mit unterdrückter Stimme und gab Daniel das Fernglas. »Ulli hat schon die Polizei angerufen. Die brauchen allerdings eine halbe Stunde bis hier draußen.«

Daniel pfiff leise durch die Zähne, als er das Glas ansetzte. »Der Kerl im Surfanzug. Tatsächlich!« Er gab das Glas an Conny weiter. Vor lauter Aufregung drehte sie es zuerst falsch herum, aber endlich sah auch sie den schlanken

Mann. Über seinem schwarzen Neoprenanzug trug er eine breite Umhängetasche. Nach rechts und links sichernd, schlich er auf den Teich zu, verschwand hinter abgestorbenen Birken, um dann woanders erneut aufzutauchen.
Jens Witt nahm Conny das Fernglas ab. »Ulli und ich müssen ihn festhalten«, sagte er aufgeregt, während er den Verdächtigen weiter im Blick behielt, »sonst ist er mit den Eiern weg, bevor die Polizei kommt. Hier ist mein Handy, falls noch mehr passiert.« Er drückte Daniel sein Mobiltelefon in die Hand und schlüpfte mit Ulli Clasen aus der Tür.
»Sei vorsichtig, Vati«, flüsterte Conny ihm nach. Ulli Clasen nickte beruhigend.
»Lass mich auch mal gucken«, drängte Conny ungeduldig. »Was siehst du? Sag doch.« Sie hüpfte neben Daniel von einem Bein auf das andere.
»Der Typ schleicht an der Böschung auf und ab«, berichtete Daniel, »der sucht wohl einen guten Einstieg ins Wasser. Dein Vater und Onkel Jens sind nicht zu sehen. Oder ... doch?«
Jetzt hielt Conny es nicht mehr aus. Energisch entwand sie Daniel das Glas, der es protestierend festhalten wollte. Dabei passierte es: Das schwere Gerät rutschte Conny aus der Hand und fiel polternd zu Boden. In der Waldesstille kam es ihr vor wie das nächtliche Dröhnen einer Kirchturmglocke.
Himmel, jetzt ist der Neoprenmann gewarnt, schoss es Conny durch den Kopf.

Daniel bückte sich blitzschnell nach dem Fernglas und starrte damit erneut in die Morgendämmerung. »Er flüchtet«, berichtete er knapp. In seiner Stimme lag maßlose Enttäuschung.
Conny kämpfte mit den Tränen. »Und ich bin schuld«, sagte sie leise. Warum war sie nur so ungeduldig gewesen!
»Dein Vater . . .« Daniel hatte das Fernglas immer noch vor den Augen. »Er ist an ihm dran.«
Conny war kurz davor, in Ohnmacht zu fallen. »Was heißt das – er ist dran . . .? Bitte sag, dass Vati ihn gekriegt hat!«
Wieder folgte quälendes Schweigen. Dann endlich Daniels Stimme, diesmal laut und triumphierend: »Er hat ihn. Spitzenmäßig, dein Vater!«
Endlich durfte auch Conny durchs Glas blicken. Sie sah, wie Jens Witt dem Räuber beide Arme nach hinten bog, während ihr Vater ihm eine Hand vor den Mund presste.
»Die denken auch an alles«, sagte sie anerkennend. »Sogar daran, dass alles lautlos über die Bühne gehen muss, wegen der Kraniche.«
Zehn Minuten später saß der verhinderte Nesträuber zwischen ihnen im Bauwagen. Er war gerade neunzehn Jahre alt. Ohne Umschweife gab er zu, dass er Geld für sein neues Auto brauchte. Er sollte die Kranicheier für einen reichen Geschäftsmann stehlen, der ganz verrückt nach den »göttlichen« Vögeln war und schon fünfundzwanzig Kraniche im Garten hielt. Die Superbezahlung hatte den jungen Mann schwach werden lassen.

»Dann sehen wir uns wohl vor Gericht wieder«, verabschiedete sich Jens Witt von ihm, als um sechs Uhr der grünweiße Polizeiwagen vorfuhr und den Mann im Surfanzug mitnahm.
»Ist die Bewachung jetzt vorbei?«, wollte Conny wissen.
Jens Witt lachte. »Jetzt geht es erst richtig los. In ein paar Tagen werden die Jungen schlüpfen. Und die beschützen wir, bis sie flügge sind, fast drei Monate. Du kannst also noch oft helfen.« Er schmunzelte. »Übrigens: Daniel kommt noch an drei Wochenenden wieder.«
Conny ärgerte sich, weil sie schon wieder rot wurde. »Ich auch«, versprach sie, »aber erst mal muss der Film fertig werden.« Sie schaute auf die Uhr. »Heute um acht geht es weiter. Aber vorher will ich unbedingt noch zu Rocky.«
Daniel stöhnte auf. »Traber müsste man sein«, sagte er und verdrehte die Augen in gespieltem Schmerz. »Die haben bei dir wohl mehr Chancen als jeder Junge, was, Mücke?«
Conny hatte ihren Schlafsack eingerollt und stand bereits in der Tür. Ihr Vater wartete schon im Auto. »Vielleicht mache ich mal eine Ausnahme?«, sagte sie übermütig. Natürlich freute sie sich rasend über Daniels Anspielung. Aber jetzt war nicht der Zeitpunkt, um über Ausnahmen zu reden. Nicht vor einem Erziehungsberechtigten. Und nicht an einem Sonntag wie diesem, an dem ein kranker Traber wartete und ein ganzes Filmteam.

10. Kapitel

Dein Einsatz, Sally!

Um ein Haar wäre Conny in Jules Mountainbike gerast, als sie kurz nach sieben Uhr zum Reiterhof düste. Beide Mädchen mussten die Lenker wild herumreißen, um nicht an der Einfahrt zusammenzustoßen.

»Wie geht es Rocky?«, wollte Conny sofort wissen, als sie vom Rad gesprungen war.

»Alle anderen sind schon am Museumsdorf«, jammerte Jule statt einer Antwort. »Nur Jule Ahrend darf mal wieder nicht vor sieben aus dem Haus ... Ach, Conny, kannst du mir nicht deine Eltern abtreten?« Aufgebracht warf sie ihr Mountainbike neben den voll besetzten Fahrradständer.

»Rocky ...«, drängte Conny ungeduldig und hob ihren Stallrucksack aus dem Korb ihres Gepäckträgers.

»Keine Sorge, der sieht schon wieder viel besser aus.« Jule versetzte ihrem unschuldigen Fahrrad einen ärgerlichen

Tritt. »Luisa hat gestern Abend sein Bein noch mal gekühlt.«

Die vordere Stallgasse lag wie ausgestorben da. Die Boxen der Filmpferde standen leer. Nur Filmstar Sally wartete noch. Als die Mädchen hereinkamen, drückte die braune Stute ihren Kopf an die Boxentür und begrüßte Jule mit tonlosem Wiehern.

»Wir sollen möglichst schnell nachkommen«, richtete Jule von Herrn Jensen aus und rieb ihre Nase an Sallys Fell. »Du sollst Lotta nehmen, Mücke.«

Conny nickte. Aber erst mal musste sie zu Rocky. »Ich sattle Lotta, dann kannst du dich länger um Rocky kümmern«, rief Jule ihrer Freundin hinterher. Ein Pfundskerl, diese Jule.

Rocky stand wie gestern mit dem Gesicht zur Wand. Aber er hob den Kopf, als er Conny entdeckte. Genau wie Fritz Voß vorausgesagt hatte! Mühselig versuchte der Traber sich auf drei Beinen zu dem Mädchen umzudrehen.

»Nein, bleib doch stehen, Rocky.« Conny zwängte sich schnell durch die Stäbe, um Rocky von jeder Bewegung abzuhalten. Sie schlang die Arme um seinen Hals. »Na, mein Junge, bist du bald wieder gesund?«

Rocky stupste sie leicht mit der Nase an, und als Conny eine Möhre hervorholte, biss er sogar hinein. Nicht so vergnügt wie sonst, aber er nahm sie wenigstens. Nappo bekam auch eine. Conny begutachtete das Hinterbein. Es war immer noch warm und geschwollen. Ein bis zwei

Wochen, hatte Theo gesagt. Immerhin, ein Tag war schon herum.
»Heute Mittag komme ich wieder.« Conny drückte Rocky einen Kuss auf den Nasenrücken und rieb seine Insektenstiche mit der Eutersalbe ein. Das Schlimmste schien überstanden.
Kurz darauf ritten die beiden Mädchen in den Sätteln von Sally und Lotta vom Reiterhof los. Auf dem Birkenweg herrschte gähnende Leere. Um diese Zeit schlief Großmoorstedt noch. Der Weg zum Museumsdorf war nur kurz, gut zehn Minuten. Trotzdem schafften es Conny und Jule, sich lange Geschichten zu erzählen. Sie redeten einfach beide gleichzeitig. Jede von einem anderen Erlebnis – aber Conny und Jule waren so geübt darin, dass sie jedes Wort mitkriegten. Conny berichtete natürlich brühwarm von ihrem Nesträuber und Jule vom Umzug des Filmteams ins Museumsdorf.
»Ich verstehe nicht, warum die unser Museum nicht gleich ausgesucht haben«, wunderte sich Jule und lenkte Sally weiter nach rechts, um ein Auto vorbeizulassen. »Da ist doch alles, was sie brauchen – der Lottbach, riesige Bäume und wucherndes Gras.«
»Ja, genau«, fiel Conny ihr ins Wort. »Und anständige Wege. Auf dem Kopfsteinpflaster wäre Jensens Kutsche nicht zu Bruch gegangen.«
Sie mussten Schlangenlinien reiten, um am Eingang des Freilichtmuseums an den Filmlastwagen vorbeizukom-

men. Zwischen der alten Schmiede, der Scheune und der Getreidemühle liefen emsige Bühnenarbeiter hin und her. Hinten, am Ufer des Lottbachs, der hier deutlich schmaler war als am Reiterhof, buddelte ein Gärtner Pflastersteine aus. Dann grub er an der Stelle zwei Haselnussbüsche und einen Holunder ein. Klar, der Drehort musste so aussehen wie an der Waldkoppel. Luisa stand neben dem Gärtner und gab ihm offenbar genaue Anweisungen. Zwischendurch verglich sie alles mit ihrem Notizheft.

»Luisa sieht sehr streng aus.« Jule schmunzelte. »Bestimmt lässt sie nichts durchgehen und bringt den Gärtner zur Weißglut.«

Von weitem winkten Lampe und Linse. Jule und Conny waren sicher, dass auch Herr Winkelmann sie gesehen hatte, aber er drehte sich ohne Gruß weg.

Die Mädchen ritten weiter durch das Museumsdorf, am Dorfkrug und am Habichtshof entlang, vorbei am Backhaus und am Kutschenunterstand. Sie überquerten den Dorfplatz mit der knorrigen Eiche. Schließlich machten sie Herrn Jensen bei der zweigeschossigen Getreidemühle ausfindig. Dort war die Sammelstelle für Pferde und Darsteller.

Die Mädchen ließen sich von Sally und Lotta gleiten und übergaben die Pferde an ihre Filmreiter. Robin Hood wirkte aufgeregt, als Jule ihm in Sallys Sattel half.

»Schon wieder ein neues Hindernis«, sagte er mit matter Stimme. Sein Blick ging zum Ufer des Lottbachs, wo der

Gärtner und Axel Rakete einen Sprung mit Grünzeug besteckten. »Ich muss zwar nicht in den Fluss springen, der ist hier zu schmal. Aber ich soll sofort nach dem Hindernis abwenden, damit die Kamera das Wasser mit drauf hat.« Er seufzte und wurde noch eine Spur blasser. »Du weißt schon, die Bilder müssen mit denen von gestern übereinstimmen. Aber ... dafür reite ich einfach nicht gut genug.«

Sally schnaubte, als ob sie sagen wollte: *Keine Angst, ich mach das schon.* Jule lachte und gab ihrem Mäuschen einen sanften Klaps. »Reiten Sie doch mal hin und lassen Sie sich von Axel Rakete ein paar Tipps geben«, riet sie dem Chefräuber. Dankbar lächelnd ritt Robin Hood los. Jule bummelte zu Conny hinüber, die mit Bär Feddersen vor einem Pferdewagen stand.

»Was ist das für ein langes Gerät?«, wollte Conny wissen. Skeptisch musterte sie den Wagen, vor dem Ankum und Brinkum angespannt standen.

»Hast Recht, er ist ein Stück länger als eure Hochzeitskutsche«, gab Bär Feddersen zu. Er rüttelte am Unterteil des Wagens. Sofort drehten sich zwei Paar Friesenohren nach hinten. »Aber sieh mal, die Räder sind wirklich verblüffend ähnlich. Und gefilmt wird ja nur das Vorderteil mit den Kutschern. Wie geht es übrigens Rocky? Hilft die Eutersalbe?«

Conny nickte zuversichtlich. »Rocky sieht nicht schlecht aus. Vorhin habe ich ihm die Stellen eingerieben. Natürlich genau nach Vorschrift.« Sie zog die Nase kraus. »Also nach dem Melken.«

Herr Jensen scharrte nervös mit seinen Reitstiefeln. Er hasste überflüssige Unterhaltungen. »Nun aber los«, sagte er ungeduldig. »Oder wollen wir warten, bis die Mädchen aus ihren Reithosen herausgewachsen sind?«

Luisa war mit dem Gärtner zufrieden, kam jetzt herüber und brachte die Jutekostüme für Jule und Conny mit.

Die Mädchen verschwanden in der Getreidemühle und fingen an sich in Windeseile umzuziehen. In der Hast verfing sich Jules Pullover mit dem engen Halsausschnitt in ihrer Halskette. Sie schaffte es nicht, ihn über den Kopf zu ziehen. Der Kragen saß fest und sie war völlig blind.

»Hi, Conny«, quiekte sie plötzlich auf, »lass das. Ha, ha ... hör auf! Du weißt doch, wie kitzelig ich bin.« Sie drehte und wand sich, um Conny zu entgehen. »Das ist so gemein, Conny Clasen ...«

Mit beiden Händen zerrte Jule an ihrem festgehakten Pullover und lachte und krümmte sich, bis sie Bauchschmerzen bekam. »Warte, wenn ich wieder sehen kann ... ha, ha ...« Jule kriegte das blöde Ding nicht ausgezogen! Conny amüsierte sich ja prächtig über ihre Tapsigkeit. Jedenfalls gackerte sie wie eine der Killerbienen.

Jule gab den Kampf mit dem Pulli auf und wehrte jetzt Conny mit den Händen ab. Beherzt griff sie in ihr Haar – und ließ es sofort aufjaulend wieder los. Das war nicht das

Haar von Conny, was sie in der Hand hielt! Das war überhaupt kein Menschenhaar.
Ein Besen! Das waren die Borsten eines Besens. Oder . . .
»Kalle«, schrie Jule auf. Das war eine struppige Stehmähne! »Ist das etwa der verrückte Kalle?«
»Tut mir Leid, Jule«, hörte sie Conny glucksen. Endlich war das Kitzeln vorbei und Conny zog ihrer Freundin den Pullover über den Kopf. »Es war so komisch . . . ich konnte einfach nicht eher eingreifen . . .« Dann lachte Conny haltlos weiter – und Jule sah sich dem frechen Gesicht von Kalle gegenüber. Seine Augen funkelten sie unternehmungslustig an. *Noch ein kleiner Zweikampf gefällig?*, schien sein Blick zu sagen. Ohne Umschweife wollte er wieder seine Nase in Jules Rippen rammen.
»Raus«, sagte Jule streng und zeigte energisch auf die offene Tür. »Aber sofort.«
Kalle hörte gar nicht hin. Er schlug Haken wie ein Hase, als Jule ihn fangen wollte. Dann begann der kleine Struppi, in der weitläufigen Mühlendiele mit den Reitstiefeln der Mädchen Fußball zu spielen. Fjordpferdefußball. Erst als die beiden in ihren Kostümen steckten, trabte er mit zum Ausgang.
»Vermisst jemand sein Pferd?«, fragte Jule spitz, als sie aus der Mühle kam. Nein, niemand hatte gemerkt, dass Kalle verschwunden war. Außer Ole, der einige Male laut gewiehert hatte. Kalles Räuber wurde nicht einmal rot, als er sein Pferd von Jule übernahm.

Es war erstaunlich, wie reibungslos der Kutschenüberfall klappte. Die gepflasterten Wege im Museumsdorf machten es den Kutschern leicht, die Friesen zu lenken. Schon um zehn Uhr war die Szene im Kasten.

Jetzt fehlte nur noch der krönende Abschluss – der Sprung von Robin Hood. Gespannt warteten alle darauf, wie er die Sache meistern würde. Dreimal sprang der Räuber zur Probe über das Hindernis. Dreimal murmelte Herr Jensen: »Oha.« Und dreimal schüttelte Bär Feddersen heftig den Kopf.

»Okay, Schluss«, sagte der Regisseur nach dem letzten Sprung entschieden und schlug wie zur Bekräftigung die Hände zusammen. Sein Blick ging zu Jule. Dann weiter zu Herrn Jensen, und als der wortlos nickte, wieder zu Jule.

»Hör zu, Mädchen«, sagte Bär Feddersen fest. »Du bist meine letzte Rettung. Er schafft den Sprung nicht, das siehst du ja.« Der Regisseur sah Jule beschwörend an. »Traust du es dir zu? Wenn ich diesen Film heute nicht fertig kriege, komme ich bei Prospers in Teufels Küche.«

Robin Hood war herangeritten und schwang sich aus Sallys Sattel. »Kann nicht Jule diesen letzten Sprung für mich übernehmen?«, schlug er selbst vor. »Wenn sie drei dicke Pullover unters Kostüm zieht, fällt das doch keinem auf.« Er raufte seine dunkelroten Locken und wirkte verlegen. »Wir haben ja fast dieselben Haare. Ich muss neidlos zugeben, dass Jule auf Sally besser aussieht als ich.«

Jule sagte nichts. Sie war einfach sprachlos. Und das passierte weiß Gott nicht oft. Erst als Conny sie anstieß und flüsterte: »Hab ich es nicht vorausgesehen, Jule Ahrend?«, fand sie ihre Sprache wieder.

»Das wäre der absolute Überhammer«, stieß sie hervor. »Nur . . . meine Eltern . . .«

»Ach ja.« Bär Feddersen griff sich an die Stirn. »Die sind ja so streng, stimmt's? Und wenn ich sie anrufe? Und hierher hole?«

Jule zuckte zweifelnd die Schultern. »Versuchen können Sie es.«

Was keiner von den Stallleuten für möglich gehalten hatte, passierte doch – Bär Feddersen fuhr zu Jules Eltern und brachte sie kurzerhand mit ins Museumsdorf. In ihrer korrekten Kleidung wirkten sie wie im falschen Film – neben dem Regisseur mit Lederweste und Sonnenbrille und all den Räuberfetzen und Kettenhemden. Jule schnappte unangenehme Gesprächsfetzen auf, als Brigitte und Peter Ahrend näher kamen – »Schule«, »Zeugnisse« und »Versicherungsprobleme«.

Jule beeilte sich hinter den Pferden zu verschwinden. Besser, Bär Feddersen führte das Überredungsgespräch allein. Die Unterhaltung zog sich zäh hin, aber schließlich hatte Bär das Ehepaar Ahrend fast mürbe geredet. Jule kam wieder hinter Sally hervor. Sie hatte richtig überlegt: Tatsächlich waren ihre Eltern stolz ihre Tochter so schick in Robin-Hood-Tracht zu sehen. Besonders Jules Vater. Bär Feddersen nutzte seine schwache Minute aus und bot Peter

Ahrend eine Gage von zweihundert Mark für Jules Sprung an. »Das müsste Sie als Bankmann doch freuen«, umwarb ihn Herr Feddersen, »dass Ihre Tochter mit zwölf schon so gut reitet, dass sie dafür Geld bekommt.«
Jules Vater fühlte sich wirklich geschmeichelt, dass seine Jule so hofiert wurde. »Donnerwetter, Julia«, hörte man ihn murmeln. »Das wäre ja ein Stundenlohn von . . .« Man konnte förmlich sehen, wie er im Geiste seinen Taschenrechner hervorholte. »Wenn ein Sprung drei Minuten dauert und ungefähr fünfmal wiederholt wird . . .«
Jule seufzte. Ihr Vater und seine Begabung für Zahlen! Das Einzige, was sie selbst in Mathe beherrschte, war die Möhrenformel – wie man beispielsweise neun Möhren gerecht an 17 Schulpferde verteilt (eine ganze Möhre für Sally, eine halbe für jedes andere Pferd).
»Und was ist mit der Versicherung, Kind?«, gab ihre Mutter noch zu bedenken, aber in ihrer Stimme war nicht mehr viel Widerstand zu hören. »Stell dir vor, dir passiert etwas, Julia.«
Schließlich arbeitete Aufnahmeleiter Wolfgang Kampmann einen Vertrag mit allen Bedingungen aus, die Jules Mutter forderte. Jule musste vor Zeugen (oberpeinlich!) versprechen, künftig mehr für die Schule zu tun.
Endlich kam der große Augenblick.
Jule umkreiste auf Sally ein paar Mal das Hindernis auf der Grasfläche. Eigentlich gar nicht so schwierig. Wenn ihr nur die Aufregung keinen Strich durch die Rechnung machte!

»Szene 7, Klappe 1.«
»Kamera ab.«
Sally galoppierte, als ob sie allen zeigen wollte, dass sie nur mit Jule im Sattel springen mochte. Wie eine Einheit flogen die beiden über das Hindernis. Jules Haare wehten unter der grünen Falknerkappe, angestrahlt von Lampes Scheinwerfern. Sanft setzte Sally auf der anderen Seite auf.
Applaus brandete auf. Bär Feddersen ließ sich aufatmend auf seinen Regiestuhl fallen. »Dass dieser Film jemals fertig werden würde«, sagte er und strahlte hinter seiner dunklen Brille, »damit habe ich schon nicht mehr gerechnet.« Er überlegte einen Moment. »Was haltet ihr davon, wenn wir uns heute Abend auf dem Reiterhof treffen und das Video angucken?«
In das zustimmende Indianergeheul rief er noch: »Aber natürlich ungeschnitten. Mit sämtlichen Aufnahmen, auch mit den schlechten.«
»Egal«, jubelten die Gerlach-Zwillinge, die sich bisher zurückgehalten hatten. »Wir kennen ja noch gar nichts«, ergänzte Imke Zavelstein vorwurfsvoll.
»Aber keine kranken Scherze«, warnte Conny und zog sich das Jutekostüm über den Kopf.
So hatte es noch nie auf dem Heuboden des Reiterhofs Birkenhain ausgesehen. Die Mitte war frei geräumt. Wie ein Hufeisen umrahmten Heu- und Strohballen ein Tischchen mit Fernseher. Es duftete nach Heu und überbackenem Käse.

Die Mitspieler aus dem Stall und das Filmteam hockten Seite an Seite auf den Ballen. Alle aßen Pizzas. Blaumann, der Stallkater, strich Linse und Lampe maunzend um die Beine, um ein Stück Thunfischpizza zu ergattern. Der Kater stand sonst im Mittelpunkt. Aber heute musste er sich die Aufmerksamkeit mit Jule teilen. Natürlich war ihr Sprung Gesprächsthema Nummer eins.

»Video läuft«, verkündete Bär Feddersen feierlich und schob die Kassette ein.

Ein vielstimmiges »Aaah« begleitete die ersten Bilder. Es fing gleich lustig an – mit Kalles Attacke. Das Fjordpferd trabte entschlossen zum Regiezelt. Kalles Angriff war zwar nicht mehr im Bild – aber jeder erinnerte sich genau daran, wie er dem Regisseur den Kopf vors Schienbein gerammt hatte. In das allgemeine Gelächter mischte sich Bär Feddersens Seufzer: »Das Bein ist immer noch blau.«

Szene 7, Klappe 3. Sally galoppiert mit Robin Hood auf den Lottbach zu. Alle hielten den Atem an, denn jeder wusste, was nun folgte: Robin Hood fliegt im hohen Bogen ins Wasser. »Oha«, sagte Herr Jensen, »das sieht ja jetzt viel gefährlicher aus als am Mittwoch.«

Szene 10, Klappe 5. Ein blauer Schatten fegt durchs Bild – Blaumann, der hinter einer Waffelfolie herjagt.

Dann Luisas schönster Versprecher: »Fliederbeerschuss. . .«

Luisa fand das nicht so komisch wie die anderen. Sie kniff die Augen zu schmalen Schlitzen zusammen und hielt sich die Ohren zu, bis endlich die nächsten Bilder erschienen.

Zum Schluss die Aufnahmen vom Morgen – Jules Auftritt mit Sally. In Großaufnahme fliegen die beiden über das Hindernis.

»Olympiareif.« – »Irre!« Sogar die Gerlach-Zwillinge klatschten spontan. Bär Feddersens tiefer Bass übertönte den Beifall. »Respekt, Respekt, Jule! Das war super. Daran ist nicht zu rütteln.«

Jule machte sich ganz klein. Unangenehm, hier auf dem Heuboden plötzlich im Mittelpunkt zu stehen. »Bedanken Sie sich bei Sally«, sagte sie mit roten Ohren.

Sally, die Hauptperson, bekam von alledem nichts mit. Die Holsteiner Stute stand zufrieden in ihrer Box unter dem Heuboden und verputzte genüsslich ein paar große Möhren. Endlich herrschte Ruhe im Stall. Ihr Pferdeleben nahm wieder seinen gewohnten Lauf. Wie jeden Abend würde Jule nachher mit ihr zum Grasen gehen – und das war besser als alle Filme der Welt!

Daran war nicht zu rütteln . . .